오즈의
의류수거함

제3회 자음과모음 청소년문학상 수상작

오즈의 의류수거함

유영민 장편소설

㈜자음과모음

차례

프롤로그

　그 이상한 상자를 처음 발견한 건 재작년 이맘때였다. 독서실에 다녀오는 길이었는데, 집 앞 골목에 웬 철제 상자가 가로등 불빛을 조명처럼 받으며 놓여 있는 것이 아닌가. 마치 나 좀 봐달라는 듯이, 나를 주목해달라는 듯이. 처음에는 우체통인 줄 알고 그냥 지나치려 했다. 그러나 우체통이라고 여기기에는 색깔이 달랐다. 상자는 빨간색이 아니라 파란색이었다. 크기도 우체통보다 훨씬 컸다. 뭐야, 우체통의 디자인이 바뀐 건가? 설마 그럴 리가. 의아하기도 하고 호기심이 일기도 해서 나는 상자로 가까이 다가갔다. 상자에는 딱딱한 고딕체로 이렇게 적혀 있었다.

　의류수거함

　나는 그때까지 의류수거함이란 것을 접해보지 못했었다. 의류수거함이라니, 이게 뭐지? 고개를 조금 틀어 보니 상자의 측면에 커다란 구멍이 뚫려 있었는데, 검은색 스키니진이 다리 하나를 밖으로 삐죽 내밀고 있었다. 그것을 보고서야 나는 헌옷만을 따로 거둬들이는 상자의 용도를 짐작해낼 수 있었다.

'세상에, 옷만을 버리는 상자가 있단 말이야?'

신기한 마음에 이리저리 의류수거함을 살피다가 나는 손을 뻗어 스키니진을 홱 잡아챘다. 여성용인 스키니진은 이걸 왜 버렸을까 하는 의문이 들 정도로 상태가 좋았다. 게다가 꽤 이름난 브랜드였다. 내 다리에 대보니 기장이 조금 짧긴 했지만 입는 데는 별문제가 없었다.

'오호, 득템했네.'

스키니진을 들고 돌아서려던 참이었다. 전구에 불이 들어오듯 내 머릿속에 이런 생각이 떠올랐다. 요즘 옷이 낡아서 버리는 사람이 누가 있겠는가. 의류수거함에 들어 있는 옷들은 대부분 멀쩡하지 않을까? 나는 서 있는 자리에서 눈동자만 굴려 주위를 살폈다. 늦은 밤 시간이라 그런지 골목에는 아무도 없었다. 나는 영화 〈로마의 휴일〉에서 그레고리 펙이 진실의 입에 손을 넣듯이 의류수거함의 어두컴컴한 옷 투입구 속으로 잽싸게 손을 집어넣었다. 그런 뒤 손에 잡히는 대로 얼른 옷 하나를 끄집어냈다. 손끝에 딸려 나온 옷은 스웨터였다. 연두색 브이넥 스웨터. 보풀이 조금 나있긴 했지만 스키니진과 매한가지로 얼마든지 다시 입을 수 있었다. 신이 난 나는 계속 의류수거함에서 옷을 꺼냈다. 이어서 나온

코듀로이 재킷과 주름 잡힌 모직 스커트, 반팔 셔츠와 후드티도 모두 상태가 훌륭했다. 나는 속으로 환호성을 내질렀다.

'이거, 헌옷 상자가 아니라 보물 상자잖아!'

이튿날, 평범한 나에게 은밀하고도 특별한 직업이 하나 생겼다. 그 이름 하여, 비밀의 헌옷 수거상! 낮에는 착실하고 선량한 여고생으로 살아가지만 밤이 되면 괴도로 변신, 미모와 재치로 경찰들을 따돌리며…… 아, 그냥 쉽게 말하면 도둑이 됐다는 말이다. 헌옷 도둑. 우리 집이 있는 서울특별시 M구는 열여섯 개의 동으로 이루어져 있었고, 동 하나에는 삼십 개 정도의 의류수거함이 설치되어 있었다. 나는 하루에 몇 동씩 정해서 의류수거함을 털었다. 그렇게 훔친 옷들은 구제 옷가게에 넘겼다.

재밌는 것은 그 당시 헌옷을 훔치며 만난 사람들인데, 돌이켜보면 그들과 함께 보낸 시간은 내게 헌옷만큼이나 값지고 소중한 보물이었다. 어쩌면 나는 그들을 만나기 위해 의류수거함을 발견하게 되었던 걸까. 이 글을 쓰고 있는 지금, 그들의 얼굴이 비눗방울처럼 부풀어 올라 눈앞에 둥실둥실 떠다닌다. 그러고 보니 이 글은 의류수거함이 아니라 그들에 대한 이야기인지도 모르겠다.

첫 번째 이야기수거함
의류수거함은 기억이다

내 이름, 도로시.

누구나 내 이름을 들으면 귀를 의심하며 묻곤 한다. "별명 아니에요?" "혹시 외국인이세요?" 도로시, 내 본명 맞다. 그리고 순수 혈통 한국인도 맞다. 아버지 이름은 도철욱이고, 범지구적인 관습을 따라서 그의 성을 물려받아 성은 '도'요, 이름은 '로시'이다. 할아버지에 의해 첫딸에게 '도옥순'이라는 지극히 촌스러운 이름을 붙여야 했던 것에 아주 불만이 많았던 엄마는 둘째 딸에게만은 세련되고 특별한 이름을 지어주기로 마음먹게 되었다. 그렇게 떠올리게 된 이름이 도로시다. 살아오는 동안 〈오즈의 마법사〉가 뭐 그리 대단한 영향을 끼쳤는지 모르겠지만 말이다.

엄마는 나를 찾을 때마다 미국인을 흉내 내듯 끝부분 억양을 약간 올려서 '도로시~'라고 부르며 자신의 작명 센스에 대해 혼자 흡족해하지만, 나는 초등학교, 중학교, 그리고 고등학생인 지금까지 놀림을 받으며 괴로워해야 했다. 그뿐만 아니라 선생님들이 칠판의 문제풀이를 시킬 때, 그날 날짜와 겹치는 번호의 학생과 주번까지 전부 써먹은 뒤 더 이상 마땅히 지명할 아이가 없으면 문득 떠오르는 대로 부르는 게 내 이름이었다(학생이라면 이 공포스러움을 잘 이해할 거다!).

지금 내가 이렇게 인상을 구기며 서 있는 이유도 그 잘난 이름 때문에 생긴 익숙하지만 결코 익숙해지지 않는 상황 때문이다.

"도로시? 얘는 왜 게임 닉네임을 여기 적어놓았데냐?"

"뭐, 튀고 싶었나 보지."

독서실 입구에 설치된 출입기록기 앞에서 남자애 두 명이 떠들고 있었다. 건들건들한 모습을 보아하니 독서실에 가방만 휙 던져놓고 피시방에 처박히는 날라리가 분명하다.

"비켜!"

나는 남자애들을 거칠게 밀치고 도로시라고 적힌 카드를 뽑아 출입기록기에 찍었다. 여자 방으로 향하는 내 등 뒤에서 킥킥거리는 소리가 들려왔다. 아, 집하고 가깝지만 않았어도 이 독서실 안 왔다.

"도로시, 어디 가?"

웬일로 졸지 않고 깨어 있는 총무 언니가 의아한 얼굴로 나를 쳐다보았다. 이십 대 후반의 그녀는 벌써 사 년째 7급 공무원 시험에 도전하고 있었다. 그러나 평소 얼굴 표정이나 행동에서는 조금의 초조함과 긴장감도 묻어나지 않았다.

"그게 그러니까…… 아, 알바하려요."

당황한 내가 머뭇거리며 대답하자 총무 언니는 호기심으로 두 눈을 번득였다.

"무슨 알바? 편의점?"

나는 총무 언니의 지나치게 크고 두툼한 입술을 쳐다보았다. 저 입술에서 이 독서실을 드나드는 모든 사람에 대한 뒷담화가 흘러나온다는 것을 나는 너무나 잘 알고 있었다.

"네, 편의점……."

내가 경계심을 드러내는 것을 미처 눈치채지 못한 듯 총무 언니는 채근하듯 물었다.

"어때, 할 만해? 진상들 많지?"

"저, 제가 지금 많이 늦었거든요."

나는 어정쩡한 미소를 흘리며 총무실을 얼른 지나쳤다.

출입문을 열자 끈적끈적하면서도 후덥지근한 공기가 밀려왔다. 자정이 넘은 시간인 만큼 거리는 조용했다. 나는 주위를 잘 살핀 다음 소리 없는 동작으로 독서실 뒷마당으로 걸어갔다. 망가진 책걸상 같은 잡동사니가 잔뜩 쌓여 있는 그곳은 평소 사람 출입이 거의 없었다.

뒷마당에 세워져 있는 손수레 앞에 서자 그 낡고 볼품없는 물건이 「신데렐라」 동화에 등장하는 황금마차보다도 멋지게 느껴졌다. 의류수거함을 털기로 작정한 뒤 훔친 옷들을 뭐로 옮길지 고민하다가 선택한 것이 바로 이 손수레다. 처음에 떠올린 것은 짐받이에 바구니를 매단 자전거였는데, 실제로 한 번 사용해본 뒤 고개를 절레절레 흔들게 되었다. 아무리 큰 바구니를 달아도 대여섯 벌의 옷을 담으면 속이 꽉 찼던 것이다. 뒤이어 생각해낸 핸드카트 역시 똑같은 문제를 품고 있었다. 비록 비주얼적인 측면에서 크게 아쉬운 부분이 있어도 손수레가 가장 적합했다.

손수레 외에도 나는 두 가지 물건을 더 준비했다. 그중 하나는 도로시표 특제 집게인데, 이건 의류수거함 속의 미처 손이 닿지 않는 옷들을 꺼내기 위해 내가 특별히 고안해낸 것으로, 철물점에서 파는 평범한 철 집게에 작대기를 덧댄 것이다. 그리고 마지막으로 전기충격기. 밤길의 위험으로부터 나를 지켜줄 것을 고민하다가 수중의 돈을 모두 털어 구입했다.

손수레 옆 바닥에는 파란 방수천이 불룩하게 솟아 있었다. 방수천을 걷어내자 한 무더기의 헌옷이 드러났다. 지난 며칠간 의류수거함에서 훔친 것들이었다. 불현듯 가슴속에 뿌듯한 감정이 차올랐다.

'조금만 기다려라. 이제 곧 이 지긋지긋한 땅 뜰 테니까!'

나는 헌옷에서 눈을 떼고 손수레의 쇠로 된 손잡이를 잡았다. 손바닥의 감촉이 차갑고 매끄러웠다. '아자! 오늘도 힘내자.' 나는 손수레를 끌고 천천히 거리로 나섰다.

달그락, 달그락.

사방이 고요한 가운데 내가 끄는 손수레 소리만이 쓸쓸하게 울려 퍼졌다. 밤하늘에 혼자 덩그러니 떠 있는 달, 어두운 거리에 잔잔하게 물결치는 편의점 불빛, 담벼락 위를 어슬렁거리는 고양이, 셔터가 내려진 상점 앞에 대자로 뻗어 있는 취객…… 밤의 세계는 낯설다. 도둑질을 하는 데 따른 긴장감이 평범한 풍경을 낯설고 새롭게 보게 한다. 긴장감으로 양 어깨가 뻐근해지자 나는 내 자신에게 말을 걸었다.

"우리, 노래할까요?"

"그래요, 도로시 양."

"무슨 노래 할까요?"

"메이트의 〈너에게 기대〉 어때요?"

"나쁘지 않군요. 그거 도로시 양의 아이튠즈 재생순위 3위죠?"

괜스레 헛기침을 한 다음 나는 작은 목소리로 노래를 부르기 시작했다. "우리 왜 이렇게 힘들기만 했는지, 왜 그렇게 널 놓지 못했는지……" 노래를 부르자 긴장감이 조금씩 누그러졌다. "기억이란 게 내겐 그렇더라, 힘들어하던 너의 모습보다……" 노래의 감정에 취하자 나도 모르게 목소리가 점점 커졌다. "가끔은 길고 긴 내 하루에 네가 있어줬으면, 곁에 있어준다면……."

노래를 전부 불렀을 즈음, 첫 번째 의류수거함에 닿았다. 누군가를 기다리는 척 주변을 두리번거리다가 나는 의류수거함에서 옷을 꺼내기 시작했다. 손에 닿지 않는 옷들은 집게를 사용했다. 내 특제 집게는 의류수거함의 바닥 부분에 있는 옷들까지 잘 꺼냈다.

"오우, 이건 정말 낡았는데?"

나의 눈이 베이지색 면바지에 고정되었다. 얼마나 오랫동안 입었는지 천이 닳고 닳아 양쪽에서 조금만 힘을 줘 잡아당겨도 쭉 찢어질 지경이었다. 밑단도 너덜너덜했다. 나는 애틋한 눈으로 면바지를 내려다보았다. 주인에게 오랫동안 사랑받은 물건에는 존중감을 표시해야 한다는 게 내 지론이다. 그것은 묵묵히 생을 견뎌온 사람에게 바치는 존경심과 비슷하다. 나는 손에 든 면바지에게 속삭였다.

"오랜 시간 동안 수고했어."

면바지는 가만히 고개를 끄덕였다.

"고마워요. 이제 편히 쉴 시간이군요."

폴로셔츠, 체크 슬랙스, 레이스 원피스, 패딩 조끼…… 오늘도 수확이 나쁘지 않았다. 대부분의 옷이 재활용 가능했다. 그리고 언제나처럼 내 소유욕을 자극하는 옷도 있었다. 특히 곰돌이 캐릭터가 프린트 된 후드티가 그랬는데, 늘어나고 낡은 느낌이 오히려 빈티지스럽고 멋스럽게 여겨졌다. 결국 그 후드티는 고민 끝에 내가 갖기로 했다.

손수레의 옷들을 차곡차곡 정리하며 지나치게 낡거나 훼손되어 상품 가치가 떨어지는 옷을 솎아내던 나는 작은 진갈색 원피스를 발견했다. 살펴보니 그건 다름 아닌 걸스카우트 단복이었다. 와락 반가운 마음이 들었다.

"이야, 이 옷을 여기서 보네!"

때로 의류수거함은 기억이 되고 추억이 된다. 의류수거함에서는 요즘 인기를 끄는 스타일의 옷이 나오는가 하면, 오래전 유행이 지난 옷도 나오기 마련. 그런 옷을 발견하면 그 옷이 거리를 활보하던 시절의 추억에 잠기게 된다. 이 걸스카우트 단복같이 어느 한 시절의 경험과 직접적으로 맞닿아 있는 옷도 마찬가지다.

한때 나는 귀엽고 깜찍한 걸스카우트였다. 집에 있는 커다란 사진첩을 들춰보면 걸스카우트 단복을 입고 찍은 사진도 여러 장 볼 수 있다. 내가 걸스카우트에 들어간 이유는 건전한 시민 정신의 함양이나 심신 단련, 혹은 협동심 양성 따위가 아니라 단순히 이 걸스카우트 단복이 너무 예뻐 보여서였다(단복과 세트인 둥근 빵모자와 작은 크로스백도 굉장히 마음에 들었다). 그러나 나중에는 도리어 이 단복 때문에 걸스카우트를 그만두게 되었다.

내가 가까운 친구와 함께 걸스카우트에 들어간 것은 사 학년 때였다. 움직이기 싫어하고 사람들과 어울리기 꺼려하는 성격의 내가 걸스카우트를 하겠다고 하자 엄마는 반색을 하며 환영했다.

"필요한 게 있으면 말만 하렴. 뭐든 사줄게."

처음에 친구와 나는 걸스카우트와 관계된 모든 것이 신기하고 흥미롭게 여겨졌다. 학년에 따른 엄격한 서열 관계조차 특별하게 다가왔다. 그러나 우리는 채 한 학기도 지나지 않아 걸스카우트란 것에 크게 실망한 채 '괜히 들어왔어'란 말을 입버릇처럼 내뱉게 되었다.

걸스카우트의 가장 작은 단위를 '보'라고 한다. 보통 대여섯 명이 모여 한 보를 이루는데, 그 보를 통솔하는 사람을 '보장'이라고 부른다. 대개의 경우 보장은 육 학년이 맡고 보장을 보조하는 부보장은 오 학년이 맡는다. 나와 친구가 속해 있는 보의 보장은 커다란 앞니 때문에 '토끼'라는 별명을 갖고 있었는데, 보원들을 마치 하인 부리듯 했다. 겨우 한두 살 많았으면서 보원들에게 온갖 잔심부름을 시키고 때로는 기합까지 주는 것이었다(선생님들조차도 기합은 주지 않았는데!). 당연히 보원들은 하나같이 보장을 싫어할 수밖에 없었다. 보원들 중 한 명은 보장에게 얼마나 시달렸는지 그 얼굴만 봐도 표정이 딱딱하게 굳어지곤 하였다.

"두고 봐. 나중에 내가 보장이 되면 절대 저러지 않을 테니까!"

유독 정의감 넘치는 성격의 내 친구는 틈날 때마다 위와 같이 말하곤 했다. 나와 친구는 언젠가 우리가 이끌어갈 즐겁고 신나는 걸스카우트 활동을 그려보며 그 암울하고 지루한 시간을 견뎌나갔다.

마침내 육 학년이 되자 친구는 보장에 선출되었다. 그리고 나는 부보장이 되었다(나 역시 육 학년이므로 보장이 될 수 있었으나 나는 자청해서 보장직을 친구에게 양보하였다). 친구는 예전부터 자신이 한 다짐대로 보원들에게 더없이 잘해주었다. 누군가 큰 실수를 하거나 엄청 화를 돋우는 일을 저질러도 그냥 조용히 넘어갔다. 그 애의 얼굴에는 항상 부드럽고 자애로운 미소가 감돌았다. 보원들은 자연스럽게 친구를 좋아하며 따르게 되었고, 우리 보는 가장 단합이 잘되고 분위기가 좋은 팀으로 소문이 나게 되었다. 나와 친구가 꿈꿔왔던 그대로의 걸스카우트 활동이 펼쳐졌다.

문제가 생긴 것은 좀 더 시간이 지난 뒤였다. 보원들을 향한 친구의 태도가 조금씩 변했던 것이다. 친구는 어느 순간부터 보원들에게 짜증을 내기 시작하더니 급기야는 보원들을 자신의 수족처럼 부리며 욕설까지 내뱉었다. 걸핏하면 화를 냈기 때문에 누구도 그 애에게 다가가지 않았다. 그런 친구의 모습은 자연스레 오래전 우리가 그토록 혐오하고 싫어했던 토끼 보장을 떠올리게 했다.

'도대체 왜 토끼 보장처럼 변하게 되었을까.'

나는 친구의 변화에 당황하면서도 다른 한편으로는 친구가 그렇게 된 이유에 대해 깊은 의문을 품었다.

그 의문을 풀게 된 것은 걸스카우트 활동의 하나로 학교 운동장에서 하룻밤 야영을 할 때였다. 어스름이 내린 저녁, 보원 모두가 모인 자리에서 누군가 느닷없이 보장인 친구가 보원 전체에게 나온 간식을 빼돌렸다는 말을 꺼냈다. 처음에 나는 그게 무슨 소리인가 싶어 멍하게 있었다.

"정말이에요. 아까 보장 언니가 빵을 전부 자기 배낭에 넣는 걸 분명히 봤어요."

보원들은 대번에 수군거리며 동요했다. 그들 중 한 명은 선생님에게 이르겠다고 말하기까지 했다. 친구는 자신을 도둑으로 의심한 보원을 향해 엄청나게 화를 냈다.

"너, 미쳤어? 그게 무슨 헛소리야!"

친구의 성격이 아무리 나빠졌다고 해도 도둑질까지 했을 리 없다고 생각한 나는 보원들을 향해 애원하듯 말했다.

"얘들아, 진정해. 무슨 오해가 있었을 거야."

그러나 보원들은 쉽게 의심의 눈을 거둬들이지 않았다. 이미 그때쯤에는 친구에 대한 애정과 신뢰가 바닥까지 떨어진 상태였기 때문이다. 친구에게 씌워진 의혹을 벗기기 위해서는 결백을 증명해 보이는 것밖에 없다고 판단한 나는 누가 말릴 새도 없이 친구의 배낭을 뒤지기 시작했다. 그리고 다음 순간, 나와 보원들은 똑똑히 목격하게 되었다. 배낭에서 우르르 쏟아지는 빵들을. 친구가 유독 좋아하는 땅콩크림 소보로빵이었다. 부정할 수 없는 물증이 나오자 친구는 당황하며 아무 말도 하지 못했다. 그러다가 갑자기 큰 목소리로 말했다.

"그래, 맞아. 이 빵들 내가 배낭에 넣었어. 이게 뭐 어쨌다고 그러는 거야?"

나는 넋을 잃은 채 친구를 바라보았다. 친구의 당당하고 자신감에 찬 태도를 보니 오히려 잘못을 저지른 쪽은 나와 보원들인 것 같았다.

"원래 보장은 뭐든 자기 마음대로 할 수 있는 거야!"

그 말을 듣자마자 나는 무엇이 친구를 변화시켰는지 단박에 깨달을 수 있었다. 그건 바로 옷이었다. 친구가 입고 있는 걸스카우트 단복. 그리고 거기에 한 가지 보태서 자기 자신이 보장이라는 사실. 좀 더 구체적으로 말해, 친구가 손에 쥔 한 줌의 권력이 그

애를 그렇게 변화시킨 것이었다. 자신도 모르게 조금씩. 그러나 분명하고 확실하게. 그때 나는 생애 처음으로 세상을 움직이는 한 축인 권력과 계급의 존재에 대해 깨닫게 되었다.

　작업을 시작한 지 두 시간 정도 지나자 나는 맑은 시내에 다다랐다. 이 도시는 시내를 중심으로 동과 서로 나뉜다. 동쪽은 전철역을 중심으로 한 상권 지역이고 서쪽은 주거 지역이다. 여름이면 냇가 주변에 야시장이 들어서기도 한다.
　독서실에서부터 챙겨 온 보온병을 찾아 든 나는 시내가 내려다보이는 나무 벤치에 앉았다. 희미하게 냇물 소리가 들려왔다. 시내 양쪽의 긴 둑에는 수령이 몇십 년은 됨직한 아름드리 벚나무가 길게 이어져 있었고, 시냇물과 바로 잇닿는 곳에는 높게 자란 풀이 무성했다.
　보온병 뚜껑을 열자 더운 김이 올라오며 차 냄새가 주위에 퍼져나갔다. 우롱차였다. 나는 천천히 차를 마시며 밤하늘을 올려다보았다. 드문드문 별이 빛났다. 달 언저리에는 은은하게 달무리가 끼어 있었다. 고개를 숙이자 강 건너편이 눈에 들어왔다. 늦은 시간인데도 많은 불빛이 반짝이고 있었다.
　내 주변에는 집도 사람도 자동차도 없었다. 나는 두 눈을 감은 채 조용히 나의 들숨과 날숨을 느꼈다. 모든 소음이 사라지고 내 마음까지도 고요하게 잦아든 지금 같은 순간은 나로 하여금 무언가 깊고 근원적인 것을 생각하게 만든다. 이를테면 죽음 같은.

그리 길지 않은 삶을 살아왔지만 그동안 나는 수없이 죽음을 떠올려보았다. 그러나 정말로 진지하게 생각해본 적이 있을까. 나로서는 정확히 알 수 없지만, 어쨌거나 내가 가장 최근 죽음에 대해 고민해본 건 재작년 외고 입시에 실패했을 때였다.

"동네 창피해서 앞으로 어떻게 얼굴을 들고 다녀!"

합격자 발표가 있던 날 저녁, 거실에서 아버지의 목소리가 요란스럽게 들려왔다.

"자기도 실망이 큰 것 같아."

엄마가 진정시키듯 말하자 아버지는 더욱 목청을 높였다.

"내가 못 해준 게 뭐가 있어!"

"걔도 제 나름대로 열심히 했잖아. 그래도 안 되는 걸 걔보고 어쩌라고."

"당신이 그렇게 싸고도니까 애가 저 모양 아니야!"

"당신은 그런 말 할 자격 없어!"

나의 낙방에 대해 아버지와 엄마 간에 한바탕 책임론이 불거진 뒤 길게 정적이 이어졌다. 그러다가 긴 한숨 소리와 함께 아버지의 쉰 듯한 목소리가 들려왔다.

"이 과장 아들은 과학고에 붙었다는데……."

"걔야, 공부 잘하기로 워낙 유명하잖아."

그때 방 안에 있던 나는 뚫어지게 모니터를 들여다보며 자살 카페의 가입을 진지하게 고민하고 있었다. 인터넷에서 찾아본 카페 중에서는 가장 믿음이 가는 곳이었다. 확실한 곳답게 가입 절차도 까다로운 편이어서 자살의 이유에 대한 리포트를 제출해 심사 받아야 했다.

마음의 결정을 하기에 앞서 나는 거울 앞에 섰다. 고개를 숙이자 정수리 부분에 오백 원짜리 동전 크기만 하게 드러난 두피가 보였다. 중학교 이 학년 때부터 시작된 원형 탈모였다. 처음에는 십 원짜리 동전 크기였던 것이 외고 입시를 준비하는 동안 그렇게 커진 것이었다. 하얀 두피를 바라보며 나는 곧 나에게 쏟아질 친척들의 훈계와 질책, 친구들의 비웃음을 떠올려보았다. 그러자 남아 있는 머리마저 일순간 전부 빠져버리는 기분에 휩싸였다.

마침내 결심이 서자 나는 논술 과외를 받으며 갈고 닦은 작문 실력을 모조리 발휘해 리포트를 작성하기 시작했다. 창의적이고 논리성 있게, 명확하고 명쾌하게, 구체적이고 간결하게. '인간의 죽음은 크게 두 가지 의미로 구분될 수 있다. 사회적 의미와 개인적 의미가 그것이다. 먼저 사회적 의미를 살펴보자면, 생로병사의 법칙에 따른 자연스런 삶의 귀결로서……'

그러나 내가 심혈을 기울여 작성한 리포트는 심사에서 떨어지고 말았다. 글에 진정성이 느껴지지 않는다는 것이 그 이유였다. 사실을 확인한 뒤 내게 가장 먼저 든 감정은 실망감이나 좌절감이 아니라 여기서도 떨어지고 말았다는 황당함이었다.

"빌어먹을. 떨어지다 떨어지다 이젠 이런 데서도 떨어지냐!"

이제 오늘의 마지막 코스다. 구(區)에서 유일한 종합대학교가 자리 잡고 있는 D동. 기숙사에 살거나 자취와 하숙을 하는 많은 대학생 탓에 D동의 의류수거함에는 언제나 세련되고 감각적인 옷들이 넘쳐난다. D동 의류수거함은 내게 진리요, 생명이요, 갑이다!

"어디 볼까나……."

탱크톱, 청바지, 핫팬츠…… 역시나 오늘도 내 기대를 저버리지 않았다. 의류수거함에는 옷이 가득 차 있을 뿐 아니라 그 상태도 최상이었다. 게다가 최근에 유행했던 디자인의 옷들뿐이었다. 콧노래를 흥얼거리며 의류수거함에서 옷을 꺼내다가 나는 문득 새삼스런 의문 하나를 품어보았다.

'여기서만 이런 옷들이 쏟아지는 이유가 뭘까?'

물론 옷차림에 많은 신경을 쓰는 젊은이들이 당연히 중장년층보다 옷을 훨씬 많이 사고, 또한 그만큼 많이 버릴 것이다. 그러나 내가 생각하기에 근본적인 이유는 다른 데 있는 것 같다. 그건 바로 이거다.

패스트 패션(Fast Fashion).

몇 해 전부터 우리 사회에 일고 있는 패스트 패션의 인기로 말미암아 옷이 마치 우유나 고기처럼 확실한 유통기한이 있는 것으로 인식되어져서, 젊은이들이 유통기한에 해당하는 유행 시기가 지나면 설사 상태가 멀쩡하더라도 옷을 버리는 것이다. 짐작건대, 이런 소비 현상은 힘들게 발품을 팔지 않고 원하는 옷을 살 수 있게 해주는 인터넷 쇼핑몰이 있었기에 가능하지 않았을까? 유니세프 광고에서 주인공으로 맹활약하는 헐벗고 굶주린 아이들을 떠올린 나는 여든이 넘은 늙은이처럼 중얼거렸다.

"이거 이거, 요즘 젊은이들 문제가 많단 말이야……."

뭔가 작고 통통하고 맨질맨질한 것이 손에 잡힌 것은 의류수거함의 옷을 절반 정도 꺼냈을 때였다. 그것이 손에 잡힌 순간 딱, 감이 오는 게 있었다. 설마, 이것은! 조심스럽게 손을 빼내 확인해 보니 그건 역시 내가 짐작한 물건이었다.

지갑.

나는 설레고 긴장된 마음으로 지갑을 열었다. 그러나 실망스럽게도 그 속에는 현금만 쏙 빠져 있었다.

"하, 이건 무슨 황당한 시추에이션?"

다시 의류수거함 속으로 손을 집어넣은 순간이었다. 갑자기 의류수거함에서 끄응, 하는 신음이 들려왔다. 나는 움찔 놀라며 동작을 멈췄다.

'의류수거함이 소리를 내다니. 〈납량 특집! 귀신 들린 의류수거함〉인가?'

잠시 뒤, 다시 예의 신음이 들려왔다. 자세히 듣고 보니 그건 의류수거함 속에 들어 있는 생명체가 내는 소리였다. 겁에 질린 나는 그냥 도망가기로 하고 손수레를 끌고서 그곳을 벗어나기 시작했다. 그러나 얼마 못 가 멈춰 서고 말았다. 저대로 계속 있다가는 생명체가 죽고 말 거라는 생각이 머릿속을 파고든 것이었다. 내 존재가 생명체에게는 자신의 생명을 구할 마지막 희망일지도 몰랐다. 고민 끝에 결국 나는 몸을 돌려세웠다.

나는 두 눈을 질끈 감고 의류수거함 속으로 손을 집어넣었다. 헌옷 몇 개를 꺼내자 두툼하고 무거운 이십 리터짜리 쓰레기봉투가 나왔다. 쓰레기봉투는 속에 든 뭔가의 움직임으로 조금씩 들썩였다. 머릿속에 별의별 생각이 스쳐 지나갔다.

'가난에 시달리던 여자가 버린 아기가 아닐까?'

'에어리언 같은 외계 생물일지도 몰라.'

'혹시 후쿠시마발 방사능으로 생긴 돌연변이 괴물?'

나는 부들부들 떨리는 손으로 쓰레기봉투 표면에 감겨 있는 포장용 테이프를 떼어내기 시작했다. 이윽고 쓰레기봉투를 개봉한 나는 속에 든 내용물을 하나씩 끄집어냈다. 담뱃갑과 라면 봉지 같은 쓰레기를 몇 개 꺼내자 무언가 불쑥 고개를 쳐들었다.

"엄마야!"

놀란 나는 뒤로 벌렁 자빠지고 말았다. 정신을 차리고 보니 그건 강아지였다. 크림색 털을 가진 강아지. 오랫동안 제대로 숨을 못 쉰 탓인지 강아지는 켁켁거리다가 제 발로 쓰레기봉투를 빠져나왔다. 그런 다음 몸을 한 번 부르르 턴 뒤에 냄새를 맡으며 주변을 돌아다녔다. 태어난 지 한 달이나 됐을까. 아직 작디작은 몸집의 강아지였다. 나를 발견한 강아지는 꼬리를 흔들며 내게로 다가왔다. 내가 품에 안자 강아지는 분홍색 혓바닥을 내밀어 내 뺨을 부드럽게 핥았다.

'이렇게 귀여운 아이에게 어쩜 이런 짓을…….'

강아지를 쓰레기봉투에 넣어버린 누군가를 향해 맹렬한 증오와

분노가 솟구친 나는 어두운 밤거리를 향해 크게 소리쳤다.

"야, 이 개새끼야!"

말을 뱉어놓고 보니 강아지가 기분 상할 수도 있을 것 같다는 생각이 들었다. 왜 우리나라 욕은 죄다 개와 연관되어 있거나 앞쪽에 '개'를 붙이면 한층 업그레이드되는지. 개새끼, 개쌍놈, 개씨발새끼, 개미친놈…….

가슴이 진정된 나는 강아지의 몸 상태를 찬찬히 살폈다. 다행히 건강에는 큰 이상이 없는 듯했다. 마침 근처에 편의점이 보여 나는 얼른 뛰어가 우유와 소시지를 사왔다. 강아지는 배가 고팠는지 그것들을 잘 먹었다. 흐뭇한 표정으로 강아지를 바라보다가 나는 이 녀석을 어떡할지 고민하기 시작했다. 우리 집에서는 아버지가 개를 질색하는 탓에 키울 수 없었다.

'역시…….'

우리 집 외에 믿고 맡길 만한 곳은 단 한 군데밖에 떠오르지 않았다.

두 번째 이야기수거함

마녀's House

　우리 집에서 네 블록 떨어진 동네에 구제 의류숍 '마녀's House'가 있다. 그곳 사장님은 다소 무게가 나가는 몸매의 삼십 대 언니다. 우람한 몸에 어울리는 다혈질 성격의 언니는 나를 부르는 호칭이 기분에 따라 단계별로 달라진다. 평소에는 그냥 '도로시', 짜증이 났을 때는 '또로시', 머리 뚜껑이 완전히 열렸을 때는 '또라이'라고 부른다.

　언니와 나는 호주 이민 카페에서 처음 만나 친해지게 되었다(언니를 알게 된 곳이 인터넷 카페라서 그런지 오프로 만날 때도 나는 카페 닉네임인 마녀님으로 부른다). 마녀님은 광활한 자연환경에 대한 동경으로 이민을 고려하고 있었고, 나는 자살 대신 차선책으로 선택한 것이 이민이었다. 나의 지금 소원은 학교를 졸업하자마자 호주로 고고싱하는 것이다. 눈치 빠른 사람은 이미 알아챘겠지만, 내가 의류수거함을 터는 것도 이민 자금을 모으기 위해서다. 그와 같은 이유로 나는 내 방 책상 위에 호주의 근사한 풍경 사진을 붙여놓았는데, 매일 그 사진을 들여다보자 신기하게도 호주란 곳이 오래전 내가 쫓겨나야 했던 낙원, 혹은 언젠가 반드시 꼭 돌아가야 할 고향처럼 애틋하게 여겨지는 것이었다.

　나에게서 의류수거함 털이에 대한 계획을 들은 마녀님은 대범하고 깡다구가 센 줄은 알았지만 그런 생각까지 할 줄은 몰랐다며 만약 헌옷을 가져온다면 자신이 판매를 책임지겠다고 했다. 그러면서 이익은 칠십 대 삼십으로 나누자고 제안했다. 나는 아무리 내가 옷을 공급한다고 해도 가까운 사이끼리 칠십을 받을 수는 없고 정확히 절반으로 나누자고 했는데, 내 말을 들은 마녀님은 코웃음을 치며 이렇게 말하는 것이었다.

　"칠십은 네가 아니고 나야."

　어이가 없어 내가 말을 잇지 못하자 마녀님은 설명했다.

　"나는 판매는 물론 AS까지 책임진다고. 게다가 위험수당까지 붙잖아."

　"위험수당이라니요?"

　"정말 모르겠어? 나는 공범자가 되는 거야. 장, 물, 아, 비 말이야. 네가 잡혀 가면 나 역시 딸려 간다고."

　"저 왔어요."

가게에 들어서자 언제나처럼 요란한 재봉틀 소리가 귀에 꽂혔다. 한 달 만에 보는 가게 풍경은 변함이 없었다. 사방 벽면에는 옷이 빼곡히 걸려 있었고, 마녀님이 소유한 물건 중 가장 고가인 MTB도 구석에 잘 세워져 있었다. 휴일마다 저 자전거를 타고 산을 누비는데 어째서 몸매는 변함이 없을까.

"이번에는 물량 좀 나왔어?"

작업대 앞에 앉아 있는 마녀님이 나를 흘긋 쳐다보았다. 나는 매장 한쪽에 있는 패브릭 소파에 털썩 앉았다.

"아, 목말라. 물 좀 주세요."

"네가 꺼내 마셔. 일하는 거 안 보여?"

투덜거리며 몸을 일으킨 나는 매장 뒤쪽으로 향했다. 가게에는 작은 방이 하나 딸려 있다. 이따금 늦게까지 일을 하는 날이면 마녀님이 잠을 자기도 하는 방이다. 방문을 열자 백 리터짜리 소형 냉장고와 이불 한 채, 그리고 산처럼 쌓여 있는 옷이 눈에 들어왔다. 그동안 내가 갖다 준 헌옷이었다.

소파에 앉아 느긋하게 아이스티를 마시고 있노라니 마녀님이 기르는 고양이인 봉자가 느릿느릿 다가왔다. 봉자는 내 종아리에 얼굴을 비비며 반가움을 표시했다. 봉자의 머리를 쓰다듬으며 나는 마녀님에게 물었다.

"요즘 장사는 잘돼요?"

"너무 잘돼서 곧 재벌이라도 될 기세시다."

"오, 한국의 유니클로라도 되는 건가요?"

"유니클로는 나와 지향점이 다르다구. 도나카렌이라면 모를까."

가게의 고객층은 크게 두 부류로 나뉜다. 하나는 마녀님이 리폼한 옷을 사가는 고객(주로 인근 학교의 여학생들)이고, 다른 하나는 내가 가져온 헌옷 그대로를 싼값에 사가는 고객이다. 내가 헌옷을 대는 만큼 마녀님은 예전보다 훨씬 값싸게 옷을 내놓을 수 있었고, 그에 따라 당연히 매출도 늘 수밖에 없었다. 결과적으로 마녀님과 내가 손을 잡은 것은 서로에게 있어 아주 성공적인 전략적 사업 제휴인 셈이다.

"오늘 가져온 옷들 주머니 좀 확인해보셔."

마녀님은 고개를 푹 숙인 채 재봉질에 열중하며 입을 열었다.

"왜요?"

"손님이 사간 옷에서 콘돔이 나왔어."

"콘돔? 뭐, 그럴 수도 있죠. '덤 상품'이라고 하면서 쓰라고 하지."

"이미 사용한 건데도?"

나도 모르게 입에서 윽, 하는 신음이 새어나왔다.

"지금 하라는 건 아니죠?"

"맞아. 라잇 나우."

움직이기 귀찮은 나는 말을 못 들은 척 딴청을 피웠다.

"도로시, 뭐해."

3초 경과.

"또로시, 내 말 못 들었어?"

다시 3초 경과.

"야, 또라이!"

마녀라는 게 단순히 가게 이름과 연관된 닉네임이 아니다. 가끔씩 마녀님은 진짜 마녀가 된다. 영화에 종종 등장하는 심술궂긴 하지만 매력적이고 늘씬한 용모의 마녀가 아니라 그저 성질만 더러운 마녀.

"이거야 원. 을의 비애가 따로 없구만."

나는 끌고 온 손수레에 실린 옷들을 뒷방으로 옮기기 시작했다. 한참 동안 혼자 끙끙거리며 일을 마친 나는 옷들의 주머니를 하나하나 뒤졌다. 주머니에는 생각보다 많은 것이 들어 있었다. 열쇠 뭉치, 교통카드, 볼펜, 알사탕……. 셔츠 윗주머니에서 꼬깃꼬깃 접힌 영수증을 발견한 나는 그것을 자세히 들여다보았다.

"음, 차승희 고객님은 5월 27일에 사천짜파게티, 콘플레이크, 유기농 달걀, 저지방 우유를 사셨구만."

낡은 야구 점퍼에서 만 원짜리 지폐가 나오자 나는 누가 볼세라 얼른 내 호주머니에 쑤셔 넣었다.

"이거, 은근히 재밌는데?"

옷 주머니 확인 작업을 거의 마쳤을 즈음, 남성용 반바지에서 작은 수첩을 발견했다. 꽤 오랫동안 쓴 듯 많이 낡아 있는 수첩이었다. 수첩을 넘기다가 정체를 알 수 없는 영문을 발견한 나는 그것을 자세히 들여다보았다.

Out, out, brief candle!

Life's but a walking shadow, a poor player
That struts and frets his hour upon the stage
And then is heard no more it is a tale
Told by an idiot, full of sound and fury,
Signifying nothing.

팝송 가사? 아니면 영시? 다음 장을 넘겨보니 유독 자음을 크게 쓰는 특이한 글씨체로 종이 가득 글이 적혀 있었다.

I. 한강 다리에서 투신

여름이라 물속이 춥지는 않을 거다. 그러나 경찰이 주기적으로 순찰을 돌기 때문에 뛰어내리기도 전에 발각될 수 있다. 또한 투신 뒤에도 누군가의 신고로 구조될 가능성이 있다. 만약 멀쩡한 채로 구조대원과 마주한다면 얼마나 뻘쭘하고 쪽팔릴까?

2. 권총 사용

당장에 선택하고픈 방법이다. 죽음에 대해 망설일 틈도 없고 고통도 없다. 하지만 권총을 구할 길이 없다는 게 문제. 우리나라도 하루빨리 총기 소지 자유화가 되길 염원한다.

3. 독극물 복용

제초제나 염산 구입은 가능하다. 그러나 복용 뒤 그 고통이 너무 크다.

식도가 타들어가는 느낌이라니. 구태여 고통스런 방법을 고집할 이유는 없겠지.

4. 가스에 의한 질식사

무엇보다 고통이 적다. 그야말로 잠든 중에 죽는 거니까. 특별히 준비할 것도 없다. 장소로서 집이 용의치 않다면 모텔 방을 이용할 수 있다. 잠들기까지 차분히 지난 삶을 반추할 수도 있겠지. 패 기품 있는 죽음이다.

"오호, 자살을 하시겠다?"

실소가 터져 나왔다. 누가 이런 깜찍한 글을 썼을까, 궁금증마저 일었다. 이 글은 장난으로 한번 적어본 것이지 않을까? 설사 진지하게 썼다 하더라도 실제로 자살을 실행할 확률은 거의 없을 것이다. 만약 자살 결심만으로 죽을 수 있다면 세상 사람 절반은 이미 사라졌겠지(나를 포함해서).

"도로시, 얼른 밖으로 나와."

밖에서 마녀님의 목소리가 들려오자 나는 무의식적인 동작으로 내 바지 주머니에 수첩을 넣은 뒤 몸을 일으켰다.

"무슨 일인데요?"

매장으로 나와 보니 헬멧을 쓴 배달원이 은색 철가방에서 음식을 꺼내 소파 테이블에 늘어놓고 있었다. 짬뽕과 탕수육, 군만두를 보자 입 안 가득 군침이 돌았다.

"뭐해, 빨리 먹자고."

"네!"

옷이 가득 실린 손수레를 끌고 온 탓에 많이 지치고 허기진 상태인 나는 정신없이 젓가락을 움직였다. 뱃속에 따뜻한 음식을 밀어 넣으니 행복감이 밀려왔다. 음식을 먹다가 나는 마녀님에게 물었다.

"저, 살 빠진 거 같지 않아요?"

마녀님은 뜬금없이 그게 무슨 소리냐는 시선으로 나를 쳐다보았다.

"자세히 보세요. 오 킬로가 넘게 빠졌단 말이야."

마녀님은 화들짝 놀랐다.

"뭐, 오 킬로?"

"바지가 죄다 헐렁해졌다니까요?"

"헬스클럽이라도 다니는 거야?"

"전혀."

"그럼?"

"한번 생각해보세요. 거의 매일 엄청난 무게의 손수레를 끌면서 몇 시간씩 돌아다니는데 살이 안 빠질 수가 있겠어요?"

"오, 그렇구나!"

"앞으로는 다이어트가 의류수거함을 터는 데 있어서 돈벌이 못지않은 목적이 될 것 같아요. 도랑 치고 가재 잡고, 꿩 먹고 알 먹고, 마당 쓸고 동전 줍고!"

마녀님은 아주 진지한 얼굴로 내게 자신도 함께 의류수거함을 털어도 되는지 물었고, 나는 언제라도 환영한다고 대답해주었다. 마녀님이 반드시 살을 빼서 올해 안에 근사한 남자친구를 만들겠다는 각오를 내비치자 나는 충분히 그럴 수 있을 거라며 어깨를 두드려주었다.

"참, 내가 입고 있는 이 후드티 어때요? 얼마 전에 의류수거함에서 건진 건데, 낡은 느낌이 오히려 빈티지스럽고 멋지지 않아요?"

내 말을 들은 마녀님은 갑자기 뒷목을 부여잡고 어어, 하고 신음을 뱉어냈다.

"너, 새파란 나이에 퐁 맞게 할래? 그게 어디가 빈티지스러워. 제발 빈티하고 빈티지를 헷갈리지 마."

"뭐라고요!"

"하긴, 옷 자체보단 그걸 누가 걸치느냐가 중요하겠지. 브래드 피트나 키아누 리브스는 아무리 누더기를 걸쳐도 빈티지가 되는 거고, 너같이 평범 이하의 사람들은 아무리 값비싼 빈티지룩을 걸쳐도 빈티가 되는 거지."

마녀님은 내가 눈치를 보며 노리고 있던 마지막 하나 남은 군만두를 냉큼 집어 들었다.

"그러고 보니 '빈(貧)티'와 '빈티지(Vintage)'는 단어의 태생지가 완전히 다른데도 불구하고 뜻도 통하는 데다가 소리도 한 음절밖에 차이가 안 나는 게 여간 흥미롭고 재밌지 않아?"

나는 고개를 끄덕였다.

"그건 그러네요……. 아, 저도 생각나는 게 있어요. '섹시(Sexy)'

와 '색기(色氣)'도 비슷하지 않아요?"

"뭐, 별로. 소리와 뜻은 비슷해도 받아들이는 느낌은 많이 다르잖아. 섹시는 긍정적 의미로 다가오고, 색기는 부정적으로 느껴지지. 심하게는 희롱으로까지 여겨지고."

"하, 기껏 호응해줬더니 바로 배신을 때리시네!"

"배신이라니, 나는 충분한 논리적 근거를 댔다고."

티격태격, 옥신각신, 아옹다옹하는 나와 마녀님의 모습을 봉자가 곁에서 따분한 표정으로 바라보고 있었다.

"참, 저 말이에요. 얼마 전에 의류수거함 털다가 굉장히 충격적인 일 겪었어요. 마녀님도 들으면 깜짝 놀랄걸요?"

"뭔데, 호들갑이야?"

나는 의류수거함에서 강아지를 구해낸 일을 차근차근 설명하기 시작했다. 이야기를 다 들은 마녀님은 내가 그랬듯 강아지를 버린 범인을 향해 저주와 악담을 퍼부어댔다. 흥분이 가라앉자 마녀님은 내게 물었다.

"그래, 그 녀석은 지금 건강하게 잘 지내고 있어?"

"네. 한번 만나볼래요?"

"뭐?"

"사실, 오늘 데리고 왔거든요. 지금 가게 밖에 세워둔 손수레에 있어요."

나는 얼른 밖으로 나가서 강아지를 품에 안고 돌아왔다. 강아지를 본 마녀님은 벌떡 몸을 일으켰다.

"얘가 정말 의류수거함에서 나온 그 녀석이야?"

가게 바닥에 내려놓자 강아지는 이곳저곳을 기웃거리며 냄새를 맡았다. 봉자는 냉큼 소파 위로 올라가서 경계하듯 강아지를 내려다보았다.

"처음에는 제가 키우려고 했는데, 우리 아버지가 개를 너무 싫어하거든요. 그래서 말인데…… 마녀님이 키우면 안 될까요? 여기서요."

내 제안이 너무 갑작스러웠는지 마녀님은 선뜻 입을 열지 못했다.

"그런 부탁을 하려면 미리 몇 마디 상의라도 했어야지."

"죄송해요. 마녀님이라면 충분히 이 녀석을 맡을 줄 알았어요."

"아무리 그래도 그렇지."

"저도 사료 값 보탤게요."

상황을 눈치라도 챘는지 강아지는 마녀님의 얼굴을 올려다보며 열렬히 꼬리를 쳤다. 마음이 흔들리는가 싶더니 마녀님은 쭈그려 앉아 강아지의 목덜미를 쓰다듬었다.

"의류수거함 속에서 많이 무서웠지?"

"그 녀석, 정말 착하고 순해요."

잠시 말없이 강아지를 바라보던 마녀님은 짧게 한숨을 내쉬었다.

"어쩔 수 없지……."

역시 내 예상대로였다. 마녀님은 사람에게는 이따금 차갑고 매몰차게 굴 때도 있었으나 동물에게만은 이상하리만치 마음이 약했다. 봉자의 경우만 해도 길고양이인 처지를 불쌍히 여겨 마녀님이 거둔 것이었다.

"정말 고마워요!"

"너를 위해서가 아니야. 이 강아지를 위해서지."

"물론 알고 있죠!"

강아지를 쓰다듬다가 마녀님이 혼잣말처럼 중얼거렸다.

"이름은 뭐로 지을까……? 역시 그 이름밖에 없을까나."

"그 이름이라니요?"

"토토. 카스테라엔 우유, 삶은 달걀엔 사이다처럼 도로시 옆에는 토토가 있어야지."

이름 때문에 놀림을 당할 때면 항상 듣던 말. "토토는 어디 갔어?" "토토 데려와." 이런 식으로 토토를 만나게 될 줄은 정말 몰랐다.

마녀님은 강아지와 눈맞춤을 하며 다정한 음성으로 말했다.

"토토야, 앞으로 우리 잘 지내보자."

봉자는 새로운 가족에 대해 별 호기심이 없는 듯 소파 위에서 시큰둥한 표정으로 토토를 쳐다보았다. 열린 문으로 시원한 바람이 불어왔다. 바람에는 희미하게 라일락 내음이 섞여 있었다. 마녀님은 토토를 품에 안은 채 소파에 앉았다.

"너 말이야, 요즘 공부는 제대로 하고 있는 거야? 밤에 의류수거함 터느냐고 잠도 못 잘 거 아냐."

나는 토토의 앙증맞은 발을 만지작거리면서 건성으로 대답했다.

"뭐, 괜찮아요."

"모평도 얼마 안 남았다며?"

"아, 몰라. 배 째라고 해요."

마녀님은 조금 뜸을 들였다가 느리게 말을 뱉어냈다.

"정말로 고등학교 졸업하면 호주로 갈 거야?"

"물론이죠. 내가 왜 지금 이 고생을 하는데."

"왜 하필 호주지?"

"옛날에 호주의 교육제도에 대한 다큐멘터리를 본 적이 있어요. 다큐멘터리 중간에 푸른 바다에서 서핑 보드를 타는 호주 아이들의 모습이 비춰졌는데, 누군가 가르쳐주지 않아도 자연스럽게 알게 되더라고요. 그 아이들이 행복하다는 걸. 그들에겐 행복이 일상적인 거고, 당연한 것이라는 걸. 그때 저곳이 낙원이구나 하는 생각이 들었어요."

"인간이 사는 곳이면 낙원이란 없어. 낙원처럼 보일 뿐이지."

"알아요. 그렇지만 적어도 그곳에는 남을 깔아뭉개야 살아남는 경쟁은 없겠죠. 한국에 계속 있다 보면 계속 경쟁에 시달려야 할 거예요. 대학에 가서는 학점 경쟁과 스펙 경쟁, 졸업해서는 입사 경쟁, 승진 경쟁…… 이젠 경쟁이라면 지긋지긋해요."

마녀님은 잠시 지그시 나를 보다가 말했다.

"만약 단순히 경쟁이 싫어서 이민을 결심하고 있다면 그건 현실 도피가 아닐까?"

"도피라고요? 저는 능동적으로 제 행복을 찾아 떠나는 거예요."

"시간은 많이 남아 있으니까 차분히 네 마음을 들여다보도록 해."

내 꿈이 모욕당한 것 같아 나는 기분이 약간 상했다.

"그만 갈게요."

가게 밖으로 나와 보니 어느새 거리에 어스름이 깔려 있고 상점의 간판에는 불이 들어와 있었다. 손수레를 끌고서 길을 가는 내내 마녀님이 한 말이 귓가에 맴돌았다. 나는 도리질을 치며 마음속으로 크게 소리쳤다. 현실 도피라니, 말도 안 돼!

세 번째 이야기수거함
중독도 살아가는 힘이 된다

숙자 씨를 만난 건 의류수거함을 턴 지 한 달 정도가 지났을 무렵의 J동에서였다. 깊은 밤 시간에 손수레를 끌며 길을 가고 있는데, 저 앞 벤치에 누군가 누워 있었다. 이 동네에도 노숙자가 생긴 건가? 나는 조금 긴장한 채 걸음을 옮겼다. 벤치 앞을 지나다 슬쩍 보니 깡마른 체격의 남자가 잔뜩 몸을 웅크린 채 잠들어 있었다. 때에 절고 해진 옷을 입고 있는 남자를 보자 안쓰러운 생각이 들었다.

'이 몸이 자비를 베풀어줘?'

나는 손수레에서 깨끗한 남방과 면바지를 찾아 들고 남자에게로 살금살금 다가갔다. 그러나 몇 걸음 떼지 않아 다리가 움직이지 않았다. 두려운 생각이 들었던 것이다. 남자가 갑자기 몸을 일

으켜 덤벼들 것도 같았고, 자신을 거지로 아느냐며 화를 낼 것도
같았다.

'그냥 갈까……'

어떡할지 고민하며 서 있다가 남자의 얼굴을 보았는데, 뜻밖에
도 막내 삼촌과 무척 닮아 있었다. 막내 삼촌은 나의 유년 시절에
서 절대 빼놓을 수 없는 사람이었다. 나를 영화관에 처음 데려갔
던 이도 막내 삼촌이었고, 내가 갖기를 소원하던 백설공주 의상을
사준 이도 막내 삼촌이었다.

남자가 막내 삼촌처럼 여겨지자 갑자기 용기가 솟아났다. 나는
두 주먹을 불끈 쥔 채 남자에게 다가갔다. 그의 곁에 서니 고른 숨
소리가 들려왔다. 다행히 악취는 풍기지 않았다. 나는 조심스런
동작으로 남자의 발치에 옷을 내려놓았다.

'의류수거함의 신이 주는 선물이에요.'

며칠 뒤 그곳을 지나던 나는 또다시 벤치에 잠들어 있는 남자를
발견했다. 아예 이곳을 아지트로 삼으셨구만. 자세히 보니 그는
지난번에 내가 준 남방과 면바지를 입고 있었다. 기분이 나쁘지
않았다. 내가 굉장히 착한 일을 한 것 같았다. 이참에 몇 벌 더 주
는 것도 좋겠네. 손수레를 뒤져 쓸 만한 티셔츠와 청바지를 찾아
든 나는 남자에게로 다가갔다. 처음이 아니라서 그런지 크게 겁이
나지는 않았다.

'의류수거함의 신이 주는 선물 2탄이에요.'

벤치에 옷을 내려놓고 막 돌아선 순간, 갑자기 등 뒤에서 낮고 굵직한 음성이 들려왔다.

"어이, 세뇨리따."

"⋯⋯!"

조금 과장을 보태 목털이 올올이 곤두서는 느낌이었다. 놀라고 당황한 와중에도 나의 비밀 병기를 떠올린 나는 매고 있던 크로스백에 슬그머니 손을 집어넣었다. 전기충격기를 손에 쥔 채 느린 동작으로 몸을 돌려보니 남자가 싱글거리는 표정으로 나를 바라보고 있었다.

"이왕 옷을 줄 거라면 내 취향도 조금 고려해주는 게 어때?"

"⋯⋯?"

"저번에 준 이 남방과 면바지는 전혀 내 취향이 아니야. 방금 준 티셔츠와 청바지도 마찬가지고. 노숙자라고 해서 패션 스타일까지 없는 건 아니란 걸 알아줬으면 좋겠어."

'죄송합니다, 고객님. 당장 교환해드리죠.' 이런 대답이라도 해야 했으나, 나는 여전히 아무 말도 하지 못한 채 멍청하게 서 있기만 했다.

"어쨌거나 옷 준 거는 고마워."

말을 마친 남자는 미소를 지어 보였다. 뜻밖에도 선량하고 천진해 보이는 미소. 덕분에 남자를 향한 경계심이 조금 누그러진 나는 남자의 모습을 찬찬히 살필 수 있었다. 머리는 산발이었고 코밑과 턱에는 수염이 무성했다. 전형적인 노숙자 스타일이라고 할까.

"혹시 지금 바쁜가?"

벤치에서 몸을 일으킨 남자는 크게 하품을 했다.

"라면 먹을래? 옷에 대한 답례라고 할 것까지는 없지만 출출하면 함께 먹자고."

내 대답을 듣지도 않은 채 남자는 벤치 옆에 놓인 커다란 등산 배낭을 뒤적여 버너와 코펠, 라면과 생수통을 꺼냈다. 물을 부은 코펠을 버너에 올린 뒤 그는 한껏 기지개를 켰다.

"담배가 급 당기는구만."

남자는 주변 땅바닥을 꼼꼼하게 살피더니 담배꽁초를 주워들었다.

"이런 장초를 버리다니, 누군지 몰라도 돈이 썩어나는 모양일세."

남자는 아무렇지 않게 담배꽁초를 입에 문 다음 불을 붙였다. 호의는 고마웠지만 아무래도 낯모르는 이와 함께 음식을 먹기는 힘들 것 같았다.

"저기……."

내가 막 거절의 말을 꺼낼 찰나, 어디선가 고양이 한 마리가 나타났다. 하얀 바탕에 검은 얼룩이 있는 고양이였다. 남자와 친숙한 사이인 듯, 그가 손짓을 하자 고양이는 어슬렁어슬렁 다가왔다. 걸음을 옮기며 고양이는 간간이 내 눈치를 살폈다. 남자는 등산 배낭에서 참치 캔을 꺼냈다.

"오늘은 나를 찾아온 손님이 많구만."

혼잣말처럼 중얼거리며 남자는 참치 캔을 따서 바닥에 내려놓왔다. 그러자 고양이가 천천히 참치를 먹기 시작했다. 남자는 그런 고양이를 흡족한 표정으로 내려다보았다. 그 모습을 대하니 남자에 대해 조금 남아 있던 경계심마저 완전히 사라져버리고 말았다. 동물 좋아하는 사람치고 나쁜 사람 없다는 격언도 있잖은가.

"이 녀석은 아무리 배가 고파도 절대로 매일 찾아오지는 않아."

"왜요?"

"자존심 같은 게 아닐까? 그게 고양이의 매력이지."

"이름은 지었어요?"

"이름은 책임질 수 있을 때나 짓는 거야. 나는 이 녀석을 책임질 수 없다고."

냄비의 물이 끓기 시작하자 남자는 라면 봉지를 뜯었다. 근처에서 풀벌레 소리가 작게 들려왔다. 라면이 익기를 기다리는 동안 남자는 벤치 옆 쓰레기통에 버려져 있던 신문을 집어 들어 들여다보았다. 그러다가 근심 어린 표정으로 중얼거렸다.

"이런, 나스닥이 또 떨어졌군⋯⋯."

그 모습을 보자 내 입에서 절로 웃음이 새어나왔다.

"아저씨의 패션 취향은 뭐죠?"

내 질문에 남자는 북핵 회담에 임하는 정부 관계자 같은 표정으로 고민에 잠겼다.

"음⋯⋯ 확실히 정의하긴 어렵지만 굳이 말하자면 메트로 섹슈얼에 가깝지. 조니 뎁 같은 스타일 말이야."

할 말을 잃은 나는 멍하니 남자를 바라보았다. 조니 뎁의 스타

일을 추구한다는 남자가 곁눈으로 나를 보더니 갑자기 큭, 웃음을
터트렸다.

"왜 웃으세요?"

"처음에 본 네 모습이 생각나서."

"네?"

"잔뜩 긴장한 채로 옷을 들고 나에게 다가오는 꼴이 정말 웃겼
다고."

"설마, 그때 깨어 있었던 거예요?"

"응."

"분명 자고 있었는데……."

"노숙 생활을 오래 하다 보면 잠귀가 밝아질 수밖에 없어. 길거
리에서 잠을 자는 일은 생각보다 굉장히 위험한 일이거든."

남자는 냄비의 라면을 젓가락으로 휘저었다.

"다 익었구만."

라면 냄새를 맡자 돌연 맹렬한 식욕이 느껴졌다. 남자는 플라스
틱 밥공기에 라면을 덜어 내게 내밀었다. 나는 머뭇머뭇 밥공기를
받아들었다.

"고마워요. 잘 먹을게요."

나는 천천히 라면을 먹었다. 야외에서 먹어서인지 굉장히 맛있
었다. 라면을 먹던 남자가 문득 손수레를 가리키며 내게 물었다.

"그런데 말이야, 저 옷들은 도대체 어디서 난 거지?"

선뜻 대답을 못하고 헛기침을 하며 망설이다가 나는 입을 열었다.

"훔쳤어요."

"어디서?"

"의류수거함에서."

남자는 별로 놀라지도 않고 그렇군, 이라고 중얼거리며 고개를 끄덕였다. 그러고 나서 잠시 뒤 한마디를 덧붙였다.

"아주 좋은 아이디어야."

어째서 이 사람은 초면인 나에게 반말을 할까. 남자를 보며 나는 인상을 조금 구겼다.

"네 말을 듣고 갑자기 생각난 아이디어인데 말이야."

젓가락으로 면발을 집어 입 바람으로 식히고 있던 나는 눈동자만 움직여 남자를 바라보았다.

"현충일이나 제헌절 같은 날이면 거리마다 태극기가 잔뜩 걸려 있잖아. 그걸 밤에 모조리 뽑아서 나중에 팔아먹는 건 어때?"

"음…… 나쁘지 않네요. 하지만 그건 완전히 절도예요."

"그건 의류수거함을 터는 것도 마찬가지잖아?"

"그렇긴 해도 의류수거함의 옷들은 일단 누군가 버린 거예요."

"그렇다고 그게 도둑질이 아닌 건 아니지. 의류수거함의 옷을 수거하는 사람이 따로 있을 테니까. 그러고 보니, 의류수거함의 옷은 누가 가져가지?"

"의류수거함의 관리는 구청에서 위임한 전문 사업자가 하는 경우가 많아요. 그 사람들은 헌옷을 동남아로 수출하죠."

남자는 고개를 끄덕였다.

"그렇군……."

라면을 다 먹은 남자는 크게 트림을 하며 몸을 일으켰다.

"라면을 먹은 뒤에는 꼭 그게 당긴단 말이야."

남자는 내게 아무 말도 없이 주택가 방향으로 허적허적 걷기 시작했다. 내가 어디 가냐고 묻자 남자는 심드렁한 어조로 따라오고 싶으면 그러라고 했다. 호기심이 인 나는 남자를 쫓았다.

남자가 찾아간 곳은 다름 아닌 편의점이었다. 아르바이트생은 그와 안면이 있는지 친근한 미소로 인사를 대신했다. 남자는 익숙한 행동으로 매장 뒤편에 있는 냉장고로 가더니 캔 콜라를 집어들었다.

"세뇨리따도 마시고 싶은 거 골라."

나는 작은 병에 담긴 포도 주스를 선택했다.

"아까부터 저를 세뇨리따로 부르시는데, 제 이름은 따로 있습니다."

"그래? 이름이 뭔데?"

"도……로시요."

"뭐? 뭔 로시?"

"도로시라고요."

이름의 내력에 대해 간단히 설명하자 남자는 크게 웃었다.

계산대 앞에 선 남자는 바지 주머니에서 천 원짜리 지폐 몇 장을 꺼내 계산을 했다. 노숙자에게 얻어먹으니 기분이 아주 묘했다. 편의점 밖으로 나오자마자 남자는 콜라를 따서 벌컥벌컥 들이켰다. 마치 광고의 한 장면처럼 시원해 보였다.

"콜라를 굉장히 좋아하시나 봐요."

"그런 편이지. 하루에 한두 캔은 꼭 마시니까."

아까 전에 담배를 피우던 남자의 모습을 떠올린 나는 핀잔주듯 말했다.

"니코틴에 카페인까지 중독이군요. 혹시 알코올은 중독 아닌가요?"

"이봐, 무언가에 중독되지 않고서 어떻게 이 누더기 같은 세상을 버티겠어. 때로는 중독도 살아가는 힘이 된다구."

그 순간, 나는 희미하지만 분명하게 보았다. 남자의 두 눈에 언뜻 스치고 지나간 어떤 텅 빔, 공허를. 이 사람은 중독의 힘으로 세상을 살아가고 있는가. 이 사람의 지난 삶은 어땠을까. 나는 남자를 보며 생각했다.

그 후 나는 의류수거함을 터는 여정에서 종종 남자를 만나 함께 라면을 먹었다(덕분에 의류수거함을 털며 빠졌던 살이 도로 쪘다!). 그러는 중에 나는 남자에 대해 좀 더 알게 되었다. 남자는 처음에 내가 예상한 대로 알코올 중독자였다. 틈만 나면 호주머니에서 팩소주를 꺼내 마시곤 했다. 노숙자에다가 골초와 알코올 중독까지. 남자는 폐인계의 떠오르는 아이돌이었다.

그런 남자에게 한 가지 어울리지 않는 점이 있었는데, 그건 교양 수준이 상당히 높다는 사실이다. 남자와 가까워진 뒤부터 나는 그와 많은 이야기를 나누게 되었다. 화제는 주로 영화와 문학이었다. 대화라고 하지만 거의 떠드는 건 나였고 남자는 가만히 내 말을 듣다가 나중에 짧게 코멘트만 했다. 어떤 책이나 영화를 화제로 꺼내도 그는 그것에 대해 잘 알고 있었고, 더불어 그것과 관련된 세밀한 정보까지 알려주었다. 나는 당연히 의문을 품을 수밖에 없었다. 이 남자, 정체가 뭐야?

어느 날은 남자와 함께 의류수거함을 털기도 했다. 평소처럼 라면을 먹은 뒤 떠나려던 나에게 그가 불쑥 물었다.

"오늘은 나도 도울까?"

"그러면 저야 좋죠."

나는 반색을 했다. 남자가 곁에 있어준다면 밤길이 든든할 것이었다.

"대신 약간의 대가는 있어야 해."

"설마, 술이요?"

"맥주 한 캔에 꾸이맨 어때?"

잠시 고민한 뒤에 나는 고개를 끄덕였다.

"좋아요, 숙자 씨."

"숙자? 숙자라니?"

"이름이 '숙자' 아니었어요? 성은 '노'에, 이름은 '숙자'."

남자는 별 대꾸 없이 나직하게 웃기만 했다.

나와 숙자 씨는 밤길을 산책하듯 천천히 거닐었다. 아무도 없는 거리에 달빛이 교교하게 내려앉아 있었고, 가로수들은 고요 속에서 지친 몸을 쉬고 있었다. 이따금 야식 배달을 하는 오토바이 소리가 희미하게 들려왔다. 의류수거함 앞에 서자 나는 숙자 씨에게 옷은 내가 꺼낼 테니 망이나 봐달라고 했다. 내 말을 들은 숙자 씨는 느긋하게 뒷짐을 진 채 주위를 두리번거렸다.

"오늘따라 쓰레기가 많네……."

작업을 하는 중에 내가 중얼거리자 숙자 씨가 나를 돌아보았다.

"쓰레기? 쓰레기가 왜 의류수거함에 있지?"

"자잘한 쓰레기는 어느 의류수거함에서나 조금씩은 나와요. 그런데 간혹 비닐봉지에 담긴 쓰레기를 발견할 때가 있어요. 종량제 봉투를 사는 돈이 아까워서 몰래 버린 경우죠."

"사람들이 정말 양심이 없구만."

"더 충격적인 일을 알려드릴까요?"

내가 토토를 발견했던 일을 들려주자 숙자 씨는 내가 그랬고, 마녀님이 그랬듯 토토를 버린 범인을 향해 분노를 터트렸다.

"그런 자식은 꼭 찾아내서 콩밥을 먹여야 해. 그래야 정신을 차린다고!"

감정이 진정되자 숙자 씨는 말했다.

"트라우마라는 게 인간에게만 있는 것이 아니야. 동물에게도 똑같이 적용돼. 그 강아지에게 의류수거함에 갇혔던 경험이 상처로 남지 않았으면 좋겠는데……."

새벽 두 시를 조금 넘겨 어느 정도 일을 마친 우리는 잠깐 쉬기로 하고 편의점에서 캔맥주와 꾸이맨을 구입해 놀이터 벤치에 앉았다. 숙자 씨는 천천히 맥주를 마시며 콧노래를 흥얼거렸다. 엄마가 섬 그늘에 굴 따러 가면 아기가 혼자 남아 집을 보다가……

어릴 적 나도 많이 불렀던 〈섬집아기〉였다.

몇 모금 만에 맥주를 전부 마셔버린 숙자 씨는 주머니에서 팩소주를 스윽 꺼냈다.

"알코올의 독소가 뇌세포를 파괴한다는 거 아세요? 그렇게 마시다가는 언젠가 뇌가 몽땅 사라져버릴 거예요."

내 말을 들은 숙자 씨는 클클, 웃었다.

"그거야말로 내가 바라는 바야. 아니, 이미 뇌가 없는지도 모르지. 하루하루 생각 없이 보내니까. 그런데 재밌는 건, 생각이 없기 때문에 살아갈 수 있다는 거야. 나란 인간은 생각이란 걸 하게 되면 추락하게 되거든."

"추락이요? 어디로요?"

"고통의 심연으로."

숙자 씨는 농담처럼 말했지만 그의 텅 빈 눈동자를 들여다본 나는 그게 농담만은 아니란 걸 알았다. 숙자 씨가 가슴에 커다란 흉터를 갖고 있다는 것은 처음 만났을 때부터 짐작하고 있었다. 그것이 그로 하여금 평범함에서 비껴난 삶을 살도록 만들었을 것이다. 나는 숙자 씨에게 괜한 말을 했다고 생각했다.

어디선가 들리는 새된 기계음에 고개를 돌려보니 우리와 멀지 않은 곳에서 후줄근한 양복 차림의 나이 든 아저씨가 크레인게임기 앞에 서 있었다. 아저씨는 술에 많이 취한 듯 옷매무새가 흐트러지고 몸이 한쪽으로 심하게 기울어져 있었다. 자정이 훌쩍 넘은 시간에 어둠이 깔린 거리에서 중년 아저씨가 크레인게임에 열중

하는 모습은 어딘가 비현실적이고 비애적인 느낌을 자아냈다.

"저 아저씨는 도대체 뭘 뽑으려고 하는 걸까요?"

내가 묻자 숙자 씨는 소주를 조금 마신 뒤에 대답했다.

"글쎄…… 그건 잘 모르겠지만, 저 사람의 발길을 게임기 앞에 붙잡은 건 뭔지 알 것 같군."

"그게 뭔데요?"

"고독과 공허감."

숙자 씨는 쓸쓸하게 웃었다.

"문득 정신을 차려보니 어느덧 나이는 쉰을 훌쩍 넘겨 있고, 얼굴에는 잔주름이 가득하고, 곁에는 진심을 나눌 이가 아무도 없는 거야. 그러면 나는 인생에서 뭘 건져 올렸나, 하는 회의감이 밀려오겠지. 그 헛헛한 마음에 저렇듯 뽑기 게임에 매달리는 게 아닐까?"

숙자 씨는 긴 한숨을 내쉬었다.

"잘 살펴보도록 해. 어쩌면 도로시의 아버지 모습일지 몰라."

숙자 씨의 말을 들은 나는 아버지를 떠올리다가 어릴 적 기억 한 토막에 젖어들었다.

예닐곱 살 무렵이었다. 어느 날 아버지와 엄마가 무슨 일(당시는 단칸방에 살며 경제 사정이 몹시 어려웠던 때라서 돈 문제가 아닐까 짐작된다)인가로 크게 다퉜다. 다툼 끝에 아버지는 자기 혼자 따로 살겠다며 짐을 싸기 시작했다. 아버지보다 두 살 연상인 엄마는 흥, 하고 코웃음을 치며 마음대로 하라고 말했다. 아버지가 짐 가방을 들고 나간 지 한참 지나, 뒤늦게 이대로 영영 아버지와 헤어지는가 싶어 겁이 난 나는 허겁지겁 밖으로 뛰어나갔다. 그러나 짐까지 싸서 호기롭게 나간 아버지는 뜻밖에도 집 앞 골목 어귀에 쭈그리고 앉아 있을 뿐이었다. 손에는 소주병이 들려 있었으나 한 모금도 마시지 않은 상태였다. 나는 조용히 아버지 옆에 앉았다. 아버지는 오랫동안 아무 말 없이 앉아 있다가 내게 불쑥 말을 건 넸다.

"로시야, 우리 재밌는 거 보러 갈까?"

"재밌는 거?"

"응, 재밌는 거."

아버지가 나를 데리고 간 곳은 잠실에 있는 야구장이었다. 천둥 같은 응원 소리도, 유치원 칠판보다 수백 배 큰 전광판도 신기하 기만 했다. 야구 규칙도 전혀 모른 채 솜사탕을 먹으며 경기를 구 경하다가 문득 아버지를 바라보니 그의 두 눈에 반짝이는 것이 고 여 있었다.

'왜 울까.'

미처 눈물의 의미를 알지는 못했지만, 그때 소리 없이 울고 있 던 아버지 모습은 내 마음의 망막에 깊이깊이 각인되었다.

그때 아버지가 운 이유를 알게 된 것은 내가 중학생이 되었을 때다. 명절에 우리 집을 방문한 막내 삼촌에게 우연히 당시의 얘 기를 꺼내자 그는 크게 웃으며 말했다.

"여태 몰랐어? 네 아빠, 젊었을 때 프로 야구 선수였잖아."

나는 깜짝 놀라지 않을 수 없었다.

"그게 정말이에요?"

"그럼, 정말이지. 네 아빠, 한때는 봉황기 대회에서 4강까지 올라간 팀의 선수였어."

삼촌의 말에 따르면 아버지는 고교 시절부터 굉장히 촉망받는 투수였다. 특히 슬라이더가 강하고 예리해서 '면도날 슬라이더'란 별명도 갖고 있었다. 고교 졸업 뒤에는 동료들의 부러움을 받으며 프로팀에 뽑혀 2군에서 선수 생활을 했다. 그러나 어머니를 만나고, 한순간의 실수로 어머니의 배 속에 언니가 들어서는 바람에 야구를 그만두고 취직할 수밖에 없었다.

"계속 운동을 했으면 선동렬이나 박찬호처럼 유명해졌을지 모르는데……."

삼촌의 아쉬움 담긴 말을 들으며 나는 멋진 야구 선수가 되어 텔레비전에 나오는 아버지를 상상해 보았다. 그러자 가슴에 찌릿, 통증이 지나갔다. 아버지는 우리 가족 때문에 꿈을 포기한 거구나. 자신을 희생한 거구나.

"그만 갈까?"

숙자 씨가 자리에서 일어나자 나도 몸을 일으켰다. 조금 길을 가다가 뒤를 돌아보니 양복 차림의 아저씨는 여전히 크레인게임에 매달려 있었다. 내 아버지도 이따금 늦은 밤에 저렇듯 게임기 앞에 서 있을까. 그래서 지난날 자신이 놓친 무언가를 뒤늦게나마 뽑으려 안간힘을 쓸까……. 나는 아저씨에게서 오랫동안 눈을 떼지 못했다.

다음 의류수거함에 도착한 숙자 씨와 나는 뜻밖의 사태에 크게 놀라고 말았다. 누군가 먼저 의류수거함을 털고 있었던 것이다. 우리는 얼른 담벼락 뒤로 몸을 숨겼다. 의류수거함 털이가 오직 나만이 고안해낸 사업 아이템이라는 생각은 해본 적 없지만, 나 외에 헌옷 도둑이 있다는 사실은 나를 적지 않게 당황시켰다.

숙자 씨는 뭔가 굉장히 흥미로운 듯 기대에 찬 목소리로 떠들어 댔다.

"이거, 도로시의 경쟁자가 있는지 몰랐는데?"

"쉿, 조용히 해요!"

거리가 너무 멀어 새로운 헌옷 도둑을 자세히 살필 수는 없었으나, 꽤 나이가 많은 남자라는 것과 체격이 왜소하다는 것만은 확인할 수 있었다. 그는 갈고리를 이용해 옷을 꺼내고 있었는데, 별 힘도 들이지 않고 옷을 슥슥 건져 올리는 것이 나의 특제 집게보다 훨씬 효율적으로 보였다.

'아, 그러고 보니……'

그제야 짚이는 사실이 하나 있었다. 요즘 들어 이 근방의 의류수거함에서 수거되는 옷의 양이 전보다 부쩍 줄었던 것이다.

'역시 이유가 있었구나!'

내가 이런 생각을 하고 있을 때, 숙자 씨가 조금 전에 마신 술 때문인지 갑자기 크게 트림을 했다. 그 바람에 새로운 헌옷 도둑이 우리를 발견하고 말았다. 그는 주춤주춤 물러서더니 돌아서서 도망가기 시작했다. 그러나 그 속도는 형편없었다. 절름발이였던 것이다. 무리해서 뛰던 그는 얼마 못 가 바닥에 넘어졌다. 그러자 숙자 씨가 다급하게 소리쳤다.

"미안해요, 방해하려던 건 아니었습니다!"

몸을 일으킨 그는 다시 절룩거리며 뛰었다. 그 모습이 내 가슴에 너무나 아프게 파고들었다.

"우리도 그쪽처럼 의류수거함을 털어요!"

숙자 씨의 말을 들은 그는 자리에 우뚝 멈춰 섰다. 그런 뒤 나와 숙자 씨를 향해 천천히 몸을 돌려세웠다.

고맙습네다

나와 그 의류수거함 털이계의 뉴 페이스는 상가 건물 계단참에 나란히 앉았다(숙자 씨는 잠깐 어디 다녀올 데가 있다며 사라졌다). 나는 되도록 그가 눈치채지 못하게 그의 외양을 살폈다. 그는 한눈에도 사회성이 별로 없어 보이는 인상이었다. 타인에게 먼저 말을 걸며 다가서는 일은 절대 못할 것 같았다.

"아저씨는 옷들을 뭐로 옮기세요?"

내가 조심스럽게 묻자 그는 말없이 한곳을 가리켰다. 그의 손끝을 따라가 보니 거리 한쪽에 낡은 다마스가 비상등을 켠 채 정차해 있었다.

"아, 차가 있으시군요. 편하시겠어요."

한참 뒤에 그는 작은 목소리로 내게 물어왔다.

"아가씨는 뭐로 옮깁네까?"

아까부터 그의 말투가 조금 이상하다고 느낀 나는 고개를 갸우뚱했다. 중국 교포인가? 아니면 새터민?

"손수레요. 저 뒤쪽에 있어요."

그는 보일락 말락 고개를 끄덕였다.

"언제부터 이 일을 하셨어요?"

"내래, 한 달 됐습네다."

"그렇군요. 저는 두 달 정도 됐어요."

나는 그가 내게 함부로 반말을 하지 않는 점이 굉장히 마음에 들었다. 아까 전에 의류수거함에서 손쉽게 옷을 꺼내던 그의 모습을 떠올린 나는 그가 손에 들고 있는 철사 갈고리를 살펴보았다. 그건 세탁소에서 쓰는 옷걸이로 만든 것이었다.

둘만 있으니 분위기가 영 어색했다. 갑자기 사라진 숙자 씨가 원망스러웠다. 무슨 얘기를 할까 고민하다가 나는 의류수거함을 털며 겪은 몇 가지 재밌는 일을 그에게 들려주었다. 아무래도 동종 업계에 있어서인지 그는 그 얘기를 무척 흥미 있어 했다.

"내래, 의류함에서 딱지도 떼지 않은 새 옷을 발견한 적이 있습네다."

"정말요?"

"인터넷에서 산 옷을 고대로 버린 것 같습네다. 반품하기 귀찮으니까네."

잠시나마 대화를 나누자 그의 얼굴에서 나를 향한 경계심이 조금 떨어져나간 것을 확인할 수 있었다. 주위가 몹시 고요했다. 이 세상에 오직 그와 나, 둘만 남겨진 것 같은 기묘한 기분이 들었다. 어둠 저편에서 발짝 소리가 들리는가 싶더니 사라졌던 숙자 씨가 나타났다.

"어디 갔다가 오는 거예요!"

"편의점."

내 옆에 앉은 숙자 씨는 들고 온 비닐봉지에서 페트병 맥주와 종이컵, 육포를 꺼냈다.

"대화를 하려면 이게 있는 게 좋을 것 같아서."

"차라리 커피를 사오지. 아까 마셔놓고선."

"그까짓 병아리 오줌 같은 양으로 어디 마셨다고 할 수 있겠어?"

나는 그에게 숙자 씨를 소개했다.

"이분은 의류수거함을 터는 도둑은 아니에요. 이를테면 오늘 밤만 특별히 저를 도와주는 객원 멤버죠."

그는 미심쩍다는 표정으로 고개를 끄덕였다. 숙자 씨는 그에게 종이컵을 건넨 다음 맥주를 따랐다.

"이것도 인연인데, 반갑습니다."

그는 깊숙이 고개를 숙였다.

"반갑습네다."

그는 목이 몹시 말랐다는 듯이 단숨에 맥주를 들이켰다. 숙자 씨가 다시 종이컵에 맥주를 채워주자 그것 역시 한 번에 전부 마셔버렸다. 그 모습을 보고 숙자 씨가 웃으며 물었다.

"주량이 어느 정도 되십니까?"

"정확히 모르겠습네다. 기냥 맥주 정도는 물처럼 마실 수 있습네다."

숙자 씨가 입가에 미소를 머금었다.

"저는 올해 서른 중반 넘겼는데, 나이는 어떻게 되시는지요?"

"저는 마흔 꽉 채웠습네다."

"그래요? 동안이시네요."

"그쪽이야말로 동안이십네다."

내일모레 노령연금 타게 생긴 사람들이 서로 '동안' 어쩌구 하니까 나는 진심으로 어이가 없어졌다. 아저씨들, 거울 좀 보고 살아요. 내가 거울 사줘요?

잠깐 망설이다가 숙자 씨는 다시 물음을 던졌다.

"그런데…… 북쪽에서 오셨나 봅니다."

"남조선에 온 지 삼 년 정도 됐습네다."

실제로 새터민을 처음 만나본 나는 그가 조금 신기하게 여겨졌다. 나는 기대에 찬 음성으로 물었다.

"이곳에 와서 가장 좋은 점이 뭐예요?"

그는 맥주가 담긴 종이컵을 들어 보였다.

"이 맥주 이름을 카스라고 하디요? 이거처럼 맛있는 맥주를 마실 수 있는 겁네다. 내래, 일주일에 몇 번씩은 남조선 맥주를 마십네다."

숙자 씨가 크게 웃음을 터트렸다.

"북한에는 맥주가 없습니까?"

"대동강 맥주라고 있긴 한데, 맛이 영 싱겁습네다. 도무지 톡 쏘질 않습네다. 게다가 그거마저도 평범한 사람들은 마시기 힘듭네다."

"한국에서 고생도 심하셨지요?"

그는 힘없이 웃었다.

"남조선으로 오기 전 중국에 일 년 정도 숨어 살았는데, 고때가 고생이 심했디요. 내래, 벌목공부터 시작해서 구걸, 도둑질까지 안 해본 일이 없습네다."

"현재 이곳에는 가족이 없습니까?"

그는 조용히 고개를 끄덕였다.

"어쩌다가 이 일을 하게 되셨습니까?"

그는 끄응, 신음을 낼 뿐 아무 대답이 없었다. 그가 아무 말을 안 했어도 사정을 짐작하기란 어렵지 않았다. 탈북자에 대한 멸시가 넘쳐나는 이 사회에서, 장애인에 대한 편견이 너무나 후한 이 사회에서 그가 직업을 구하는 것은 〈리니지〉에서 집행검을 얻는 것만큼이나 어려웠으리라.

생각에 잠긴 것처럼 바닥만 내려다보던 숙자 씨는 그에게 훔친 옷들은 어떻게 처리를 하는지 물었다. 그는 시장 좌판에서 판다고 짧게 대답했다. 나는 그가 옷을 팔기 위해 뭔가 호객 행위를 하는 모습을 도무지 상상할 수 없었다. 손님이 올 때까지 무작정 자리에 앉아 있기만 할 것 같았다. 내가 옷이 잘 팔리냐고 묻자 역시 그는 내 짐작대로 고개를 저었다.

"우리, 협상하는 게 어떻겠습니까?"

그는 고개를 들어 숙자 씨를 바라보았다.

"협상…… 말입네까?"

"그렇습니다. 우리는 헌옷을 넘기는 구제 옷가게가 따로 있습니다. 댁의 옷도 넘기도록 도와드리죠. 그 대신 우리와 의류수거함 터는 구역을 나누는 겁니다. 서로 충돌하지 않도록 말입니다."

나는 손뼉을 쳤다.

"그거 좋은 생각이네요!"

그의 얼굴에 밝은 기운이 퍼졌다.

"고저, 그렇게만 해주시면 저야 아주 좋디요. 정말 고맙습네다!"

나는 그에게 손을 내밀어 악수를 청했다.

"아저씨, 이제 우리는 어엿한 동지군요. 정식으로 인사드릴게요. 도로시입니다."

그는 어색한 동작으로 내 손을 맞잡았다.

"김필봉입네다……."

숙자 씨가 나를 보며 꾸중하듯 말했다.

"아저씨라니. 앞으로 계속 볼 사이니까 삼촌이라고 부르도록 해."

"그럴까요? 그렇다면 맥주를 아주 좋아하시니까 카스 삼촌이라고 부르면 어떨까요?"

"그것도 괜찮네."

옆에서 나와 숙자 씨의 대화를 말없이 듣던 카스 삼촌이 슬며시 웃었다.

이튿날 늦은 오후. 나는 카스 삼촌과 숙자 씨를 데리고 마녀's House를 찾았다(숙자 씨는 마녀's House가 궁금하다고 해서 포함시켰다). 마녀님에게는 이미 전화로 사정을 설명하고 카스 삼촌의 일에 대한 승낙을 받은 뒤였다. "얼른 모시고 와. 우리 사업이 번창하는 것 같아 기분이 좋은데?" 내가 대는 헌옷 물량에 대해 늘 부족함을 느꼈던 마녀님으로서는 카스 삼촌을 거절할 이유가 전혀 없었다.

"반가워요. 도로시에게 얘기 들었어요."

마녀님이 환하게 웃으며 인사를 건네자 카스 삼촌은 꾸벅 고개를 숙였다.

"처음 뵙겠습네다."

나는 마녀님에게 숙자 씨를 소개했다.

"이쪽은 내가 늘 얘기하던 숙자 씨예요."

마녀님은 의미심장한 미소를 지었다.

"아, 꼭 한 번 뵙고 싶었는데."

숙자 씨는 경계하듯 짤막하게 인사말을 건넸다.

"안녕하십니까."

마녀님과 카스 삼촌은 매장의 소파에 마주 앉았다.

"일에 대한 건 도로시에게 들었을 거예요."

마녀님은 카스 삼촌에게 간단히 자신의 가게에 대한 소개를 한 다음 수익 분배에 대한 설명을 시작했다.

"저는 판매는 물론이고 옷의 수선과 AS까지 책임져요……."

나는 노련한 사업가 같은 마녀님의 태도가 왠지 마음에 들지 않았다. 내 따가운 시선을 느꼈는지 마녀님이 갑자기 나를 돌아보았다.

"있잖아, 마실 것 좀 갖다 줄래?"

"네, 알겠습니다."

충실한 비서같이 대답을 한 나는 뒷방으로 가서 오렌지 주스를 가져왔다. 테이블에 주스 잔을 내려놓자 마녀님은 입 모양만으로 고마워, 라고 말했다. 나는 마녀님이 디자인한 옷들을 구경하고 있던 숙자 씨에게 다가가 주스 잔을 내밀었다.

"마녀님이 직접 만든 거예요. 사람들에게 제법 인기가 있어요."

주스 잔을 받아들며 숙자 씨는 고개를 주억거렸다.

"확실히 감각이 있군. 하지만 자기만의 개성을 좀 더 살리는 게 좋겠어."

숙자 씨의 패션 평론가 같은 말을 듣자 픽, 웃음이 새어나왔다.

"마녀님의 디자인 철학은 유행하는 스타일에서 아주 조금만 차별화되는 거예요. 그게 상업적인 측면에서도 안정적이니까."

"하지만 이런 식으로는 인상적인 게 없어. 어느 유명 디자이너가 말했지. 디자인은 데커레이션이 아니라 커뮤니케이션이라고. 디자인이란 보는 이에게 강렬한 이미지를 전달해야 해. 그래야 하나의 브랜드로서 자리매김할 수 있는 거야."

"숙자 씨 말에 일리가 있는 것 같아요. 하지만 그렇게 해서는 너무 위험이 크지 않아요?"

"도로시, 진보에는 언제나 리스크가 따르는 법이야. 이루로 도루하기 위해서는 일루에 발을 걸친 채로는 불가능하다고."

"와우, 멋진 말이네요."

"내가 한 말은 아니야. 미국의 유명한 작가가 한 말이지."

갑자기 숙자 씨가 내 눈을 지그시 쳐다보았다.

"우리 삶 자체가 위험이라구. Life is a risk! 그래서 삶이 가치 있는 거야."

"그것도 멋진 말이네요."

"이거 역시 내가 한 말은 아니야."

마녀님과 카스 삼촌의 대화는 오래지 않아 끝났다. 마녀님이 환한 표정을 짓고 있는 반면, 카스 삼촌의 표정은 그리 밝아 보이지 않았다. 나는 그런 카스 삼촌을 이해할 수 있었다. 칠십 대 삼십의 이익 분배라니. 너무 가혹한 노동력 착취 아닌가.

마녀님은 기분 좋은 얼굴로 좌중을 둘러보았다.

"새로운 직원이 들어온 기념으로 내가 저녁 쏠게."

"그게 정말이에요?"

내가 의심스럽다는 듯이 묻자 마녀님은 인상을 찌푸렸다.

"내가 언제 거짓말하는 거 봤어?"

가게 셔터를 내린 마녀님은 앞장서 걸었다. 번화가와 정반대 방향이었다. 마녀님은 뒤따르는 우리에게 자신이 굉장히 근사한 식당을 알고 있다고 말한 뒤 내내 말이 없었다. 조용히 걷기만 하는 마녀님 뒤에서 나는 설레는 심정으로 그곳이 어떤 모습일지 상상해보았다.

우리는 가파른 언덕길을 한참 올랐다. 시간이 갈수록 점점 오래된 건물이 늘어나고 인적도 뜸해졌다. 좁은 골목에 숨어 있는 길고양이들이 안광을 빛내며 우리를 쏘아보았다. 마치 영화에 종종 등장하는 뉴욕의 할렘 같은 분위기였다.

"도대체 어디로 가는 거예요? 이런 동네에 무슨 고급 식당이 있다고 그래."

내가 투덜대자 마녀님은 계속 발을 놀리며 말했다.

"잔말 말고 따라와."

마녀님이 멈춘 곳은 낡은 오피스 건물 앞이었다. 그러나 아무리 건물 외관을 살펴도 식당 간판은 보이지 않았다. 엘리베이터를 타자 마녀님은 맨 꼭대기인 팔 층을 눌렀다. 잠시 후 엘리베이터에서 내린 우리는 어두컴컴한 복도 양편으로 길게 이어진 문들만을 볼 수 있었다. 굉장히 으스스한 분위기였다.

"우리를 어디 팔아넘기기라도 할 속셈이에요?"

나는 농담기 없이 마녀님에게 물었다. 그쯤 되자 숙자 씨와 카스 삼촌도 의심스러운 눈초리로 마녀님을 보기 시작했다.

"여기서 한 층 더 올라가야 해."

"여기가 맨 위층인데 어딜 더 올라가요!"

마녀님은 씩 웃더니 비상계단으로 향했다. 나는 어디 갈 때까지 가보자는 심정으로 그녀의 뒤를 따랐다. 마녀님은 어둡고 좁은 계단을 올라 두꺼운 철문을 열었다. 그 순간, 나는 크게 놀라지 않을 수 없었다. 탁 트인 옥상 한가운데 뜬금없이 작은 목조 건물이 있는 것 아닌가.

"와, 완전 깜놀!"

놀라기는 숙자 씨와 카스 삼촌도 마찬가지였다.

"저게 식당인가? 신선하군."

"이런 곳에서 장사가 되겠습네까?"

우리는 건물로 천천히 다가갔다. 외벽에 붙어 있는 작은 네온 간판에는 '숲'이라는 글자가 옅은 초록색으로 빛나고 있었다. 출입문을 열자 라디오 방송이 크게 들려왔다. 식당 안에는 뜻밖에도 손님들이 가득 차 있었다.

"마마, 저 왔어요!"

마녀님이 말하는 방향을 따라 고개를 돌린 나는 조금 멍해지고 말았다. 주방에 마녀님과는 비교도 되지 않을 정도로 거구인 중년 여자가 서 있었던 것이다. 흡사 대형 타이어를 여러 개 겹쳐놓은 것 같았다. 숙자 씨와 카스 삼촌을 보니 둘 다 나처럼 반쯤 넋이 나간 채 여자를 바라보고 있었다.

"마마라니, 저분이 마녀님의 엄마예요?"

자리에 앉자마자 나는 마녀님에게 물었다. 마녀님은 웃으며 대답했다.

"엄마는 무슨. 여기 단골들이 저분을 부르는 애칭이야. 음식에 엄마가 해주는 밥처럼 정성과 애정이 깃들어 있다고 해서 붙인 거지."

중년 여자가 우리를 향해 다가오자 바닥이 울리는 것이 분명하게 느껴졌다. 여자는 마녀님을 향해 방긋 미소 지었다.

"오늘은 친구들과 같이 왔네?"

거대한 몸집에 어울리지 않게 너무나 여리고 가는 목소리였다.

"제가 한턱 쏠 일이 생겨서요."

마녀님은 숙자 씨와 카스 삼촌을 향해 고개를 돌렸다.

"여기는 메뉴가 백반 한 가지밖에 없어요."

여자가 밝은 목소리로 얼른 말을 보탰다.

"하지만 반찬은 자주 바뀌어요. 직거래하는 농가에서 무작위로 보내주는 제철 식재료를 사용하거든요."

숙자 씨가 입을 뗐다.

"우리 땅에서 제철에 나는 식재료가 몸에 가장 좋지. 거기에는 계절에 따른 깊은 음양의 이치가 깃들어 있는 법이니까."

여자는 숙자 씨를 바라보았다.

"식재료뿐 아니라 일반적인 상차림 자체에도 계절의 이치가 담겨 있는 거 아세요? 조선시대에 쓰인 『규합총서』라는 책이 있어요. 여성들을 위한 백과사전과 같은 책이죠. 거기에 이런 구절이 있어요. 밥 먹기는 봄같이, 국 먹기는 여름같이, 장(醬) 먹기는 가을같이, 술 먹기는 겨울같이 하라!"

"와우, 정말 멋진 말이네요!"

내 감탄의 말을 들은 여자는 만족스런 표정을 지었다.

"그렇죠? 저도 굉장히 좋아하는 구절이에요."

여자는 한식의 과학적 우수성에 대해 한참 늘어놓았다. 온몸에서 오로라와 같은 따뜻한 기운이 번져 나오는 사람이었다. 곁에 있는 것만으로도 마음이 안정되고 편안해졌다.

여자가 주방을 향해 몸을 돌리자 나는 마녀님에게 물었다.

"이런 곳을 어떻게 알았어요?"

"우리 옷가게 단골 중에 맛집을 소개하는 파워 블로거가 있거든. 블로그 이웃이 수천 명이나 되는 유명한 분이야. 그분에게 동네에서 가장 맛있는 식당을 소개시켜 달라고 하니까 여기로 데려왔어."

"그런 분이 소개할 정도면 굉장하겠는데요?"

"분명 맛은 있지만, 그렇다고 깜짝 놀랄 정도는 아니야. 그런데 마음이 허해질 때나 기분이 우울해질 때면 이상하게 이곳 음식이 생각나는 거 있지."

"아, 뭔지 알 것 같아요. 저도 몸이 아플 때면 꼭 엄마가 해주는 호박죽이 생각나더라고요."

나는 주방에 있는 여자를 바라보았다. 여자 혼자 서 있는데도 주방이 꽉 차는 느낌이었다. 여자가 요리하는 모습은 실로 감탄을 불러일으키는 부분이 있었다. 날렵하면서도 굉장히 차분했고, 움직임에 전혀 군더더기가 없었다. 전을 부치던 여자는 나와 눈이 마주치자 뺨에 홍조를 띠며 활짝 웃어 보였다.

이윽고 기다렸던 식사가 나오자 우리는 조용히 숟가락과 젓가락을 놀렸다. 백반인 만큼 특별한 요리는 없었다. 그러나 음식 하나하나가 모두 정갈하고 맛이 있었다. 우선 밥부터 말하자면 윤기가 흐르면서도 고슬고슬했고, 호박잎된장찌개는 아주 좋은 장

을 쓴 듯 맛이 너무나 깊고 풍부했다. 고구마줄기볶음과 가지무침
도 자꾸만 젓가락이 가게 만들었다. 우리는 모두 말없이 먹는 데
만 집중했다. 맛있고 정성이 깃든 음식은 육체뿐 아니라 영혼까지
도 배부르게 한다. 숙자 씨와 카스 삼촌은 공깃밥을 추가했다. 모
두의 표정에는 행복감이 감돌았다.

식사를 마친 우리는 바깥 테라스에 있는 긴 의자에 앉아 녹차를
마셨다. 빨랫줄에 걸린 체크무늬 테이블보가 바람에 크게 펄럭였
다. 옥상 난간 너머로 도시의 모습이 한눈에 잡혔다. 높은 곳에서
보니 삭막한 도시도 꽤 볼만했다.

마녀님은 숙자 씨에게 큰 흥미를 느끼는 모양이었다. 예전 직업
이 무엇인지, 결혼은 했는지, 고향은 어디인지 꼬치꼬치 캐물었다.
그러나 그런 개인적인 질문에 숙자 씨는 일절 대답이 없었다. 참
다못한 마녀님은 버럭 화를 냈다.

"도대체 왜 그렇게 감추는 게 많은 거죠? 뭐가 그렇게 특별하다고!"

"이봐, 마 사장. 특별한 게 없기 때문에 대답할 게 없는 거야. 다
른 이들과 하나도 다를 게 없어. 그러니 그런 질문은 하지 말아줘."

카스 삼촌은 성격 탓인지 거의 말을 하지 않았다. 먼저 화제를
꺼내는 일은 단 한 번도 없었고 누군가 자신에게 질문을 하면 그
때서야 느릿느릿 입을 열었다. 그렇다고 혼자 무리와 동떨어져 있
는 것은 아니었다. 누군가 재밌는 농담을 하면 마치 큰형이나 큰
오빠처럼 뒤에서 조용히 웃었다.

마녀's House가 화제로 등장하자 마녀님과 숙자 씨는 옷의 디자

인을 두고 격렬한 설전을 벌였다. 그 덕분에 나는 카스 삼촌과 차분히 대화를 나눌 수 있게 되었다. 나는 카스 삼촌에게 조심스런 어조로 물었다.

"다리는 어쩌다가 그렇게 되신 거예요? 태어날 때부터 그런 거예요?"

입가에 옅은 미소가 어리더니 카스 삼촌은 자신의 한쪽 다리를 내려다보며 잦아드는 목소리로 대답했다.

"이 다리네, 탈북 당시 압록강을 건너다가 경비병의 총에 맞아서 이렇게 된 겁네다. 지금도 그때를 생각하면 아주 아찔합네다."

나는 깜짝 놀랐다.

"총이요?"

"그렇습네다. AK47 자동소총이디요."

고개를 푹 숙인 채 카스 삼촌은 작은 목소리로 말을 이었다.

"그래도 그때 나는 별로 아프지 않았습네다."

"왜요?"

카스 삼촌은 눈가에 잔주름을 잡으며 쓸쓸한 미소를 지었다.

"……희망이 있었으니까네. 남조선에만 가면 다른 삶을 살 수 있을 거라는."

오랫동안 말을 멈췄다가 카스 삼촌은 입술을 뗐다.

"내래, 북조선에서 인민학교 교사였습네다."

"인민학교요?"

"여기 말로는 초등학교디요. 교사를 하며 가장 괴로웠던 게 뭐인지 아십네까?"

나는 고개를 저었다.

"아이들에게 희망을 줄 수 없는 거였습네다……. 북조선에는 '출신 성분'이란 게 있습네다. 그게 좋지 않으면 아무리 능력이 뛰어나도 인정받지 못합네다. 꿈을 이룰 수가 없는 기야."

"출신 성분이란 게 계급이군요?"

"그렇디요."

"그럼, 한국에 오니까 어떠세요? 한국은 꿈을 이룰 수 있는 곳인가요?"

카스 삼촌은 난감한 표정을 짓더니 한참 만에 대답했다.

"솔직히 말하면 잘 모르갔습네다. 내래, 가끔씩 아직도 북조선에 있는 건 아닌지 헷갈립네다. 남조선에는 출신 성분 대신 다른 계급이 있는 것 같습네다."

"그게 뭔데요?"

"……돈이디요. 돈이 얼마나 있느냐에 따라 사람의 위치가 결정되는 것 같습네다. 돈이 없으면 멸시하고 무시하고 차별하디요."

카스 삼촌의 말을 들은 나는 교실이라는 작은 공간을 떠올렸다. 그곳에도 계급이 존재했으니, 성적이 그것이다. 학교라는 곳을 다녀본 사람이라면 누구나 알겠지만, 선생님들로부터 인격 존중을 받으려면 성적부터 좋아야 한다. 적어도 10등 안에는 들어야 '아, 나도 인간이구나' 하는 느낌을 받을 수 있는 것이다. 더 웃긴 건, 아이들 사이에서조차 그런 차별이 존재한다는 점이다. 1등과 꼴등이 친구가 되는 법은 절대 없다.

내가 그동안 많이 힘들고 괴로웠겠다고 말하자 카스 삼촌은 덤덤하게 말했다.

"이제는 괜찮습네다. 무시와 차별에 대처하는 내 나름의 방도가 있기 때문이디요."

"그게 뭔데요?"

"내 자신을 시키는 대로 일만 하는 기계라고 생각하면 됩네다. 기계는 아무것도 느끼지 못하잖습네까? 분노도, 슬픔도, 고통도."

카스 삼촌의 말을 들으니 더욱 서글퍼졌다.

"그래도 이 남조선에는 한 가지 아주 좋은 점이 있습네다. 열심히 일만 하면 밥은 먹을 수 있지 않습네까?"

나는 한숨 쉬듯 웃었다.

"사람이 밥만 먹고 살 수는 없잖아요."

"내래, 아주 어릴 때였습네다. 아버지가 당 간부인 친구가 있었습네다. 우리 집은 가족 모두 만날 쫄쫄 굶었는데, 그 친구 집에는 언제나 먹을 게 넘쳐났습네다. 덕분에 친구 집에 놀러 가면 마음껏 배를 채울 수 있었디요. 기런데 나는 친구 집에서 음식을 얻어먹을 때면 절대로 물을 마시지 않았습네다."

"왜요?"

"집에 돌아와서 음식을 모조리 토해내기 위해서디요. 내가 토해낸 걸…… 우리 가족들은 주워먹었습네다. 그렇게 목숨 줄을 이어갔디요."

큰 충격을 받은 나는 신음이 흘러나오지 못하도록 얼른 손으로 입을 틀어막았다. 대화가 끊긴 틈으로 마녀 님과 숙자 씨의 말소리가 끼어들었다. 카스 삼촌은 난간 너머에 시선을 던져둔 채 더 이상 입을 열지 않았다.

다섯 번째 이야기수거함
195번 의류수거함

그 의류수거함은 195번이었다.

봄이 지나고 여름으로 접어들 무렵이었다. 그때쯤 나는 의류수거함을 터는 일에 익숙해질 대로 익숙해져 있었다. 삼 일을 일하면 반드시 하루는 쉬어야 했던 체력은 연속해서 오 일을 일해도 너끈할 만큼 늘어 있었고, 밤길도 더 이상 두려워하지 않게 되었다. 아니, 오히려 그 어둠과 고요를 즐길 정도였다.

마녀's House는 매출이 몰라보게 늘었다. 인근에 사는 외국인 노동자들에게 질 좋은 옷을 싸게 판다는 소문이 난 것이다. 마녀님의 얼굴에는 늘 기분 좋은 미소가 감돌았다.

"얼마 전에는 멀리 안산에서 단체로 찾아온 거 있지. 팔릴 때 바짝 하자고."

"아주 신이 나셨군요."

내가 비아냥거리자 마녀님은 정색을 했다.

"꼬리가 길면 잡히는 법. 너와 카스 삼촌이 언제까지나 의류수 거함을 털 수는 없잖아. 너, 의류수거함 도둑 만렙 찍을래?"

마녀님의 말을 듣고 나는 뜨끔하지 않을 수 없었다. 기실 가족 까지 내 은밀한 직업을 알게 된 것이었다.

그날은 학교에서 모의고사를 쳤다. 점수가 영 신통치 않아 우울 한 기분으로 집에 돌아와 보니 무슨 일인지 회사에 있어야 할 언 니가 있었다. 언니는 자신의 방에서 한 손에 피자를 든 채 모니터 를 보며 깔깔거리고 있었다. 언니가 보고 있는 것은 P2P 사이트를 통해 내려 받은 〈셜록 시즌 2〉였다.

"왜 벌써 와 있는 거야?"

내가 퉁명스럽게 묻자 언니는 아무렇지 않게 대답했다.

"회사 그만뒀어."

제대로 말을 알아듣지 못한 나는 다시 물었다.

"뭐라고?"

"회사에 사표 냈다고!"

"그게 정말이야?"

"그래. 벌써 앞으로의 계획까지 다 세워뒀어."

나는 헛웃음을 터트렸다.

"그게 뭔데?"

"몇 달 뒤에 히말라야로 트레킹 떠날 거야."

아버지는 무역회사에 다니는 샐러리맨이었고 엄마는 동네에서 작은 부동산 중개소를 운영하고 있었다. 아버지와 엄마는 지극히 평범한 오십 대 부부였다. 나 역시 어느 모로 보나 특별할 데 없는 사람이었다. 우리 집안에서 특이하다고 할 만한 사람은 오직 한 명, 언니뿐이었다. 언니로 말하자면 할 수 있는 건 무엇이든 해보자는 경험주의자였다. 도덕과 규범은 언니를 막지 못했다.

고교 때까지 언니는 모범생이었다. 공부도 열심히 했고 선생이나 부모의 말도 고분고분 잘 들었다. 그러나 대학에 들어가자 완전히 달라졌다. 언니는 배낭 하나만 달랑 메고 혼자 남미와 유럽, 동남아를 돌아다녔다. 반정부 시위를 이끌어 경찰서에서 구류를 살기도 했으며, 학교의 비리 교수를 규탄하는 집회를 주도해 그 교수가 학교를 떠나게끔 만들기도 했다(당시 학교에서 언니는 총장보다 무서운 실력자로 통했다고 한다). 대학 졸업 뒤에는 급료가 거의 없는 NGO 단체에서 잠깐 일했다. 그 모든 일을 하는 동안 언니는 늘 당당했고 자신감에 차 있었다. 심지어 유부남과 사귈 때에도, 그 유부남의 아내라는 사람에게 머리카락을 뜯기고 뺨을 얻어맞을 때에도, 어렵사리 결혼한 유부남과 일 년을 채우지 못하고 이혼했을 때에도 언니는 위풍당당하게 어깨를 쭉 펴고 다녔다.

책상 앞에 앉아 시험지를 들여다보고 있으려니 삐꺽, 방문이 열리며 언니가 고개를 내밀었다. 방 안으로 들어온 언니는 침대에 걸터앉아 나를 빤히 쳐다보았다.

"요즘 뭐하고 다니는 거야?"

언니가 불쑥 던진 질문은 방 안에 뱀 한 마리를 풀어놓은 것처럼 나를 바짝 긴장시켰다. 나는 애써 태연을 가장하며 대꾸했다.

"갑자기 무슨 말이야?"

"며칠 전 야근 마치고 집으로 오는 길에 너 야식 좀 사줄까 하고 독서실에 갔었어. 그런데 네가 없더라. 아무리 기다려도 오지 않고. 다음 날 비슷한 시간에 가보니 역시 없고."

언니는 마치 셜록 홈즈가 사건의 단서를 찾듯 내 방 이곳저곳을 살폈다.

"낌새를 보아하니 연애를 하는 것 같지는 않은데 말이야."

떳떳하게 밝힐 만한 것은 아니었으나 나는 언니를 속이고 싶지 않았다. 한참을 망설인 뒤에 나는 힘들게 입을 열었다.

"있잖아…… 난 요즘 도둑질을 해."

언니는 입을 쩍 벌리더니 갑자기 흥분한 목소리로 말했다.

"그거 아주 멋진데? 자세히 얘기해줘!"

언니의 두 눈이 어떤 비난기도 없이 솔직한 호기심과 감탄으로 빛났기 때문에 나는 허심탄회하게 일의 전말을 모두 털어놓을 수 있었다. 의류수거함의 발견, 마녀님과의 동업, 의류수거함을 털면서 사귀게 된 친구들에 대해서까지.

"그렇구나……."

이야기를 다 들은 언니는 조용히 고개를 끄덕이기만 했다.

"왜 반응이 없어? 어이가 없는 거야?"

"아니야."

"그럼 뭔데?"

언니는 히죽 웃었다.

"네가 처음으로 모험을 해보는가 싶어서. 도둑질이라니, 얼마나 멋지니. 지금의 그 경험이 대학이나 직장에 다니는 것보다 네 영혼의 성장에 훨씬 큰 도움을 줄 거라고 봐."

영혼의 성장. 언니는 가끔 다른 사람들이 잘 쓰지 않는 어휘를 사용하곤 했다. 나는 언니의 그 점이 무척 좋았다.

"그럼 언니는 도둑질을 해도 괜찮다는 거야?"

"그로 인해 크게 상처받는 사람이 없다면."

언니는 침대에서 일어났다.

"혹시라도 네가 감옥에 가게 되면 사식은 넣어줄게."

"뭐!"

거실로 나간 언니는 갑자기 고개를 틀어 나를 쳐다보았다.

"앞으로 내 옷도 좀 챙겨줘. 내 스타일 알지?"

"알았어. 대신 내가 하는 일 절대 비밀이다!"

언니는 나를 향해 찡긋 윙크를 한 다음 자기 방으로 갔다.

바로 그날 밤. M동의 한 의류수거함에서 납득하기 힘든 물건이 나왔다. 나는 내 편의를 위해 모든 의류수거함에 번호를 적어놓았는데, 그 의류수거함은 195번이었다. 한참 옷들을 끄집어내던 내 특제 집게에 뭔가 크고 묵직한 것이 걸렸다.

'뭐지?'

순간적으로 토토를 발견했을 때가 떠올라 나는 움찔했다. 그러나 다행히 생명체는 아닌 것 같았다. 그냥 무시할까 하는 생각도 들었지만 호기심이 나를 이기고 말았다. 나는 몇십 분을 고생해서 겨우 그것을 의류수거함 밖으로 끄집어냈다. 꺼내고 보니 그건 두툼한 사진첩이었다. 가죽 표지에는 세월의 손때가 잔뜩 묻어 있었다. 나는 어리둥절한 채 그것을 내려다보았다.

'왜 사진첩이 여기 있을까.'

한 사람의 내밀한 삶의 기록을 훔쳐보는 것은 흥미로운 일이다. 그게 왜 거기 있는지에 대한 의문은 멀리 던져둔 채 나는 의류수거함 옆에 쪼그리고 앉아 사진첩을 한 장 한 장 넘겨보았다. 사진들은 주인의 성장 과정에 따라 잘 정리되어 있었다. 백일 사진, 걸음마 사진, 유치원 졸업 사진, 초등학교 입학 사진, 수학여행 사진…… 사진첩의 주인은 나와 비슷한 나이를 가진 남자애였는데, 깜짝 놀랄 정도로 잘생긴 외모를 갖고 있었다. 갸름한 얼굴형에 선명하고 진한 눈썹, 쌍꺼풀 없이 큰 눈, 길고 오뚝한 코. 많은 사람 속에 섞여 있어도 금세 눈에 들어왔다.

"혹시 연예기획사 연습생인가? 이 사진첩 갖고 있으면 나중에 큰돈 되는 거 아냐?"

나는 엉뚱한 상상을 하며 혼자 배시시 웃었다.

그로부터 열흘쯤 뒤.

주변을 떠도는 공기에 설렘과 기대감이 가득 섞여 있는 금요일이었다. 학원을 마치고 집으로 가던 나는 우연히 퇴근길의 아버지를 발견했다. 양복 차림의 아버지는 양 어깨를 축 늘어뜨린 채 걷고 있었다. 외고에 떨어진 뒤부터 계속 데면데면한 상태로 지내오던 아버지였다. 처음에는 그냥 못 본 척 지나치려 했으나, 얼마 전에 보았던 크레인게임을 하던 아저씨가 생각나며 나도 모르게 그를 부르고 말았다.

"아버지!"

내 목소리를 들은 아버지는 뒤를 돌아보았다.

"너도 지금 들어가냐?"

"응."

아버지와 나는 아무 대화 없이 걷기만 했다. 계속되는 침묵이 부담스럽게 느껴질 때, 아버지가 불쑥 내게 물었다.

"요즘 독서실에서 공부하느라 새벽 두 시가 넘어서야 들어온다며?"

가슴이 뜨끔했다. 나는 말끝을 흐리며 대답했다.

"응, 뭐……."

다시 이어지는 침묵. 이번에도 아버지가 갑자기 말을 꺼냈다.

"정말 공부하는 데 스마트폰이 필요하냐?"

나는 놀라서 아버지 얼굴을 빤히 쳐다보았다. 며칠 전 나는 엄마와 크게 다툰 일이 있었다. 나는 학교 친구들 중에 스마트폰이 없는 애는 나밖에 없다며 스마트폰을 사달라고 했고, 엄마는 절대 안 된다고 했던 것이다. 인강을 볼 때도 유용하다며 설득했지만 엄마는 꿈쩍도 하지 않았다.

"있으면 좋지. 학원 강의를 녹화할 수도 있고."

내 말을 들은 아버지는 곧장 가까운 휴대폰 대리점으로 나를 데리고 갔다. 그런 다음 내게 갖고 싶은 스마트폰이 뭐냐고 물었다. 내가 점찍어둔 모델을 말하자 상당한 고가였는데도 선뜻 그것을 사주었다.

"괜찮겠어? 엄마가 뭐라 할 텐데."

"아버지를 너무 무시하는 거 아냐? 나한테 그 정도 힘은 있어."

나는 아버지 얼굴을 말없이 올려다보았다. 마음 한구석에 단단하고 견고하게 쌓인 무언가가 쏟아져 내리는 느낌이었다.

거리에 어둠이 깔리자 나는 나의 부업인 의류수거함 털이를 시작했다. 몇 개의 동을 거쳐 M동에 닿았을 때에는 다른 날과 다르게 벌써 손수레가 가득 차 있었다. 환절기다 보니 사람들이 옷장 정리를 하며 옷을 많이 버린 탓이었다.

"오호, 이 일에도 대목이 있구나!"

흥분한 나는 멀지 않은 미래에 호주에서 펼쳐질 꿈같은 일상에 대해 상상했다. 시드니 오페라 하우스에서 공연을 감상한 뒤, 근사한 레스토랑에서 애쉬튼 커처를 닮은 남자친구와 함께 식사를 하고, 그의 손을 잡고 하버 브리지를 거닐다…… 아름다운 석양을 배경으로 남자친구와 키스를 하는 장면을 떠올릴 때, 의류수거함에서 웬 종이 묶음이 나왔다.

"뭐야, 이거?"

그건 너무나 뜻밖에도 상장이었다. 대충 세어보니 백 장도 넘었다. 대부분 우등상이었는데, 수학 올림피아드와 과학 경시대회의 상장도 여러 장 섞여 있었다. 상장들은 전부 한 사람이 받은 것이었다.

"하, 누군지 몰라도 정말 대단하군. 〈세상에 이런 일이〉 같은 프로그램에 나온 사람인가?"

이 흥미로운 일을 누군가와 나누고 싶었던 나는 스마트폰을 꺼내 나의 유일한 직업적 동료인 카스 삼촌에게 전화를 걸었다. 잠깐 동안 신호음이 울리다가 익숙한 목소리가 들려왔다.

"응, 로시야."

"뭐하세요?"

"뭐하긴. 내래, 일하는 중이었오."

내가 방금 전의 일을 전하자 카스 삼촌도 놀랐다.

"굉장하구만. 기린데 고거이 어드러케 의류함에 들어 있는 거인가?"

"그거야 저도 모르죠."

"참 이상한 일이구만."

"뭐 그거야 어쨌든, 이따가 출출해지면 편의점에서 만나 같이 뭐라도 먹는 게 어떻겠습네까?"

내가 자신의 말투를 흉내 내자 카스 삼촌은 크게 웃었다.

"야아, 완전히 똑같구나!"

약속 시간과 장소를 정한 다음 우리는 전화를 끊었다. 어디선가 나와 똑같은 일을 하는 동료가 있다는 사실이 일깨워지자 마음이 따뜻하고 든든해졌다.

그때까지도, 사진첩과 상장의 발견이 어떤 커다란 사건의 조짐이라는 사실을 나는 전혀 눈치채지 못했다.

달이 바뀌고 본격적인 여름이 시작될 즈음. 나는 다시 우연히 아버지를 만났다. 이번에는 동네의 와플 가게에서였다. 단골을 두텁게 거느린 탓에 그 가게에서 와플을 사려면 언제나 줄을 서서 한참 기다려야 했다.

그날도 와플 가게를 찾아가 보니 줄이 길게 이어져 있었다. 나는 한숨을 내쉬며 줄의 맨 끝에 가서 섰다. 앞쪽에서 풍기는 달콤한 냄새를 음미하며 서 있노라니 누군가 내 어깨를 톡, 톡, 건드렸다.

"이게 뭔데 이렇게 줄까지 서 있냐?"

뒤를 돌아보니 아버지가 웃으며 서 있었다. 운동복 차림인 것으로 보아 뒷산에 다녀오는 듯했다. 와플을 사서 든 나는 아버지와 잡담을 나누며 천천히 집으로 걸어갔다. 스마트폰을 계기로 우리 둘 사이의 공기는 전보다 한결 부드러워져 있었다.

초등학교 앞을 지나칠 때였다. 아버지가 멈칫거리더니 운동장 쪽을 유심히 바라보았다. 아버지의 시선을 따라가 보자 야구를 하는 초등학생들이 눈에 잡혔다. 아직 솜털이 보송보송한 아이들이었지만 유니폼까지 잘 차려입은 탓에 꽤 그럴듯해 보였다. 내가 구경하고 갈까요, 하고 물으니 아버지는 좋다고 했다. 우리는 운동장 벤치에 앉아 와플을 먹으며 야구 경기를 관람했다.

경기를 보는 내내 나는 드러나지 않게 아버지를 관찰하며 그의 심중을 헤아려보려 애썼다. 아버지는 아직도 야구 선수의 꿈을 간직하고 있는 것은 아닐까. 혹시 엄마와 언니, 나를 원망하고 있는 건 아닐까. 시간이 지날수록 마음이 무거워졌다.

아버지의 발치에 야구공이 떨어진 것은 경기가 거의 끝날 때쯤이었다. 야구공을 집어든 아버지는 학생을 향해 힘껏 던졌다. 나는 내심 주변 사람들을 깜짝 놀라게 하는 투구를 기대했으나, 왕년의 '면도날 슬라이더'라는 별명이 무색하게 공은 얼마 날아가지 못한 채 맥없이 떨어지고 말았다.

"허허, 연식이 오래되니 몸뚱이도 빌빌거리는군."

아버지는 멋쩍은 얼굴을 하고 내 옆자리로 돌아왔다. 나는 오래 망설이다가 아버지에게 말했다. 가족을 위해 접어야 했던 야구 선수의 꿈이 아쉽지 않느냐고. 아버지에게 정말 많이 미안하다고. 내 말을 들은 아버지는 뜻밖에도 크게 웃음을 터트렸다.

"네가 잘못 알고 있구나."

아버지는 나를 한 팔로 부드럽게 끌어안았다.

"마운드에 서면 극복해야 할 적이 많아. 나를 죽일 듯 노려보는 타자, 오로지 나만을 주시하는 관중들, 실투를 할 경우 나에게 쏟아질 야유와 질책에 대한 두려움…… 그 모든 적들 앞에서 나는 혼자 서 있는 거야. 당연히 어디론가 도망치고 싶어질 수밖에 없어. 하지만 그럴 수는 없지. 나는 투수고, 내가 서 있는 그곳은 나의 마운드니까……."

함성 소리가 들려오자 아버지는 잠시 말을 끊고 운동장을 바라보았다.

"네 엄마가 임신한 상황은 나에게 또 다른 마운드였어. 야구장보다 훨씬 중요한 삶의 마운드. 만약 도망치거나 외면하면 평생내 자신이 쏟아내는 비난을 견뎌야 하는. 그러니까 내가 야구 선수를 그만두고 취직을 한 것은 꿈을 포기한 게 아니라 내 삶의 마운드에서 힘껏 공을 던진 거야."

그날 밤 의류수거함을 털 때였다. 슈퍼마켓의 파라솔 아래 앉아쉬면서 나는 낮에 아버지가 했던 말을 떠올려보았다. 처해진 상황에서 도망가지 않는 것. 당당히 맞서는 것. 어쩌면 내 이민 계획은도피에 불과한 걸까. 정말로 그런 걸까……

내가 생각에 잠겨 있는 가운데, 돌연 어둠 저편에서 드륵, 드륵, 뭔가 굴러가는 소리가 들려왔다. 주위가 불빛 하나 없이 어둡기만해서 나는 조금 긴장했다.

'도대체 뭘까.'

손에 전기충격기를 쥔 채 조금 기다리자 이내 소리의 정체를 알수 있었다. 그것은 거의 기역자 모양으로 허리가 굽은 할머니였다. 할머니는 폐지가 잔뜩 쌓여 있는 유모차를 힘겹게 밀고 있었다. 유모차를 바라보던 나는 그 용도가 두 가지인 것을 금세 알아차렸다. 하나는 폐지를 담는 것이고 나머지 하나는 지팡이와 같은보행 보조기구였다.

할머니 곁에는 커다란 개가 근위병처럼 붙어 있었다. 세모꼴 귀가 쫑긋하고 털이 하얀 진돗개였는데, 사고라도 당했는지 오른쪽 뒷발을 약간 절었다. 솔직히 백발의 할머니와 다리를 절뚝이는 개가 나란히 걸어가는 모습은 괴기스러운 면이 있었다.

나처럼 지친 다리를 쉬려는지 할머니는 슈퍼마켓 앞에 놓인 평상에 앉았다. 그러고 나서 잠시 뒤에 손짓으로 나를 불렀다. 나는 머뭇거리며 가만히 있었다. 그러자 할머니는 더욱 간곡하게 손짓을 했다. 왜 그러지? 나는 주춤주춤 할머니에게 다가갔다.

"……!"

할머니와 두 발짝 정도 떨어진 거리에서 나는 발을 멈추고 말았다. 할머니 옆에 엎드려 있던 개가 갑자기 몸을 일으켰던 것이다. 나는 내게 덤벼드는 줄 알고 잔뜩 겁을 집어먹었으나, 개는 앞발을 쭈욱 내밀고 기지개를 켤 뿐이었다. 이윽고 내가 옆에 앉자 할머니는 유모차 구석에서 작은 은박지 뭉치를 꺼냈다. 할머니가 조심스럽게 은박지를 벗겨내니 그 속에서 찐 감자 두 개와 랩을 씌운 작은 소시지 조각이 나타났다. 할머니는 찐 감자 한 개를 내게 내밀었다. 나는 할머니의 소중한 간식을 뺏는 것 같아 거절했으나 할머니가 계속 권하는 바람에 할 수 없이 그것을 받아들었다.

"고맙습니다."

할머니는 랩을 벗긴 소시지를 개에게 던져주었다. 개는 엎드려서 소시지를 앞발로 잡고 핥았다. 할머니는 찐 감자를 먹는 나를 입가에 보일 듯 말 듯한 미소를 지으며 바라보다가 슈퍼마켓 앞에 쌓여 있는 종이 박스를 주우러 갔다.

찐 감자를 얻어먹으니 미안한 마음이 크게 일면서 나도 할머니에게 뭔가를 주고 싶어졌다. 나는 손수레로 가서 옷 더미를 뒤져 할머니에게 어울릴 것 같은 옷을 찾아냈다. 연두색 카디건이었다. 가슴 부분에는 예쁜 장미꽃도 수놓아져 있었다. 나는 할머니의 유모차에 살며시 카디건을 올려놓았다. 그런 내 모습을 개가 붉은 혓바닥을 길게 내밀고서 가만히 지켜보았다.

할머니와 헤어진 뒤였다. 다시 일을 시작한 나는 의류수거함에서 수상한 물건을 발견했다. 그것은 작은 종이 상자였다. 상자 안에 담긴 것은 뮤지컬과 관련된 물건들이었다. 공연 티켓, 브로마이드, 잡지, 배우들의 인터뷰 스크랩, 전문서적 등 온갖 자질구레한 물건들이 한가득 들어 있었다. 나는 물건들이 한 사람의 꿈과 관련된 것들이라는 걸 어렵지 않게 짐작해낼 수 있었다. 그랬다. 물건들은 누군가 소중히 간직해온 꿈의 편린들이었다.

'이것들을 왜 버렸을까.'

상자에 대한 의문에 빠진 채 나는 다시 의류수거함에서 옷을 꺼내기 시작했다. 그런데 얼마 지나지 않아 또다시 집게에 수상한 감촉이 느껴졌다.

"오늘 무슨 날인가. 자꾸 왜 이래?"

꺼내고 보니 그건 고급스런 양장 노트였다. 총 세 권이 노끈에 묶여 있었다. 이제는 엉뚱한 물건의 발견이 신선하고 흥미롭다기보다는 짜증스럽게 여겨졌다. 나는 의류수거함을 째려보며 중얼거렸다.

"이거, 완전히 잡물수거함이로구만!"

짜증이 나면서도 다른 한편으로 노트에 대한 궁금증이 이는 것도 사실이었다. 이건 또 정체가 뭘까. 노트를 펼쳐서 조금 들여다본 나는 너무 놀라서 헉, 소리를 내뱉고 말았다. 그건 필기노트도 아니고 가계부도 아니고 연습장도 아니었다. 일기장이었다. 날짜를 확인해보니 거의 오 년간이나 써온 것들이었다. 이번에는 정말로 이해할 수 없었다. 집에 불이 났을 경우에 돈이나 보석을 제쳐두고서라도 들고 나오는 물건이 일기장 아닌가. 이걸 왜 버렸을까.

"에라, 아무렴 어때."

잠시 고민하다가 나는 고개를 흔들었다. 그곳을 떠나기 전, 나는 문득 몸을 돌려 의류수거함의 번호를 확인해보았다. 그 의류수거함은 195번이었다.

다음 날은 주말이었다. 늦은 오후가 되어서야 잠자리에서 일어나 보니 집에는 아무도 없었다. 거실 창으로 오후 햇살이 한가득 쏟아져 들어오고 있었다. 나는 소파에 길게 누운 채로 텔레비전을 켰다. 이리저리 채널을 돌려보았지만 별 흥미를 끄는 프로그램이 없자 부엌으로 가 밥상을 차렸다.

식사를 하며 무심한 행동으로 거실의 텔레비전에 시선을 주니, 우연히 맞춰져 있는 채널에서 요즘 사회적으로 큰 이슈가 되고 있는 자살에 관한 다큐멘터리가 방송되고 있었다. 내레이터가 자살자 중에는 취직 문제로 고민하던 청년도 많다고 말하자 나는 한숨을 내쉬었다.

"남의 일이 아니군."

식사를 마친 나는 내 방으로 가서 컴퓨터 앞에 앉았다. 포털 사이트의 웹툰을 보며 깔깔거리던 나는 방 한구석에 놓인 낯선 물건들을 발견했다. 전날 밤 의류수거함에서 발견한 꿈 상자와 일기장이었다. 어떻게 처리할까 궁리하다가 그냥 집으로 가져왔던 것이다.

"정말 저걸 어쩌지? 그냥 버릴 수도 없고."

의자에서 일어난 나는 꿈 상자와 일기장이 놓인 곳으로 다가갔다.

"주인을 찾으려면 읽어보는 수밖에 없는데……."

나는 한참을 주저하다가 일기장의 첫 장부터 읽기 시작했다. 그러다가 얼마 뒤 한 가지 사실을 알아챘다. 일기장의 주인 이름과 꿈 상자의 윗면에 적힌 이름이 똑같았던 것이다. 그러고 보니 어쩐지 그 이름 자체가 왠지 내게 낯익었다.

'이 이름을 어디서 봤더라…….'

고민에 빠져 있던 나는 문득 의류수거함의 번호를 떠올렸다.

195번.

그와 동시에 나는 깨달았다. 저번에 그 의류수거함에서 발견했던 상장에 찍힌 이름과도 똑같다는 것을. 다시 말해 상장과 일기장, 꿈 상자는 동일인의 것일 확률이 매우 컸다. 나는 무심코 이런 생각도 해보았다. 그 의류수거함에서 이것들 말고 다른 특이한 물건이 나온 적 있었던가. 그러자 번뜩 떠오르는 것이 있었다.

'혹시 사진첩도?'

사실을 확인할 수는 없지만 같은 의류수거함이므로 동일인일 확률이 없는 건 아니었다.

'만약 그 모든 게 한 사람이 버린 거라고 가정한다면……'

나는 뭔가 심상치 않음을 느꼈다. 그러니까 내가 그때껏 발견한 것들은 단순한 물건이 아니었다. 한 사람의 '역사'를 이루는 것들이었다. 살아온 삶이 자연스레 녹아 있는 물건이 사진첩이고, 상장이고, 일기장이 아닌가. 나는 자연스런 귀결로 이렇게 생각을 이어갔다. 왜 이런 짓을 하는가. 이렇게 삶의 흔적들을 하나씩 폐기하고는 어떻게 할 작정인가. 무엇을 하려는 것인가.

그때였다. 정적이 흐르는 방 안에 어떤 목소리가 울려 퍼졌다.

"자살입니다. 자살을 하려는 것이지요."

'……!'

정신을 차리고 보니 그 목소리는 다큐멘터리의 내레이터 것이었다. 내레이터는 이어서 말했다.

"대부분의 사람은 자살 실행에 앞서 신변 정리를 합니다. 자신의 물건을 버리기도 하고 애장품을 주변 사람들에게 나눠주기도 하지요."

가슴이 세차게 두근거렸다.

'설마, 오해겠지.'

나는 다른 단서를 찾기 위해 다시 일기장을 읽기 시작했다. 그런데 어쩐지 자음을 유독 크게 쓰는 글씨체가 눈에 걸렸다.

'어디서 분명 봤는데……'

한참을 고민하다가 나는 언젠가 마녀's House에서 옷 호주머니 확인 작업을 하던 중에 발견한 수첩을 찾아 들었다. 일기장과 수첩의 글씨체를 비교해보니 짐작대로 정확히 일치했다. 195가 실제로 자살할 것을 확실하게 깨달은 나는 그 자리에 얼어붙은 듯 움직일 수 없었다.

여섯 번째 이야기수거함
아멘, 나무아미타불, 인샬라, 옴마니반메훔

1

　나는 195에 대한 문제를 상의하기 위해 의류수거함 멤버들을 전부 호출했다. 그리하여 나와 마녀님, 숙자 씨와 카스 삼촌은 다시 '숲'에 모였다. 그 작은 식당은 여전히 외딴 건물의 옥상에서 불을 밝힌 채 성업하고 있었다. 탁자마다 사람들이 떠들어댔고, 마마도 거대한 존재감으로 자리하고 있었다. 불과 한 달여 만에 보는 풍경인데도 이상하게 왈칵 반가움이 일었다.

　"상의할 일이라는 게 뭐야?"

　"그게 말이죠……."

　마녀님이 물었지만 나는 선뜻 본론을 꺼낼 수 없었다. 우리 곁에 마마가 앉아 있었기 때문이다. 의류수거함 털이와 관련된 만큼 마마가 있는 자리에서 이야기를 꺼내기가 거북할 수밖에 없었다. 그런 내 의중을 눈치챈 마녀님이 내게 마마를 가리키며 입을 열었다.

"괜찮아, 이분 다 아시니까."

"뭘요?"

"우리가 하는 일."

"그게 무슨 말이에요?"

마녀님이 배시시 웃었다.

"얼마 전에 내가 전부 실토해버렸어."

나는 마녀님을 향해 눈을 흘겼다. 그러자 마마가 당황한 얼굴로 말했다.

"걱정 말아요. 아무에게도 말 안 할 테니까."

상황이 난처해진 나는 고개를 숙였다.

"아니, 뭐……."

"하지만 범인 제보에 현상금이라도 걸린다면 다시 생각해볼지도 모르죠."

마마의 재치 있는 말에 모두 웃음을 터뜨렸다. 그 바람에 경직되었던 분위기가 다소 풀어졌다. 숙자 씨가 미소 띤 얼굴로 나를 바라보았다.

"도로시, 염려하지 마. 여차하면 마마도 우리 일에 끌어들이면 되니까."

마마가 화들짝 놀라는 시늉을 했다.

"어머, 그러면 저야 좋죠! 저는 힘이 세서 아예 의류수거함을 통째로 들고 올 수도 있어요."

좌중이 또 한 번 크게 웃음을 터트리며 분위기도 한층 더 부드러워졌다. 그제야 나는 조심스럽게 설명을 시작했다.

"그러니까 몇 달 전이었어요……."

자초지종을 들은 멤버들은 누군가의 목숨이 걸린 일인 만큼 모두 심각한 표정을 지었다. 멤버들의 얼굴을 살피다가 나는 조용히 창으로 고개를 돌렸다. 어디선가 풀벌레 소리가 들려와 주위를 살폈더니 옥상 구석에 작은 화단이 있었다. 그곳에는 한 무더기의 제라늄이 피어 있었다.

가장 먼저 입을 연 사람은 숙자 씨였다.

"경찰에 신고하는 게 좋지 않을까? 경찰이라면 그 사람을 찾아내는 건 일도 아닐 거야."

마마가 우려스러운 표정으로 숙자 씨를 바라보았다.

"이 문제를 경찰에 알리는 건 좋은 생각이 아닌 것 같아요. 자칫 그 사람을 자극해서 상황을 더 안 좋게 만들 수도 있을 것 같거든요."

"그럼 어떻게 해야 할까요?"

내 물음에 마마는 가볍게 한숨을 내쉬었다.

"일단은, 그 사람과의 대화 통로를 마련하는 게 우선인 거 같아요. 그래야 설득이든 뭐든 할 수 있을 테니까."

"뭐로 통로를 삼습네까?"

카스 삼촌이 작은 목소리로 의문을 제기했다.

"집도 모르고 연락처도 모르지 않습네까?"

맞는 말이었다. 195번 의류수거함 근방의 집을 다 뒤지고 다닐 수는 없는 노릇이었다. 좌중은 다시 무거운 침묵에 젖어들었다. 벽시계의 초침 소리가 유독 크게 들려왔다.

"이건 『맥베스』로군."

내가 갖고 온 195의 수첩을 들여다보던 숙자 씨가 갑자기 말했다.

"『맥베스』라니요?"

내가 묻자 숙자 씨는 수첩에 시선을 박은 채로 대답했다.

"여기 적힌 영문장 말이야. 셰익스피어 희곡인 『맥베스』에 나오는 구절이야. 죽음을 앞둔 맥베스가 한 말이지. 보아하니, 자살 결심과도 깊게 연관되어 있는 것 같군."

"해석해주세요."

숙자 씨는 저음의 목소리로 천천히 읊조리기 시작했다.

"꺼져라, 꺼져라, 가냘픈 촛불이여! 인생은 걸어가는 그림자에 불과하다. 자기 시간에는 무대 위에서 장한 듯이 떠들어대지만 지나고 나면 아무도 알아주는 이 없는 가련한 배우에 지나지 않는다. 그것은 백치가 떠드는 일장의 이야기, 소란으로 가득 찬 아무 의미도 없는 것이다."

"듣고 보니 마치 유언 같네요."

숙자 씨는 좌중을 둘러보았다.

"책을 이용하는 건 어떨까? 이렇게 수첩에까지 적어놓은 걸 보면 『맥베스』를 상당히 좋아하는 게 틀림없어. 편지를 적어 『맥베스』에 끼워 넣는 거지. 그런 다음 그 책을 의류수거함에 올려놓는 거야. 그렇게 하면 또다시 의류수거함에 무언가를 버리러 나온 그 사람이 그걸 발견하지 않을까? 자신과 깊숙하게 관련된 책인 만큼 반드시 들춰볼 거고."

마녀님이 미간을 찌푸린 채로 숙자 씨를 쳐다보았다.

"그 사람이 발견하기 전에 다른 사람이 먼저 책을 집어갈 수도 있잖아요?"

카스 삼촌도 고개를 끄덕이며 마녀님의 의견에 동조했다.

"맞습네다. 우리가 계속 의류함을 지키고 있을 수는 없지 않겠 습네까?"

숙자 씨가 진지한 표정으로 말했다.

"과연 그럴까요? 한번 생각해보세요. 우리가 길을 가는데 의류 수거함에 책이 올려져 있습니다. 관심도 없고 재미도 없는 고전 희곡인데 굳이 들춰볼까요?"

나는 숙자 씨의 말에 설득력이 있다고 생각했다.

"음…… 다른 사람은 몰라도 저는 그냥 내버려두겠어요."

마마가 나를 바라보았다.

"다른 마땅한 방법이 없으니 일단 숙자 씨 말대로 해보는 게 어 때요?"

나는 고개를 끄덕였다.

서점에서 『맥베스』를 구입한 나는 그 속에 끼워 넣을 편지에 대해 궁리하기 시작했다. 편지로 말미암아 어떻게든 대화의 물꼬를 터야 했다. 그래야 설득이든 뭐든 할 수 있을 터였다. 나는 밤새 고민하며 장문의 편지를 완성했다. 그러나 너무 장황하고 진지하면 상대가 부담을 느낄 것 같아 아침에 이르러 짧고 가벼운 내용으로 다시 적었다.

우연히 그쪽의 꿈 상자와 상장, 일기장을 보았어요. 일부러 보려고 했던 건 아니에요. 제 비공식적인 직업이 의류수거함 털이범이거든요. 의류수거함에서 사진첩도 발견했었는데, 혹시 그것도 그쪽 것인가요? 만약 맞다면 굉장한 미남이군요!

별로 자랑스럽지 않은 내 은밀한 직업을 굳이 밝힌 이유는 의류수거함을 터는 것에 그가 흥미를 느낄 거라는 내 나름의 계산 때문이었다. 질문을 섞은 것에도 역시 자연스럽게 답장을 유도하려는 목적이 숨어 있었다.

놀토인 다음 날. 나는 편지를 끼워 넣은 책을 들고 195번 의류수거함으로 향했다. 내 손에 누군가의 목숨이 달려 있다고 생각하자 전에 없던 간절하고도 절실한 마음이 생겨났다. 특별한 종교를 갖고 있지 않은 나는 걸음을 옮기며 신에게 괴상한 기도를 올렸다.

'이거 참, 몇십 년 동안 담 쌓고 살다가 갑자기 뭔가를 요구하려니 많이 쑥스럽기도 하고 겸연쩍기도 하네요. 하지만 제가 오늘 이렇게 기도를 드리는 건 저 자신을 위한 것이 아닙니다. 전혀 모르는 남을 위한 거예요. 비록 어떤 사람인지 잘 모르지만 저는 195가 현재의 고비를 잘 넘겨서 계속 살아갔으면 좋겠어요. 그러니까 제발 그 사람이 이 책을 발견하게 해주세요. 그래서 제 편지를 읽게 해주세요. 간절한 마음으로 기도드립니다. 아멘, 나무아미타불, 인샬라, 옴마니반메훔!'

195번 의류수거함에 책을 올려놓고 돌아서니 오전 열 시가 막 지나고 있었다. 마치 큰 숙제를 끝낸 것같이 후련한 기분이 들며 왠지 그대로 집에 돌아가기는 싫었다. 잠시 고민하다가 나는 '숲'으로 방향을 잡아 걸었다.

아직 이른 시간이라서 숲에는 손님이 아무도 없었다. 마마 혼자 바닥에 마대 걸레질을 하고 있었다. 그녀의 거대한 몸집 앞에서 마대 걸레가 나무젓가락처럼 여겨졌다. 나를 보자 마마는 활짝 웃었다.

"어머, 웬일이야?"

나는 오는 길에 제과점에 들러서 산 아메리카노와 모카빵을 탁자에 내려놓았다.

"그냥 지나가다 들렀어요. 바쁘신 것 같은데 그냥 갈게요."

"아니야, 다 끝났어. 잠깐만 기다려줄래?"

고개를 끄덕인 나는 탁자 의자에 앉았다. 열린 창으로 햇살이 깊숙하게 들어와 있었다. 가까운 곳에서 매미 소리가 들려왔다.

나른하고 평온한 오전 시간이었다.

"갑자기 무슨 일이야?"

청소를 마친 마마가 다가왔다. 그녀가 걸음을 옮길 때마다 나무 바닥에서 삐걱대는 소리가 들려왔다.

"뭐, 이렇게 불쑥 들이닥치는 것도 나쁘지 않지만."

이상하게 마마가 갑작스럽게 건네는 반말이 조금도 기분 나쁘게 여겨지지 않았다. 오히려 나를 친근하게 여기는 것 같아 기분이 좋았다.

"제가 도둑이라서 많이 놀라셨죠?"

"약간."

마마는 내가 사온 아메리카노를 한 모금 마셨다.

"솔직하게 말하면 도둑이란 게 굉장히 매력적으로 느껴졌어."

"정말요?"

"그럼, 정말이지. 나, 그렇게 반듯한 사람 아니야. 나도 어릴 때 도둑질 해봤어. 껌이나 사탕도 훔쳐봤고, 좀 더 커서는 학용품이나 문제집도 훔쳐봤지. 그때는 훔치는 걸 '쌔비다'라고 불렀어. 볼펜을 쌔비다, 돈을 쌔비다, 이런 식으로."

"저도 그 말 들어본 것 같아요. 일종의 은어죠? 요즘은 '뽀리다' '뽀리치다'라고 해요."

"아하, 나도 아이들이 그 말 하는 거 들어봤어. 그러고 보니 은어도 세월이 지나면서 변하기도 하고 없어지기도 하나봐?"

"그럼요. 요즘은 저도 못 알아듣는 말이 많아요."

나는 마마가 내 부업에 대해 거부감을 갖지 않아 정말 다행이라고 생각했다.

"참, 그 사람 일은 어떻게 돼가는 거야?"

"그렇지 않아도 지금 막 편지를 끼워 넣은 책을 의류수거함에 올려놓고 오는 길이에요."

"그렇구나……."

조용히 고개를 끄덕이는 마마의 얼굴에 찰나적으로 어둡고 복잡한 감정들이 스치고 지나갔다. 나는 조금 의아함을 느꼈으나 곧 195를 많이 걱정하는 모양이라고 생각하며 대수롭지 않게 넘겼다.

밝은 표정으로 돌아온 마마가 내게 물었다.

"이제부터 도로시 양의 '자살 방지 프로그램'을 본격적으로 가동하는 거야?"

"자살 방지 프로그램이요? 그거 재밌네요."

마마는 색이 바랜 데님 조끼를 입고 있었는데, 자세히 보니 너무 낡아서 군데군데 실밥이 터져 있었다. 옷을 몇 벌 갖다 주면 좋겠다는 생각이 들었으나 그녀에게 맞는 것을 찾을 수 있을지 의심스러웠다.

"가게는 언제 휴일이에요?"

"일요일."

"쉴 때는 주로 뭐 하세요?"

마마는 부끄러워하며 꽤 오래전부터 아마추어 극단의 단원으로 활동하고 있음을 고백했다.

"이번 공연에서 예쁜 공주 역을 맡았어. 덕분에 상대 남자 배우가 도저히 극에 몰입할 수 없다고 불평하곤 하지."

나는 웃었다.

"연극에서 어떤 점이 가장 매력 있어요?"

마마는 아메리카노를 마시며 잠시 생각에 잠긴 뒤에 입을 열었다.

"어떤 일을 하든 목적은 같아. 나 자신이 누군지 찾아가는 것. 아니, 발견이라고 해야 할까? 나는 연기를 하는 것이 즐거워. 그 즐거움 속에서 내 자신을 발견하고 있지. 흔히 고통과 불행 속에서 자아를 발견한다고 하지만, 즐거움과 행복 속에서도 얼마든지 자신을 발견할 수 있어. 어쩌면 더욱 많이."

나는 고개를 끄덕였다.

"저는 그동안 살아오며 내가 누군지 전혀 발견하지 못한 것 같아요."

마마는 큰 웃음을 터트렸다.

"자기 자신을 찾는다는 것. 그건 곧 자신에 대한 이해라고 말할 수 있는데, 그걸 해내는 게 쉽지는 않아. 이해는 밀착된 상태에서 얻어지는 게 아니라 적당히 떨어져 있어야 가능하기 때문이지."

나는 고개를 끄덕였다.

"요점을 말하자면 '거리감'이야. 연기를 예로 들면, 나와 다른 캐릭터를 연기하는 건 의외로 굉장히 쉬워. 거리감을 둘 수 있으니까 인물을 쉽게 형상화할 수 있는 거지. 그런 반면 내 자신을 캐릭터로 표현한다고 하면…… 그건 아무리 연기 고수라 할지라도 쉽지 않아. 거리감을 두기 힘들기 때문이지. 자기 자신을 어느 정도의 연민 없이 바라볼 수 있는 사람은 없거든."

마마가 한 말을 천천히 음미하다가 나는 물었다.

"어떻게 해야 연기를 잘하죠?"

"나는 관찰이라고 생각해. 인간에 대한 관찰. 그러나 타인을 관찰하기에 앞서 먼저 자기 자신을 관찰해봐야 해. 하지만 그게 또 쉬운 게 아니야. 자기 자신을 들여다본다는 거, 굉장히 고통스러운 일이야. 아름답지 못한 면도 직시해야 하거든. 여기서 한 가지 중요한 건 말이야. 관찰하고 응시하는 힘, 그건 애정이란 사실이야. 자신에 대한 애정. 그리고 더 나아가 인간에 대한 애정."

평소 생각해보지 않은 문제에 대해서 깊게 들어가자 조금 어지러워졌다. 아메리카노를 한 모금 마신 뒤에 나는 화제를 돌려서 마마에게 물었다.

"왜 이런 외진 곳에 가게를 열었어요? 번화가라면 훨씬 장사가 잘될 텐데. 마마의 요리 솜씨라면 아마 사람들이 식사를 하기 위해 줄을 설 거예요."

마마는 웃었다.

"처음 식당을 차릴 때부터 돈 벌 욕심은 없었어."

"그럼 식당을 연 이유가 뭐예요?"

마마는 난감한 듯 쉽게 입을 열지 못했다.

"음……."

한동안 침묵을 지키던 마마가 입을 뗄 찰나, 출입문에 매달린 방울이 울리더니 가게 안으로 웬 아이들이 걸어 들어왔다. 남매로

보이는 두 아이는 서로의 손을 꼭 붙잡고 있었다. 마마의 얼굴에
반가운 기색이 퍼졌다.

"왔구나!"

"누구예요?"

내가 묻자 마마는 활기찬 음성으로 대답했다.

"내 자식들."

"네?"

나는 의문에 사로잡혔다. 마녀님에게 듣기로는 마마가 가족 없
이 혼자 지낸다고 했기 때문이었다. 마마는 몸을 일으켜 주방으로
걸어갔다.

"얘들아, 잠깐만 기다려. 금방 밥 차려줄게."

아이들은 구석진 탁자 의자에 다소곳하게 앉았다. 그런데 이상
하게 그 표정과 행동이 조금 어색해 보였다.

"그만 가볼게요."

가족만의 오붓한 시간을 방해하는 것 같아 나는 그만 자리에서
일어났다.

"왜, 얘들이랑 같이 밥 먹고 가."

"아니에요. 다음에 같이 먹죠, 뭐."

식당 건물을 빠져나오다 보니 또 다른 아이들이 이쪽으로 걸어
오고 있었다. 이번에는 좀 전에 봤던 아이들보다 두어 살 많아 보
였다. 설마 쟤들도 마마의 자식들? 도대체 자식이 몇인 거야? 혼
란스런 기분에 사로잡힌 나는 잠깐 멍하게 서 있었다.

둘만의 우체통

1

나는 매일 195번 의류수거함으로 찾아가 책을 들춰보았다. 오늘은 답장이 있을까 기대하면서. 그런데 그 상황이 중학교에서 했던 마니또 게임과 많이 비슷했다. 당시 등교를 하면 가장 먼저 하는 일이 나의 마니또가 준 선물이 있기를 바라며 슬며시 책상 서랍에 손을 집어넣는 것이었다. 그때처럼 마음이 설레고 긴장되었다. 그러나 계속 아무 변화 없이 책 속에 내 편지만이 끼워져 있자 점점 짜증과 화가 치솟았다. 그리고 그 짜증과 화는 곧 공포와 불안으로 바뀌었다.

"진득하게 기다려 봐. 며칠이나 지났다고 그래?"

마녀님은 지나치게 초조해하는 나를 나무랐다.

"벌써 일주일이라고요. 그 사람, 어쩌면 벌써 죽었을지도 몰라."

"너, 재수 없는 소리 할래?"

"그냥 경찰에 신고할까요?"

"노이로제에 걸리겠다. 일부로라도 당분간 그 사람을 잊고 지내는 게 어때?"

마녀님의 의견을 받아들인 나는 보름 정도 지난 뒤에 195번 의류수거함을 찾아갔다. 책은 별 탈 없이 의류수거함 위에 잘 놓여 있었다. 왠지 여전히 아무 변화가 없을 것 같아 확인도 하기 전에 온몸의 힘이 쭈욱 빠졌다. 나는 별 기대 없이 책을 들춰보았다. 그러나 다음 순간, 나는 너무 기뻐 환호성을 내질렀다.

"있다! 있어!"

책 속에는 내 편지 대신 반듯하게 반으로 접힌 연두색 메모지가 끼워져 있었다. 나는 두근거리는 마음으로 메모지를 펼쳤다.

정말 의류수거함을 터는 도둑이야?

'뭐야, 이게 다야?'

단 한 줄만 적혀 있는 것에 서운하기도 했고, 대뜸 건네는 반말에 기분이 상하기도 했다. 그러나 잠시 뒤 나는 마음을 다르게 고쳐먹었다.

'어쨌든 반응을 이끌어내는 데 성공하지 않았는가. 이제부터가

던전 공략의 시작이리라!'

집으로 돌아오자마자 나는 답장에 대한 고민을 하기 시작했다. 역시 내 계산대로 195는 의류수거함 털이라는 내 부업에 흥미를 느낀 것이 분명했다. 대화를 이어가려면 의류수거함 털이에 대한 궁금증을 계속 유발해야 한다고 판단한 나는 조금 과장을 해서 적었다.

그래, 맞아. 나는 의류수거함의 옷을 터는 도둑이야. 동네들을 돌아다니며 하루에 수백 벌의 옷을 훔치지.

일단 대화의 물꼬가 트이자 그때부터는 하루나 이틀 뒤면 답신이 왔다.

의류수거함에서 훔친 옷들은 어떻게 처리를 하지?

구제 옷가게에 넘겨. 옷가게 주인이 나와 잘 아는 사이거든.

돈은 얼마나 벌어?

그건 영업상의 일급비밀에 속하는데, 특별히 너에게만 살짝 귀띔해주지. 편의점이나 주유소에서 일하는 것보다는 두세 배 많이 벌어.

의류수거함을 터는 구역은 어느 정도나 되지?

스무 동 정도 돼.

의류수거함에서 옷이 많이 나와?

의류수거함마다 달라. 많이 나오는 경우도 있고 적게 나오는 경우도 있어.

너는 여자야, 남자야?

여자. 아마 나이도 너와 비슷할걸? (절세미인이라는 소문이…… 쿨럭)

나에게 접근한 이유가 뭐지?

일단은 너에게 호기심이 있어서라고 해두지.

어느 사이 그 투박하고 커다란 철제 상자는 나와 195, 우리 둘만의 비밀 우체통이 되었다. 우리 둘 사이가 조금 친밀해졌다고 판단한 나는 화제를 슬슬 195에게로 돌렸다.

너는 직업이 뭐야? 학생이야?

나는 직업이 없어.

그럼 하루 종일 집에만 있어?

응, 집에 있어.

어우, 심심하겠다. 집에서 뭐하며 지내는데?

낮에는 잠을 자. 밤에는 주로 컴퓨터 게임을 하고.

무슨 게임을 하는데?

〈삼국지〉.

게임 페인이구나. 나는 한때 〈리니지〉에 빠졌었지. 밤에 외출은 전혀 안
해?

이따금 편의점에 다녀와.

나도 밤에 일하다가 편의점에 들러 컵라면을 사먹곤 하는데, 어쩌면
우리는 편의점에서 스쳐 지나갔을지도 모르겠네.

그런 식으로 한 달이 지나자 언제까지나 이렇게 편지만을 주고받을 수는 없다고 생각한 나는 그만 본론으로 들어가기로 하고 195에게 과감히 물었다.

꿈 상자, 상장 뭉치, 일기장…… 이것들은 단순한 물건이 아니지. 한 사람의 성장 과정이 고스란히 묻어나는 나이테와도 같은 거라고 생각해. 이런 걸 버리는 건 자기 자신을 포기하는 것과 마찬가지라고. 너, 이것들을 버리고 뭘 하려는 거야? 솔직히 말해봐. 자살할 생각이야?

다른 때보다 늦게 도착한 답장에는 이렇게 적혀 있었다.

맞아. 나는 곧 자살할 거야. 이미 모든 준비가 끝났어.

왜 죽으려는지 이유를 물어봐도 될까?

삼 일, 일주일, 보름…… 이번에는 아무리 기다려도 답장이 오지 않았다. 그제야 나는 내가 너무 섣불리, 너무 급하게 일을 진행한 것이 아닌가 하는 생각을 했다. 극심한 후회가 밀려왔다.

짧은 여름방학이 시작되었다. 학교는 쉰다고 해도 학원에는 가야 했으나 195에 대한 고민에 휩싸인 나는 집에만 틀어박혀 지냈다(아버지와 엄마는 뒤늦게 사춘기가 찾아왔냐며 어이없다는 반응을 보였다). 그러다가 마침내 현관문을 나선 것은 방학이 거의 끝나갈 무렵이었다.

밖으로 나온 나는 오랜만에 맡는 바깥 공기가 너무 상쾌해 목적지도 없이 계속 걸었다. 그렇게 동네 공터의 텃밭에 이르렀을 때였다. 탐스럽게 영근 고추와 토마토를 구경하던 나는 깜짝 놀라고 말았다. 텃밭 한가운데 숙자 씨가 있었던 것이다. 커다란 밀짚모자를 쓴 숙자 씨는 열심히 토마토를 따고 있었다. 이마와 콧잔등에 땀방울이 맺힌 숙자 씨의 모습은 마치 이제껏 쭉 농사를 지어온 사람 같았다.

"뭐해요, 여기서."

나를 본 숙자 씨는 놀라지도 않고 심드렁하게 말했다.

"보면 몰라? 토마토 따고 있잖아."

"이거 다 숙자 씨가 가꾼 거예요?"

숙자 씨는 대답 대신 씨익 웃었다.

"도로시, 요즘 왜 안 보였어? 그동안 어디 여행이라도 다녀온 거야?"

나는 입을 다물었다.

"자살하겠다는 녀석 일은 어떻게 돼가는 거야?"

"……."

숙자 씨는 조용한 시선으로 나를 훑어보더니 불쑥 말했다.

"신발 벗어봐."

숙자 씨의 뜬금없는 말에 나는 퉁명스럽게 물었다.

"왜요?"

"글쎄, 벗어보라니까."

영문을 몰랐지만 숙자 씨의 진지한 표정을 보고 나는 신발을 벗었다.

"양말도 벗어."

"네?"

"벗으라니까."

나는 양말도 벗었다.

"자, 이제부터 이곳을 느긋한 마음으로 거닐어봐."

"걸으라구요?"

"그래. 발바닥의 촉감을 음미하며 천천히 걸어."

지금 뭐하는가 싶으면서도 나는 숙자 씨가 시키는 대로 흙바닥을 걷기 시작했다. 그렇게 얼마쯤 시간이 흐르자 내 입에서 절로 와아, 하는 감탄사가 튀어나왔다. 그것은 실로 신선하고 신기한 경험이었다. 발바닥에 부드럽고 따스하게 퍼지는 흙 알갱이의 감촉이 느껴지면서 기분이 아주 상쾌해졌던 것이다.

"너는 지금 어머니와 연결된 거야."

"어머니요?"

"그래. 어머니, 대지(大地) 말이야."

"아……."

"지구는 살아 있다고. 그 자체로 의지를 갖고 있는 거대하고 위대한 생명체야."

숙자 씨가 텃밭 일을 하는 동안 나는 맨발로 거닐며 하늘을 올려다보거나 토마토 줄기에 매달린 푸른 잎사귀를 들여다보았다. 바닥에 주저앉아 내 어깨에 와 닿는 햇살의 따사로움을 즐기기도 했다. 그런 식으로 얼마쯤 시간을 보내자 마음에 드리워졌던 어두운 그림자가 거짓말처럼 말끔히 걷혔다.

그만 집으로 돌아갈 무렵, 숙자 씨는 내게 토마토 두 개를 내밀었다.

"집에 가져가서 먹어봐. 어머니가 네게 주는 선물이야."

"고마워요!"

그때였다. 갑자기 등 뒤에서 고함이 들려왔다.

"당신들 뭐야!"

몸을 돌려보니 파마머리의 아주머니가 서 있었다.

"도둑이구나!"

영문을 모른 나는 숙자 씨를 돌아보았다. 숙자 씨는 어느새 멀리 도망쳐 있었다.

"뭐해, 어서 튀어!"

당황한 채 숙자 씨를 뒤쫓아 뛰면서 나는 큰 목소리로 물었다.

"저 텃밭, 숙자 씨가 가꾼 거 아니었어요?"

내 물음에 숙자 씨는 껄껄 웃기만 했다. 그제야 속았다는 것을 눈치챈 나는 당장 숙자 씨에게 몇 마디라도 따지고 싶었지만 도저히 그럴 상황이 아니었다. 뛰면서 흘깃 뒤를 돌아보니 아주머니와 더불어 웬 아저씨까지 우리를 쫓아오고 있었다.

한참 도망치다 보니 D동의 대학가에 다다랐다. 나와 숙자 씨는 대학 캠퍼스 안으로 숨어들었다. 학생들과 섞인 우리는 그제야 마음을 놓고 뛰기를 멈추었다. 정문과 이어진 플라타너스 길을 걷던 우리는 학생회관 앞 벤치에 앉았다.

"나 원, 숙자 씨 때문에 저까지 이게 뭐예요!"

내가 쏘아붙이자 숙자 씨는 능글맞게 웃었다.

"오랜만에 운동도 하고 나쁘지 않잖아?"

"이건 운동이 아니라 육체에 대한 학대라구요. 그리고 운동이라면 의류수거함 털며 지긋지긋하게 하고 있잖아요."

심하게 갈증이 난 나는 근처에 있는 수돗가로 가서 갖고 있던 토마토 두 개를 씻어왔다. 숙자 씨에게 하나를 건넨 다음 나는 토마토를 한입 크게 베어 물었다.

"와, 정말 달고 시원하네."

"그렇지? 아무 농약도 치지 않은 거라고."

"하, 자기가 가꾼 것도 아니면서!"

주변 숲에서 새소리가 크게 들려왔다. 나는 고개를 쭉 빼서 새를 찾았지만 그 모습은 보이지 않았다.

"새소리를 들으면 마음이 편해지지?"

숙자 씨가 묻자 나는 말없이 고개를 끄덕였다.

"왜 그런 줄 알아?"

"거기에도 이유가 있어요?"

"원시시대, 인류의 조상은 새소리로 주위에 맹수가 없다는 걸 알아차렸지. 그 기억이 아직 우리의 유전자에 남아 있는 거야."

"오, 그럴듯한데요?"

토마토를 다 먹은 숙자 씨는 몸을 일으켰다.

"디저트를 좀 사오지."

학생회관 건물로 들어간 숙자 씨는 잠시 뒤에 자판기 커피 두 개를 들고 나타났다. 커피 하나를 내게 건네며 숙자 씨는 말했다.

"이 대학 캠퍼스에 있는 자판기 중에서 여기 학생회관의 것이 가장 싸. 백오십 원이지. 다른 곳은 거의 삼백 원이고."

"어떻게 그런 걸 알죠?"

"많이 춥거나 비가 오는 밤에는 이곳 대학 건물에 숨어들어서 잠을 자기도 하거든."

숙자 씨가 몸을 일으키자 나도 자리에서 일어났다. 우리는 J동으로 방향을 잡아 천천히 걸었다. 오랫동안 말이 없다가 숙자 씨가 내게 물었다.

"그 녀석은 지금 뭐하고 있지?"

195의 일이 떠오르자 다시금 마음이 어두워졌다. 나는 힘없는 목소리로 그간의 일들을 천천히 늘어놓았다. 이야기를 다 들은 숙자 씨는 나무라듯 내게 말했다.

"왜 그 녀석 일에 그토록 열심히 매달리는 거야? 솔직히 전혀 모르는 사람이잖아."

"왜라니요, 당연히 자살은 막아야죠."

숙자 씨는 나를 물끄러미 바라보았다.

"도로시는 참 착한 사람이군."

"왠지 놀리는 말처럼 들리는군요."

"그래, 놀리는 말이야."

이십 분 정도 걷자 숙자 씨가 아지트로 삼고 있는 벤치에 다다랐다. 우리는 벤치에 나란히 앉았다. 숙자 씨가 라면을 먹겠냐고 물었지만 나는 고개를 저었다. 생각 없이 오후 풍경을 바라보고 있노라니 고양이 한 마리가 우리 쪽으로 느릿느릿 다가왔다. 자세히 보니 숙자 씨와 맨 처음 라면을 먹을 당시 만났던 고양이였다. 숙자 씨는 그때처럼 참치 캔을 따서 바닥에 내려놓았다. 고양이는 맛있게 참치를 먹었다.

"화장품회사와 제약회사, 대형 병원에서는 수많은 동물을 임상 실험에 이용하고 있지. 동물 종류도 다양해. 원숭이, 개, 고양이, 생쥐……."

숙자 씨는 고양이를 바라보며 담담하게 말을 이었다.

"사실 이 녀석은 제약회사의 임상 실험에 이용되던 고양이야."

"네? 그게 사실이에요?"

"그래. 실험에 이용된 뒤 안락사 시키려던 걸 내가 데려왔지. 실험에 쓰이던 때의 기억 때문에 지금도 인간을 극도로 경계하고 주사기를 연상시키는 뾰족한 물체를 보면 잔뜩 겁을 집어먹어. 처음에는 내게도 전혀 마음을 열지 않았지. 하지만 진심으로 대해주자 점차 친구로 받아들여 주더군."

숙자 씨는 나를 지그시 쳐다보았다.

"도로시의 행동이 진심이었다면 분명 그 녀석도 그냥 무시하진 않을 거야."

숙자 씨와 헤어져 집으로 가는 길. 왜 그렇게 195의 일에 매달리느냐는 숙자 씨의 물음이 계속 머릿속에 맴돌았다. 숙자 씨에게는 단순히 자살은 막아야 하지 않겠냐고 대답했지만, 사실을 말하자면 195의 존재가 이미 내 속에 깊이 자리를 잡았기 때문이다. 한 사람이 나의 세계로 들어오는 데 얼마나 걸릴까. 뚜벅뚜벅, 소리 나게 걸어 들어오는 사람이 있고, 바람처럼 언제 들어왔는지 모르게 발을 들여놓는 사람이 있다. 내 눈치를 보며 주춤주춤 들어서는 사람도 있다. 195는 어, 하는 사이에 쑤욱 내 속으로 들어왔다.

집으로 가는 길목에 자리 잡은 M동에 이르자 나는 멈칫거렸다. 잠시 고민한 뒤에 나는 195번 의류수거함 쪽으로 발길을 돌렸다.

'마지막으로 딱 한 번만 확인해보자. 이번에도 답장이 없으면 깨끗이 잊어버리는 거야.'

195번 의류수거함 앞에 선 나는 떨리는 마음으로 책을 집어 들었다. 후루룩 펼쳐 든 책장에는 너무나 뜻밖에도 답장이 있었다.

크래시 테스트 더미

혹시 '더미(Dummy)'라는 말 들어봤어? 더미. 인형이란 뜻이지. 더미는 1949년에 우주 실험을 목적으로 개발됐어. 이어 여러 과학 실험에 쓰이다가 차량 충돌 실험에까지 사용되게 됐지. 키 178센티미터, 몸무게 78킬로그램. 이건 크래시 테스트 더미(Crash Test Dummy), 즉 차량 충돌 실험용 더미의 신체지수야. 또한 더미가 처음으로 만들어진 미국의 성인 남성 표준 체격이기도 해. 그리고 또…… 현재 나의 신체지수이기도 하지.

내 아버지는 유명한 자동차 엔지니어야. 회사에서 엔지니어로서는 매우 드물게 임원 자리에까지 올랐지. 아버지가 하는 일 중엔 차량 충돌 테스트가 있어. 테스트를 지켜본 후에 차량 속의 더미가 얼마나 부서졌는지 확인하는 거야. 단언컨대, 아버지에게 자식인 나는 또 다른 실험용 더미나 다름없었어.

아버지는 내가 자신과 같은 대학에 진학하길 바랐어. 그 대학은 우리나라에서 가장 들어가기 힘들다는 곳이지. 때문에 나는 중학생 때부터 이를 악물고 공부해야 했어. 새벽에 일어나 혼자 문제집을 풀고, 학교를 마치면 학원에 가고, 집으로 돌아와서는 개인 과외를 받았지. 모든 일과를 마치면 탈진한 채 잠이 들었어. 공부 외에는 아무것도 생각할 수 없는 나날들이었지. 유행하는 드라마나 가요도 몰랐고 친구도 없었어.

그 결과 나는 중학교 내내 전교 1등 자리를 놓치지 않았지. 그뿐만 아니라 많은 대회에서 상을 타고 학생회장을 지내기도 했어. 오로지 공부만 했던 그 시간들이 내게 첫 번째 충돌 테스트였지. 다행히 나는 조금밖에 부서지지 않았어. 자신의 아들이 어디까지 버티나 생각하며 나를 지켜보고 있던 아버지는 조금 감탄했을지도 몰라. 이야, 이거 흥미로운 걸……

나는 전국적으로 알려진 자사고에 진학했어. 들어가기만 하면 명문대 진학은 보장된다는 곳이야. 지방에 위치해 있었기 때문에 모든 학생은 기숙사에 들어가야 했지. 학교생활은 가혹했어. 학생들은 매일같이 테스트와 쪽지 시험에 시달렸지. 밤을 새는 일이 일상과 같았어. 시간이 지나자 하나둘, 그만두는 학생들이 생겨나더군. 성적이 썩 좋은 편은 아니었지만, 어쨌든 나는 그곳 생활을 견뎌냈어. 나는 인간이 아니다, 나는 공부하는 기계다, 라는 생각을 반복해서 하다 보니 못 버틸 만한 것도 아니더라고.

학생들이 가장 견디기 힘들어 한 것은 매 학기 치르는 중간고사와 기말고사였어. 그건 시험 자체보다 시험 뒤에 따르는 변화 때문이었지. 시험이 끝나면 일등부터 꼴등까지 모든 등수가 공개되었어. 그리고 그 등수를 기준으로 학생들은 우열반으로 나누어졌지. 그 작은 사회에서 학생들이 소속된 반은 계급과 다름없었어. 선생들의 대우가 달라지고, 식당의 메뉴가 달라지고, 학교 시설 이용 자격이 달라졌어. 열반에 속한 학생들은 심한 열등감과 모멸감에 시달려야 했지. 솔직히 말하면 나도 몇 번은 열반에 속했어.

중간고사를 얼마 남겨놓지 않은 때였어. 늦은 밤, 도서관에서 공부를 마치고 기숙사로 걸어가는데, 저 앞에서 한 여자아이가 멍하니 밤하늘을 올려다보고 있는 거야. 체격이 가냘픈 탓에 책이 꽉 들어찬 분홍색 이스 트백이 너무 무거워 보였지. 내가 곁을 지나칠 찰나, 아이는 나를 돌아보지도 않고 말했어.

"그거 알아? 여기서는 별이 참 잘 보여."

나는 하늘을 올려다보았지. 그 아이 말대로 별이 참 많았어. 서울에서는 볼 수 없는 풍경이었지. 그 후 이따금 교정에서 그 아이를 보았어. 식당에서 귀에 이어폰을 꽂은 채 혼자 밥을 먹는 모습도 본 적 있고 도서관에서 책을 읽는 모습도 본 적 있었지. 나중에 그 아이의 이름을 알게 되었어. 시험이 끝난 후 등수가 공개될 때 항상 맨 위에 있던 이름, 무수한 학생들로부터 시기와 질투를 받는 동시에 선망의 대상이 되던 이름. 그게 그 아이의 이름이었어.

2학년 2학기가 끝나갈 무렵이었을 거야. 한 아이가 기숙사 건물 옥상에서 뛰어내렸어. 아이는 바닥에 떨어진 뒤에도 살아 있다가 병원으로 이송된 지 한 시간쯤 지나 숨을 거뒀지. 나중에 알게 된 사실이지만 걔는 그 학기를 끝으로 조기 졸업을 한 뒤 유명한 공과대학에 학비 전액을 장학금으로 받으며 진학하기로 되어 있었더군. 그 아이가 언제나 메고 다니던 분홍색 이스트백에서 이런 유서가 발견되었어.

다음 생에서는 한적한 오솔길의 물푸레나무로 태어났으면.
들판의 새싹들을 가만히 어루만지는 봄바람으로 태어났으면.
드넓은 바다를 헤엄치는 은빛 연어로 태어났으면.

그 아이가 죽은 뒤에야 나는 내가 그 애를 많이 좋아했다는 걸 깨달았지. 그래, 솔직히 말하면 그 애가 내 첫사랑이었어. 하지만 그때는 고백을 할 수도, 함께 데이트를 할 수도 없었지. 그 사건이 내게 두 번째 충돌 테스트였어. 이번에 나는 조금 많이 부서졌지. 폭식을 했고, 아무 데서나 고함을 질렀고, 술을 마셨고, 담배를 피웠어.

퇴학을 당하는 데는 그리 오랜 시간이 걸리지 않더라고. 학교를 떠나는 날, 기숙사 방에서 짐을 싸는데 동갑내기 룸메이트가 이곳을 떠나는 내가 부럽다고 말하더군. 그게 그때껏 처음 들어본 룸메이트의 진심 어린 말이었어.

아버지는 나를 미국으로 유학 보냈지. 동부에 있는 유명한 사립학교였어. 백인 학생들이 대부분인 학교에서 나는 철저히 외톨이였지. 아무도 내게 다가오지 않았어. 혼자 수업을 듣다가 혼자 점심을 먹고 혼자 기숙사로 돌아왔지. 그러나 나는 그런 생활이 아무렇지 않았어. 한국에서도 주욱 그런 식으로 생활해왔으니까. 하지만 주위 사람들은 그렇게 보지 않았나 봐. 담임선생은 다른 학생들과 어울리게 하는 방편으로 나를 교내 신문사에 들어가게 했지.

신문사 편집장은 나보다 한 학년 위인 학생이었어. 이름은 캐빈. 파란 눈동자와 붉은 머리카락을 갖고 있었지. 보스턴에서 온 캐빈은 굉장히 좋은 집안 출신이었어. 아버지는 3선의 하원의원에다가 외조부는 커다란 사업체를 몇 개나 거느린 유명한 사업가였지. 그의 부모는 매년 학교에 어마어마한 액수의 기부금도 냈어. 그런 이유들 때문에 선생들도 캐빈을 특별하게 대했지. 하지만 캐빈은 자신의 백그라운드를 전혀 자랑하거나 내세우지 않았어. 옷차림도 수수했고 성격도 온순했어. 동양에서 온 왜소한 아이가 불쌍했을까. 캐빈은 나를 잘 챙겨줬어. 즐겁게 참여할 수 있는 서클도 소개시켜주고 사교 클럽에도 데려갔지.

라이벌 학교와의 럭비 시합에서 이긴 것을 축하하는 파티에서 벌어진 일이야. 기숙사에서 열린 파티는 밤늦게까지 이어졌지. 기숙사에 주류 반입은 철저히 금지되어 있었지만 그날은 사감 선생의 암묵적인 허락 하에 맥주를 마실 수 있었어. 모든 학생이 기분 좋게 취했지. 파티가 무르익자 캐빈이 나를 자신의 방으로 끌고 갔어. 캐빈의 방에는 이미 몇 명이 모여 있더군. 두 명은 얼굴이 익은 신문사 동료였고 한 명은 험상궂게 생긴 럭비부 주장이었지. 캐빈이 내 귀에 바짝 입을 대고 속삭였어.

"아주 좋은 게 있어."

살펴보니 거기 모인 학생들의 얼굴에 은밀한 미소가 감돌고 있더라. 캐빈은 책상 서랍에서 뭔가 꺼냈어. 그러고 나서 그것을 학생들의 손에 조금씩 나눠줬지. 물론 내게도. 그것은 오렌지색 알약이었어. 나는 단박에 눈치챘지. 그것이 요즘 학생들 사이에서 은밀히 퍼져나가고 있는 신종 마약이란 것을. 별칭이 '오렌지 스톰'이었지. 거기 모인 학생들은 맥주와 함께 알약을 삼켰어. 그리고 잠시 뒤 모두 야릇한 표정을 지으며 각자만의 세계에 빠져들었지. 나는 아주 오랫동안 고민한 뒤에야 알약을 삼켰어. 그러자 곧 알약의 별칭대로 폭풍 같은 쾌감이 온몸을 휘감더군.

그 후 나는 때때로 캐빈의 방을 찾아 다른 세계로 빠져들었고. 그리고 좀 더 시간이 흐른 뒤에는 내 나름대로 알약을 구하는 루트를 알아냈지. 나는 한국에서 송금되어져 오는 생활비 전부를 알약을 사는 데 썼어. 그뿐만 아니라 약에 취해서 종종 수업을 빼먹기도 하고 싸움판을 벌이기도 했지. 그쯤 되자 캐빈조차도 내게 우려스러운 눈빛을 보내더군. 그 마약의 유혹이 내게 세 번째 충돌 테스트였어. 이번에 나는 정말 많이 부서져버렸지. 돌이킬 수 없이, 다시는 일어설 수 없이.

한꺼번에 너무 많은 양의 알약을 삼킨 날이었어. 약기운이 떨어질 때가 됐는데도 이상하게 점점 더 정신이 혼미해지는 거야. 나는 그게 생사의 고비라는 걸 직감적으로 알았어. 나는 저항 없이 그 혼미함에 내 정신과 육체를 내맡겼지. 다가오는 죽음이 전혀 두렵지 않았어. 오히려 편안하고 아늑했지. 그러나 나는 죽지 않았어. 눈을 떠보니 병원인 거야. 곁에는 아버지와 어머니가 침대에 엎드린 채 잠들어 있었고, 날짜를 헤아려보니 삼 일간이나 혼수상태에 빠져 있었지 뭐야.

입원을 마치고 병원 로비를 나설 때였어. 내 얼굴 위로 눈부신 햇살이 쏟아져 내렸지. 햇살 속에서 주위 풍경을 보며 천천히 거닐다가 나는 깨달았어. 내가 더 이상 이 세상에 아무 흥미를 느끼지 않는다는 걸. 이 세상의 그 무엇도 나를 붙잡지 못한다는 걸. 나는 이미 이 세상에 존재하지 않는 것이나 마찬가지라는 걸.

이상이 네가 궁금해하던 이야기의 전부야. 더한 것도 뺀 것도 없는 진실이지. 어때, 이제 속이 시원해졌나? 자살에 관해서는 이미 나는 굳게 마음을 정했어. 부탁이니까, 이제 더 이상 내 일에 참견하지 말아줘. 내게는 더 이상 삶을 살아갈 용기가 없어.

아홉 번째 이야기수거함
그 역은 인생에서 딱 두 번만 드나들 수 있으니

1

편지를 읽고 밤새 고민에 시달린 나는 다음 날 아침 일찍부터 '숲'을 찾았다. 옥상에 발을 딛자마자 어디선가 차각차각, 흙을 파는 소리가 들려왔다. 소리를 따라 식당 건물 뒤편으로 돌아가 보니 멜빵 청바지에 헐렁한 티셔츠를 입은 마마가 흙이 담긴 커다란 스티로폼 박스 앞에 앉아 있었다. 손에는 모종삽이 들려 있었다.

"뭐하세요?"

나를 돌아보는 마마의 두 뺨이 발그스레하게 달아올라 있었다.

"응, 여기에 상추를 좀 심어보려고."

"그거 좋은 생각이네요."

얼마 전에 동네 텃밭에서 숙자 씨를 만난 이야기를 꺼냈더니 마마가 싱긋 웃었다.

"이것도 숙자 씨가 권한 거야. 그 텃밭에서 수확한 고추와 토마토를 내게 갖다 주기도 했어."

"숙자 씨가 여기 놀러 와요?"

"응."

"언제 그렇게 친해진 거예요?"

"마침 저기 당사자가 오네. 직접 물어보는 게 어때?"

고개를 돌려보니 숙자 씨가 재킷 주머니에 두 손을 찔러 넣은 채 어슬렁어슬렁 걸어오고 있었다.

"뭐야, 도로시도 있었네?"

"이 시간에 웬일이세요?"

"웬일은. 나는 오면 안 되나?"

능청스럽게 대답을 한 숙자 씨는 마치 자기가 주인인 양 혼자 먼저 식당 안으로 스윽 들어갔다. 마마가 미소 띤 얼굴로 말했다.

"가끔씩 찾아와서 밥 얻어먹곤 해."

몸을 일으킨 마마는 크게 기지개를 켰다.

"아직 아침 안 먹었지? 같이 먹자."

나는 뜻하지 않게 마마, 숙자 씨와 함께 아침을 먹게 되었다. 식탁에는 현미잡곡밥, 얼갈이된장국, 상추, 풋고추, 파프리카, 쌈장, 달걀찜, 토마토샐러드가 올라왔다. 밥을 먹던 나는 가게 구석에 그동안 못 보던 커다란 책장 네 개가 놓여 있는 것을 발견했다. 책장에는 어린이용 책들이 빼곡히 꽂혀 있었다.

"뭐예요, 저거."

내가 책장을 가리키며 묻자 마마는 작게 웃었다.

"여기 찾아오는 아이들을 위해 만든 거야."

"아이들이요?"

마마 대신 숙자 씨가 대답했다.

"몰랐어? 이 근방에 사는 가난한 집 아이들에게 마마가 매일 식사를 제공하고 있잖아."

숙자 씨의 말을 듣자 뇌리에 스쳐 지나가는 영상이 있었다. 아, 그때 봤던 아이들이……

"이 동네만 해도 제대로 밥을 못 챙겨 먹는 아이들이 많아."

마마의 말에 숙자 씨는 깊은 한숨을 토해냈다.

"요즘 세상에 밥을 굶는 애들이 있다니. 어른으로서 참 부끄럽고 슬픈 일이지."

숙자 씨의 말에 의하면 이곳에서 허기를 달래는 아이들이 스무 명이 넘고, 그중에서 서너 명은 이곳을 찾는 것이 제대로 된 식사를 할 수 있는 유일한 방법이라고 했다.

"정말 좋은 일을 하시네요!"

내 말에 마마는 부드러운 미소를 지으며 입을 열었다.

"오히려 내가 아이들을 보며 활력과 기쁨을 얻는 걸?"

책들은 어디서 구했는지 묻자 마마는 숙자 씨를 쳐다보았다. 숙자 씨는 된장국을 한 입 떠먹은 다음 말했다.

"삼 일 전인가? 우연히 점포 정리를 하는 아동 도서대여점을 발견했어. 거기서 짐 정리 작업을 도와주고 헐값에 가져왔지."

내가 샐러드를 좋아하는 걸 눈치챘는지 마마는 내 쪽으로 샐러드 그릇을 조금 밀어주었다.

"나는 여기가 아이들의 안식처 같은 곳이 됐으면 좋겠어."

나는 드러나지 않는 눈길로 마마를 건너다보았다. 아이들은 이곳에서 육체적 허기와 함께 정서적 허기도 채우겠지. 마마는 그 아이들에게 그야말로 진짜 마마나 다름없지 않을까. 나는 마마가 몸집과는 다른 의미로 굉장히 크게 느껴졌다.

식사를 마친 숙자 씨는 급하게 몸을 일으켰다. 마마는 숙자 씨에게 정말 거길 갈 거냐고 물었고, 숙자 씨는 진지한 표정으로 고개를 끄덕였다. 내가 아침부터 어디 가냐고 묻자 숙자 씨는 나중에 알려주겠다고만 대답했다. 숙자 씨가 출입문을 나설 찰나, 마마는 다급하게 그를 붙잡은 다음 냉장고에서 무언가를 꺼내 건네주었다. 그것은 랩에 싸인 샌드위치였다.

"배고플 때 먹도록 해."

숙자 씨는 가볍게 웃었다.

"고맙습니다."

나는 의아스런 눈길로 숙자 씨와 마마의 행동을 지켜보았다. 솔직히 말하자면 조금 전 함께 식사할 때부터 나는 왠지 숙자 씨와 마마가 굉장히 친밀하다는 인상을 받았었다. 마치 오랜 친구 사이인 듯한 느낌. 혹은 커다란 비밀을 공유한 사이인 듯한 느낌. 그들이 불과 몇 달 전에야 서로를 알게 되었다는 사실을 떠올린다면 그것은 조금 이상한 일이었다.

숙자 씨가 사라지자 나는 마마에게 물었다.

"도대체 어딜 저렇게 바쁘게 가는 거예요? 직업도 없는 사람이."

"부르는 곳은 없어도 찾아갈 곳은 많은 사람이야."

아직 손님이 아무도 들지 않은 '숲'은 무척 고요했다. 나무 탁자의 맨질맨질한 표면이 햇빛에 반짝거렸다. 중고 가전제품 매입을 알리는 확성기 소리가 규칙적으로 들려왔다. 마마와 마주 앉은 나는 조심스럽게 입을 뗐다.

"저, 뭘 좀 상담해도 될까요?"

"상담? 무슨 상담?"

"그러니까……."

나는 말을 잇지 못하고 내 신발코만 내려다보았다. 그러다가 마음을 굳히고서는 195의 편지 내용에 대해 전하기 시작했다. 내 말을 듣는 내내 마마는 진지한 표정으로 침묵을 지켰다.

"편지 마지막에 적혀 있더라고요. 자기는 이미 마음을 굳혔다고."

모든 말을 마친 나는 죄인처럼 고개를 푹 숙였다.

"이제 저는 어떡해야 할까요……."

마마는 말없이 몸을 일으켜 주방으로 갔다. 주전자에 물을 채워 가스레인지에 올린 다음 팔짱을 낀 채 깊은 생각에 잠겼다.

"먼저 하나 짚고 넘어갔으면 하는 게 있어."

나는 마마의 얼굴을 쳐다보았다.

"왜 하필 의류수거함이었을까?"

"네?"

"상장이나 일기장이 왜 쓰레기통이 아니라 의류수거함에서 발견되었냐는 거지. 무언가를 버린다면 당연히 쓰레기통이어야 하지 않겠어?"

곰곰이 생각해보니 마마의 말이 맞았다.

"정말 그러네요!"

마마는 허브 잎을 띄운 차를 내 앞에 내려놓았다. 향긋한 허브 내음을 맡자 초조하고 불안한 마음이 약간 안정되었다.

"그 아이는 쓰레기통에 그냥 버리기가 망설여지는 물건을 의류수거함에 넣었던 게 아닐까? 쓰레기로 분류해서 영원히 폐기시켜버리기에는 주저되는 물건, 그러나 지금 당장은 갖고 있을 수 없는 물건."

내 맞은편에 앉은 마마는 천천히 차를 마셨다.

"의류수거함은 그 아이에게 일종의 유예 공간이었던 셈이지. 죽음의 유예 공간. 다시 말해 그 아이에게는 아직 삶에 대한 의지가 남아 있다는 거야."

"아!"

"그리고 사실, 자살이라는 행위 자체가 하나의 표현 수단이야. 억울하다, 살고 싶다, 도와달라는⋯⋯."

그때였다. 조용히 눈을 내리깐 채 생각에 잠긴 마마의 얼굴에서 나는 언젠가 한 번 보았던 짙은 그늘을 또다시 발견했다. 마치 세상에서 가장 쓴 한약을 입에 물고 있는 것 같은 표정. 전에는 무심히 지나쳤지만 똑같은 일이 반복된 만큼 나는 의문을 품을 수밖에 없었다.

'저 그늘의 정체는 무엇일까.'

집으로 돌아온 나는 침대에 누워 마마가 했던 말을 천천히 되새겨보았다. 죽음의 유예 공간…… 생각할수록 마마의 말이 맞았다. 무언가를 정말로 버릴 생각이라면 의류수거함이 아니라 쓰레기통이어야 했다. 195에게는 아직 삶에 대한 미련이나 욕망이 남아 있는 것이 분명했다. 나는 책상 앞에 앉아 195에게 보내는 편지를 적기 시작했다.

진심으로 사과할게. 내가 너무 무례하게 굴었던 것 같아.

사실 나는 재작년에 외고 입시에서 실패했더랬어. 그 과정 속에서 나는 많은 친구와 멀어지게 되었지. 외고생인 친구들에 대한 자격지심과 열등감이 그 이유야. 나는 편지를 통해 너와 나눴던 대화가 무척 기쁘고 즐거웠어. 나에게 새로운 친구가 생긴 것 같았거든. 나와 비슷한 처지일지도 모른다는 생각에 너에게 동류의식을 느낀 것도 사실이고. 그래서 네가 더욱 안타깝고 애틋하게 여겨졌는지도 몰라.

네가 원한다면 다시 귀찮게 하지 않을게. 대신 마지막으로 한 가지만 부탁하면 안 될까? 너에게 직접 건네고 싶은 말이 있어. 한 번만 나를 만나줘.

편지를 다 쓴 다음 책상 의자에서 일어나던 나는 깜짝 놀라 비명을 내지르고 말았다. 내 뒤에 언니가 서 있었던 것이다.

"기척을 좀 하지!"

"왜 이렇게 놀라는 거야? 뭐 죄진 거라도 있어?"

언니는 장난스런 미소를 지었다.

"아, 죄를 짓고 있긴 하지. 절도죄……."

발끈한 나는 소리를 질렀다.

"나, 지금 농담할 기분 아니거든?"

언니는 내 얼굴을 살핀 뒤 정색을 하고 입을 열었다.

"왜 그래? 무슨 일 있는 거야?"

나는 고개를 돌린 채 아무 대꾸도 하지 않았다.

"무슨 일인지 말해봐. 도울 일이 있으면 도와줄게."

"됐어."

"정말 됐어?"

언니가 방을 나설 찰나, 나는 기어들어가는 목소리로 말했다.

"저기, 잠깐."

침대에 걸터앉은 언니는 다정한 시선으로 나를 바라보았다.

"자매가 뭐니. 고민이 있을 때 서로 얘기하며……."

"그런 말은 치우셔."

"……그래."

고개를 숙인 채 바닥만 내려다보다가 나는 195에 대한 일을 털어놓기 시작했다. 내 말을 듣는 내내 언니는 아무 말이 없었다. 마침내 모든 이야기를 끝낸 나는 큰 울음을 터트리고 말았다. 내 발치에 눈물이 뚝뚝 떨어져 내렸다. 나 자신조차도 예상치 못한 감정의 흐름이었다.

"사람 목숨이 내게 달려 있다고 생각하니까, 솔직히 너무 부담되고 무서워. 그냥 전부 내팽개치고 멀리 도망가고 싶어."

나는 숙였던 고개를 들어 언니를 바라보았다. 눈물 때문에 언니의 모습이 흐릿하고 불투명하게 보였다.

"언니, 나 이제 어떡해야 해?"

언니는 조용히 자리에서 일어나 내 얼굴을 품에 안았다.

"로시야, 지금은 네가 어떤 답을 찾기 위해 굉장히 혼란스럽고 불안하겠지만, 나중에 알게 될 거야. 답이 따로 있는 게 아니라 그 혼란스러움과 불안감이 바로 답이었다는 걸."

내가 어느 정도 진정되자 언니는 가슴팍에서 내 얼굴을 떼어냈다.

"이제 가. 네가 판단한 대로 움직여. 온 힘을 다해서. 나중에 후회하지 않도록 말이야."

195에게 쓴 편지를 챙겨들고 현관문을 나서는데 뒤에서 언니가 외쳤다.

"네 자신의 판단을 믿도록 해."

나도 마음속으로 크게 소리쳤다.

'내 판단을 믿자!'

2

카스 삼촌을 만난 건 정오 무렵의 시내에서였다. 그는 통남방과 낡은 정장바지 차림이었다. 게다가 신발은 하얀색 운동화. 그 촌 스러운 모습을 보니 절로 한숨이 새어나오며 그 많은 옷을 훔쳐서 뭘 할까 하는 생각이 들었다. 나를 발견하자 카스 삼촌은 번쩍 손 을 들었다.

"도로시, 여기라우!"

카스 삼촌이 내 이름을 너무 크게 부르는 바람에 주위 사람들이 죄다 나를 쳐다보았다. 나는 얼굴에 열기를 느끼며 카스 삼촌에게 달려갔다.

"그렇게 큰 목소리로 이름을 부르면 어떡해요!"

"도로시가 어때서 그러네?"

우리는 거리를 천천히 거닐었다. 카스 삼촌에게서 전화가 걸려 온 건 전날 저녁이었다. 카스 삼촌은 마마에게 내가 195의 일로 많 이 힘들어 한다는 얘기를 전해 들었다며 힘내라는 의미로 밥을 사 주겠다고 했다.

"뭐 먹고 싶네?"

"특별히 땡기는 건 없는데. 참, 카스 삼촌은 이곳에 와서 가장 맛있게 먹은 음식이 뭐예요?"

"음…… 역시 '속도전 국수'지."

"속도전 국수요?"

"북조선에서는 빨리 끓여서 먹을 수 있는 라면을 속도전 국수라고 불러."

나는 폭소를 터트렸다.

"남조선 라면은 북에서 아주 귀한 음식이야. 아주 비싼 값에 밀거래되지. 당 간부들에게 주는 뇌물로도 이용되고."

"그럼, 우리 속도전 국수 먹으러 갈까요?"

카스 삼촌은 좀 더 맛있고 비싼 걸 사주겠다고 했지만 나는 라면으로 하겠다고 고집을 부렸다. 나는 학교 근처에 있는 한 분식집으로 카스 삼촌을 데려갔다. 수업을 마치면 종종 친구들과 들르는 곳이었다.

"이거이, 참 이상하지. 라면은 아무리 먹어도 질리지 않는단 말이야."

카스 삼촌은 정말로 행복한 표정으로 라면을 먹었다. 그 모습을 보자 가슴이 약간 찡해졌다. 목숨까지 걸고 한국에 와서 겨우 라면 먹는 즐거움밖에 누리지 못하다니. 카스 삼촌이 좀 더 많은 걸 누렸으면 좋겠다는 마음으로 내가 그에게 해줄 수 있는 게 뭐가 있을까 궁리하다가 나는 카스 삼촌에게 물었다.

"한국에 와서 구경은 많이 다니셨어요?"

카스 삼촌은 고개를 저었다.

"그럴 틈이 없었오."

"제가 근사한 곳을 구경시켜 드릴까요?"

"근사한 곳?"

분식집을 나서자 나는 카스 삼촌을 데리고 이 지역에서 가장 잘 사는 동네인 '에메랄드 빌리지'로 향했다. 기업 회장이나 유명 연예인이 사는 최고급 빌라촌인 그곳은 여기뿐만 아니라 전국적으로도 부자 동네로 정평이 나 있었다. 때문에 그곳을 보기 위해 일부러 찾아오는 사람들도 심심찮게 볼 수 있었다.

"이거이, 완전 성이구만."

카스 삼촌 말대로 그곳은 주변에 높은 담장이 둘러져 있어서 거대한 성을 연상케 했다. 정문을 통과한 우리는 매끈거리는 대리석으로 포장된 길을 따라 느리게 걸었다. 모던하면서도 고급스런 디자인의 건물들 사이로 잘 가꿔진 조경수가 심어져 있었고 곳곳에는 벤츠와 아우디 같은 외제차가 세워져 있었다. 에메랄드 빌리지라는 이름에 걸맞게 모든 건물의 전면이 에메랄드빛 통유리로 마감되어 있었는데, 통유리에 반사된 햇빛 때문에 빌라촌 전체가 에메랄드빛으로 둘러싸인 것 같았다.

카스 삼촌은 연신 감탄의 소리를 뱉어냈다.

"남조선 드라마에 나오는 곳 같구만!"

그곳을 구경하기 위해 찾아온 사람들과 빌라촌 주민들은 한눈에 구별할 수 있었다. 전자는 여기저기 기웃대며 연신 카메라 셔터를 눌러대는 반면, 후자는 이곳이 자신들이 사는 동네인 만큼 자연스럽고 편안하게 행동했던 것이다. 그리고 또 한 가지 차이점은 옷차림이었다. 주민들의 경우는 옷이며 액세서리 같은 것들이 너무나 고급스러웠다. 또한 그 행동거지도 어딘지 굉장히 기품 있어 보였다.

"여기 보세요!"

나는 목청을 높이며 카스 삼촌을 잡아끌었다. 거리 한쪽에 있는 의류수거함을 발견하였던 것이다. 살펴보니 부자 동네라서 그런지 겉모양이 조금 달랐다. 윗부분이 아치형의 곡선으로 되어 있었고, 재질도 철이 아니라 플라스틱이었다.

"여기 의류수거함에는 어떤 옷들이 들어 있을까요? 보나마나 굉장하겠죠?"

내가 눈을 빛내며 말하자 카스 삼촌도 기대감을 숨기지 않고 말했다.

"나도 정말 궁금하구만 기래."

길을 따라 좀 더 걸어가자 작은 광장이 나왔다. 광장 한가운데에는 커다랗고 화려한 청동 조형물이 있었다. 조형물은 말을 탄 여인상이었는데, 여인은 고대 그리스 의상 같은 옷을 걸치고 있었다. 여인을 보고 있자니, 그녀가 마치 이 에메랄드 성의 왕처럼 여겨졌다.

나와 카스 삼촌은 광장의 한쪽에 있는 벤치에 앉았다. 어느덧 저녁 어스름이 깔리고 있었다. 나는 카스 삼촌에게 오늘 나를 불러내어 즐거운 시간을 보내도록 해줘서 고맙다고 전했다. 내 말을 들은 카스 삼촌은 나지막이 웃었다.

"고맙긴. 우리, 동무 아니래?"

"동무요?"

"여기 말로는 친구를 말하디. 동무끼리는 고마운 게 없는 기야. 기러고 보니, 이 남조선에 와서 동무란 말을 처음 해보는구나."

"앞으로 더 많은 동무가 생길 거예요."

카스 삼촌은 잔잔한 미소가 어린 얼굴로 입을 열었다.

"이미 나한테는 분에 넘치도록 많은 동무가 생겼다 아이네. 노숙자 양반도, 마마 아주마이도, 헌옷가게 사장님도 다 동무 아니 갔어?"

카스 삼촌과 헤어져 집으로 가는 버스에 올라탄 나는 맨 뒷좌석에 앉아 유리창에 머리를 기댔다. 잠자듯이 눈을 감고 있던 나는 안내 방송에서 M동이 나오자 벌떡 일어나 버스에서 내렸다. 그런 뒤 195번 의류수거함을 향해 걸어갔다. 생각보다 담담한 심정이었다. 답장이 있든 없든 그것을 받아들일 마음의 준비는 되어 있었다.

195번 의류수거함 위에는 익숙한 책이 올려져 있었다. 새 책이었던 것이 이제는 먼지가 쌓이고 때가 타서 많이 낡아 있었다. 나는 천천히 다가가 책을 펼쳐보았다. 거기에는…… 답장이 있었다.

왜 나를 만나고 싶어 하는지 궁금하군. 썩 내키진 않지만 너를 만나주지. 대신 한 가지 조건을 내걸도록 하겠어. 내가 내는 수수께끼를 알아맞혀야 해. 수수께끼는 우리가 만날 장소에 대한 거야. 그곳은 역이야. 그러나 보통의 전철역이나 기차역은 아니야. 힌트를 주자면 그 역은 흰색 건물이고, 인생에서 딱 두 번만 드나들 수 있어.

수수께끼가 너무 어려운가? 대신 시간은 아주 넉넉하게 줄게. 우리가 만날 날짜는 두 달 뒤인 10월 15일, 오후 1시야. 나는 그 역의 매점 앞 의자에 앉아 기다리고 있겠어. 딱 이십 분만.

나는 편지를 든 채로 멍하게 서 있었다. 보통 역이 아니라고?

열 번째 이야기수거함

소들아 돼지들아 얼마나 무섭고 고통스러웠느냐

어느덧 195와의 약속 날짜가 이틀 앞으로 다가와 있었다. 그러나 나는 수수께끼의 실마리조차 잡지 못하고 있었다. 극심한 스트레스에 시달리던 나는 시시때때로 버럭 소리를 지르곤 했다.

"인생에서 딱 두 번만 드나들 수 있는 역이라고? 건물이 흰색이라고? 세상에 그딴 역이 어딨어!"

나는 다시 한 번 의류수거함 멤버들을 불러 모아 의견을 구하고 싶었지만 그들 모두 각자의 일상이 있는 만큼 그러기가 망설여졌다. 나는 만만한 마녀님에게라도 사정을 털어놓기 위해 마녀's House를 찾았다.

출입문을 열자마자 토토가 맹렬한 속도로 달려 나와 내 종아리에 매달렸다. 하루가 다르게 자라는 토토는 이제 봉자보다도 훨씬 컸다. 익숙한 재봉틀 소리가 들리지 않아 살펴보니 마녀님이 한쪽 구석에서 헌옷들을 커다란 종이 상자에 차곡차곡 넣고 있었다.

"지금 뭐하는 거예요?"

내가 묻자 마녀님은 아무것도 아니라며 얼버무렸다. 나는 소파에 앉아서 마녀님이 하는 양을 가만히 지켜보았다. 왠지 모르게 나와 마녀님 사이에 어색한 공기가 감돌았다.

"너 말이야, 요즘 그 자살한다는 사람 때문에 바쁜 거 알아. 하지만 일은 해야 하지 않겠어?"

"무슨 말을 하고 싶은 거예요?"

마녀님의 눈썹이 들썩였다.

"몰라서 물어? 솔직히 말해, 너 요즘 거의 일을 안 하잖아. 저번 달부터 옷 가져온 적 있었어?"

나는 목청을 높였다.

"그게 지금 저한테 할 소리예요? 제가 지금 놀고 있어요?"

"돈을 벌고 못 벌고를 떠나, 너와 내가 하는 일은 하나의 사업이고, 약속이야. 그런 마인드라면 나는 너와 함께 할 수 없어!"

"돈 앞에선 모두가 변한다더니. 마녀님도 별수 없군요?"

오래전부터 마녀님의 억척스러운 사업가 모습에 점점 화가 나던 나는 드디어 폭발하고 말았다.

"동생에게 도둑질시켜 돈 버니까 좋아요? 마녀님 지금 모습이 어떤지 아세요? 완전히 돈밖에 모르는 골룸 같아요!"

마녀님의 단단하게 쥐어진 두 주먹이 부들부들 떨렸다. 입술을 꽉 깨문 채 억눌린 신음을 뱉어내더니 마녀님은 아주 낮게 가라앉은 목소리로 말했다.

"여기서 나가줄래?"

나는 당장에 마녀's House를 뛰쳐나왔다. 거리를 얼마쯤 걸은 뒤에야 용건은 꺼내지도 못했다는 사실이 깨달아졌다.

마녀's House를 나와 무작정 걷다보니 어느 사이 J동에 이르렀다. 이왕 거기까지 온 김에 나는 숙자 씨를 찾아가 보았다. 무슨 일인지 숙자 씨는 배낭을 챙기고 있었다.

"어디 가시게요?"

내가 묻자 숙자 씨는 대답 없이 내 얼굴을 물끄러미 바라보았다.

"요즘 들어 도로시의 시무룩한 표정을 자주 보는군."

"이번에는 신발 벗고 걸어보라는 말은 하지 마세요."

숙자 씨는 나지막이 웃더니 짐을 싸는 행동을 계속했다.

"혹시 이 동네를 떠나시려는 거예요?"

"물론 언젠가는 떠나야 하겠지. 하지만 지금은 어디 잠깐 다녀올 거야."

"어디요? 그러고 보니 저번에 '숲'에서 봤을 때도 어디를 급하게 가는 것 같던데……."

"궁금하면 같이 가든가."

어깨에 배낭을 둘러멘 숙자 씨는 성큼성큼 걸음을 내딛었다.

"어딘 줄 알아야 가든지 말든지 하죠!"

숙자 씨는 대답 없이 내게 등을 보인 채 계속 걸었다. 마녀님과의 일 때문에 마음이 한없이 무겁던 나는 잠깐 망설이다가 기분 전환을 목적으로 숙자 씨를 따라나섰다.

우리는 1호선 전철을 탔다. 숙자 씨가 전철에 오르자 승객들이 슬금슬금 자리를 피하는 바람에 우리는 편하게 앉아서 갈 수 있었다. 숙자 씨는 아무 말도 하지 않고 건너편 차창 밖 풍경에만 시선을 주었다. 덩달아 나 역시 차창만 바라보았다. 날씨는 구름 한 점 없이 맑았다. 소풍 가는 기분이 든 나는 도시락을 준비할 걸 하는 생각을 했다.

서울역에서 내린 우리는 경의선으로 갈아탔다. 경의선은 1호선과 달리 승객이 별로 없어 전철 내부가 굉장히 한산했다. 차창 너머로는 계속해서 논과 밭이 펼쳐졌다.

"도대체 어디를 가는 거예요?"

내가 재차 묻자 숙자 씨는 길게 하품을 하며 대답했다.

"걱정 마. 오늘 안으로는 집에 돌아갈 테니까."

한 시간 정도 달려 우리가 내린 곳은 경기도 끝자락에 위치한 P시였다. 역사를 벗어나 보니 주변에 삼 층 이상의 건물이 별로 없었고, 경운기와 군인들이 유독 자주 보였다. 주변 풍경을 신기하게 바라보며 숙자 씨를 따라 한참 걷자 돌연 엄청난 인파와 마주쳤다.

"도대체 이 사람들 정체가 뭐죠?"

"오일장을 찾아온 이들이야. 이 근방에서 가장 큰 규모의 오일장이지."

"아직도 그런 게 있어요?"

"무슨 소리, 지방에는 대형 마트보다 오일장을 찾는 사람이 더 많다고."

처음으로 오일장이란 것을 접해본 나는 크게 설레었다. 사람들을 헤집고 들어가자 막걸리와 파전을 파는 노점부터 눈에 들어왔다. 삼삼오오 모인 사람들이 신나게 떠들며 허기를 달래고 있었다. 나침반과 쌍안경 같은 잡다한 물건을 늘어놓은 좌판도 있었고, 한쪽 구석에서는 노파가 귀여운 강아지를 팔고 있었다. 변두리 오일장이라고 해서 규모가 작은 게 아니었다. 해산물, 한약재, 야채, 공산품 등 없는 게 없었다. 마치 놓치면 미아라도 되는 듯 숙자 씨 곁에 찰싹 붙어선 나는 스마트폰으로 연신 사진을 찍어댔다. 그곳에는 도시의 대형 마트나 시장에서는 접하기 힘든 너무나 독특한 느낌이 구석구석 배어 있었다.

"저기 있군."

고개를 두리번거리던 숙자 씨는 과일상에게 다가가서 사과와 감을 조금 샀다. 원래는 배도 사려고 했으나 가격이 너무 비싸 그만두었다. 숙자 씨는 다른 상점에서 약과와 북어포, 막걸리도 구입했다.

"그것들은 다 뭐하게요? 설마, 대낮부터 술 마시려구요?"

"다 쓸데가 있어."

우리는 근처에 있는 버스 터미널로 가서 시내버스를 탔다. 승객이라고는 나와 숙자 씨를 빼고 한 명이 더 있을 뿐이었다. 운전사가 틀어놓은 라디오에서 구성진 리듬의 트로트 노래가 흘러나왔다. 차창으로 고개를 돌리자 바쁘게 일손을 놀리는 농부들이 눈에 들어왔다. 그들의 머리 위에 길게 비행운이 그어져 있었다.

이윽고 버스에서 내린 우리는 한적한 논길을 천천히 걸었다. 멀리 비닐하우스와 오두막이 보였다. 나와 숙자 씨 주변으로 잠자리들이 낮게 날아다녔다. 길가에 핀 들꽃을 보며 걸음을 옮기던 나에게 숙자 씨의 목소리가 들려왔다.

"요즘 나는 구제역 가축 매몰지를 찾아다니며 위령제를 지내고 있어."

"구제역이요?"

"그래."

나는 몇 해 전 여름을 떠들썩하게 했던 구제역 사건을 떠올렸다. 연일 텔레비전에 나오던 참담하고 끔찍한 모습이 머릿속에 그려지자 속이 울렁거렸다.

"매몰지를 어떻게 찾아다니죠? 조사를 하셨나요?"

"아니. 죽은 돼지와 소들의 비명 소리가 들려. 그걸 따라가면 돼."

"정말요?"

숙자 씨는 껄껄 웃었다.

"당연히 농담이지. 내가 초능력자도 아니고 어떻게 그걸 알아. 따로 조사를 했지."

"만날 사람 놀릴 거예요!"

"도로시는 놀리는 재미가 아주 큰 사람이라구."

"그런데 왜 숙자 씨가 위령제를 지내죠?"

숙자 씨는 내 물음에 아무 대답 없이 묵묵히 걷기만 했다.

얼마쯤 걷다가 멈춰선 숙자 씨는 주변을 자세히 살폈다.

"이쯤이 분명한데……."

잡풀이 무릎까지 자란 낮은 구릉지였다. 숙자 씨를 따라 여기저기 살피던 나는 구제역 가축 매립지임을 알리는 표지판을 발견했다.

"여기 맞아요!"

찾는 곳이 맞다는 것을 확인한 숙자 씨는 배낭에서 비닐 돗자리를 꺼내 바닥에 펼쳤다. 그런 다음 오일장에서 산 사과와 감, 약과와 북어포를 은박 접시에 올려놓았다. 마지막으로 종이컵에 막걸리를 따라 그 앞에 놓자 조촐하게나마 제상의 꼴이 갖춰진 듯했다. 제상이 앞에 있으니 분위기가 숙연해졌다.

"이런 인간의 먹을거리로 괜찮을까요? 소와 돼지들이 좋아하는 걸로 상을 차려야 하지 않을까요?"

잠시 생각에 잠겼다가 숙자 씨는 대답했다.

"풀이나 사료로 제상을 차리면 이상하지 않겠어?"

"음…… 듣고 보니 그것도 그러네요."

향불을 피운 뒤에 숙자 씨는 품속에서 작은 종이를 꺼냈다.

"그건 뭐예요?"

"축혼문이야. 여기 묻힌 동물들의 죽음을 애도하는 글이지."

"와, 정말 꼼꼼하게 준비해 오셨네요."

숙자 씨는 큼큼, 목청을 가다듬은 다음 크고 낭랑한 목소리로 축혼문을 읽기 시작했다.

"너희들도 하늘이 내린 귀하디귀한 생명이거늘, 우리 어리석은 인간이 너무나 큰 죄를 지었구나. 너희들, 죽을 때 얼마나 서럽고 분하고 무서웠느냐⋯⋯."

축혼문을 들으니 대번에 가슴이 뭉클해졌다. 축혼문을 낭독하는 숙자 씨의 모습은 아주 진지하고 엄숙했다.

"인간을 대표해서 너희들에게 진심으로 사죄하고 사죄한다⋯⋯."

축혼문을 다 읽은 숙자 씨는 제상을 향해 천천히 절을 했다. 절을 마친 숙자 씨는 뒤에서 멀뚱히 서 있는 나를 돌아보았다.

"뭐해?"

"네?"

"절해야지."

"저도 해요?"

"여기까지 왔으니 해야 하지 않겠어?"

나는 주춤거리다가 제상 앞으로 걸어갔다. 절을 하며 나는 마음속으로 빌었다. 이곳에 잠든 돼지님과 소님들, 부디 죽을 당시의 고통 다 잊으시고 좋은 곳에서 다시 태어나길 바랍니다⋯⋯.

위령제를 마친 나와 숙자 씨는 매립지가 내려다보이는 둔덕에 나란히 앉았다. 숙자 씨는 조금 지쳐 보였다. 막걸리를 몇 컵 마신 뒤 그는 이런 매몰지가 전국적으로 수천 곳이 넘으며, 많게는 만 마리가 넘는 짐승이 묻힌 곳도 있다고 알려주었다.

"사정을 아주 잘 알고 계시네요. 조사를 철저히 하셨나 봐요?"

"그럴 만한 이유가 있지. 소와 돼지들을 죽인 장본인이 바로 나거든."

나는 놀란 표정으로 숙자 씨를 쳐다봤다. 숙자 씨는 종이컵에 막걸리를 따라서 벌컥벌컥 들이켰다.

"나는 수의사였어. 그리고 내 아내도 수의사였지."

"그게 정말이에요?"

"그래. 나와 아내는 동물을 너무 좋아해서 수의사가 됐지. 우리는 관공서에 소속된 축산 연구소에서 만났어. 회식 자리에서 내숭 떨지 않고 맛있게 음식을 먹는 아내의 모습에 처음 호감을 품게 되었지. 대화를 나눠보니 우리는 서로 통하는 부분이 정말 많았어. 삶을 사랑하고, 인간에 대한 연민을 갖고 있고, 신과 우주의 존재에 경외감을 품고 있었지. 나와 아내는 반년 정도 연애를 한 뒤 결혼식을 올렸어."

숙자 씨는 더 이상 말을 잇지 못하고 매립지만 내려다보았다. 그의 얼굴에 햇살이 비껴들었다. 이마와 눈가에 새겨진 잔주름들이 도드라져 보였다.

"결혼하고 이 년쯤 지나 구제역 사건이 터졌어. 나와 아내는 동료들과 함께 곧장 살처분 작업에 투입되었지. 그때부터 하루하루가 지옥, 그 자체였어. 우리는 하루에 셀 수도 없이 많은 소와 돼지에게 독극물 주사를 놨지. 나와 아내의 손에 동물들이 픽픽 쓰러지며 죽어나갔어. 커다랗고 순박한 눈을 껌벅이는 소에게 주사를 놓을 때의 심정이 어떤지 알아? 마치 내 자신이 악마가 된 것 같아. 가족같이 길러왔던 가축이 죽는 꼴을 지켜봐야 하는 농민들의 원망과 증오를 받아내는 것도 견디기 힘든 고통이었지. 드디어 일이 마무리됐을 때는 육체도, 정신도 인내의 한계까지 다다른 상태였어. 생명을 살리고자 수의사가 됐는데, 인생이 참 아이러니하더군."

나는 두 다리를 가슴 쪽으로 모아 팔로 꽉 껴안았다.

"그 일을 겪은 뒤 원래 마음이 여렸던 아내는 지독한 악몽에 시달리기 시작했어. 거의 매일 밤 비명을 지르며 잠에서 깨어났지. 그럴 때면 다시 잠들지 못하고 날이 밝을 때까지 불안에 떨며 거실을 서성였어. 나는 아내로 하여금 일을 그만두고 집에서 안정을 취하도록 했지. 하지만 문제는 더 심각해지기만 했어. 심한 우울증이 아내를 덮친 거야. 얼굴에서 웃음이 사라지고 말수도 줄기 시작하더니 곧 삶에 대한 모든 의욕을 잃어버리더군. 경치 좋은 곳에서 요양도 시켜보고 병원에도 찾아가 보며 온갖 애를 써보았지만 별 소용이 없었어."

멀리 보이는 논둑길에 트랙터가 지나가고 있었다. 트랙터의 엔진 소리가 희미하게 들려왔다. 숙자 씨는 가라앉은 목소리로 이야기를 계속했다.

"우울증을 앓은 지 삼 개월 정도가 지난 무렵일 거야. 결혼기념일을 하루 앞둔 날이었지. 내가 일을 나간 틈에 아내는 구제역 사건 당시 소와 돼지에게 사용했던 독극물 주사를 자신의 팔뚝에 놨어. 퇴근해서 집으로 돌아와 발견했을 때는 이미 숨이 완전히 멎은 상태였지. 나중에 알게 된 사실이지만 그때 아내는 임신 중이었어."

"아……."

나는 무릎 사이에 고개를 파묻어버렸다.

"아내가 죽은 뒤 삶의 모든 것이 허무하게 느껴진 나는 주변을 정리하고 떠돌아다니기 시작했지. 발길 닿는 대로 무작정 걸었어. 부산, 대구, 대전…… 우리나라 모든 지역을 다녔을 거야. 처음에는 신을 향해 분노와 증오를 퍼부어댔는데, 시간이 지나자 그런 원망의 마음도 차츰 가라앉더군."

늦은 오후의 햇살이 우리의 몸 위에 조용히 스며들었다. 나는 자신의 고통만큼이나 커다란 배낭을 짊어진 채 전국 각지를 돌아다니는 숙자 씨의 모습을 상상해보았다. 해남 땅끝마을의 해변을 거니는 숙자 씨, 임진각의 철책 앞에서 발길을 돌리는 숙자 씨, 문경새재를 혼자 터벅터벅 넘는 숙자 씨…… 그러는 중에 죽음은 숙자 씨와 멀리 있지 않았을 것이다. 숙자 씨와 눈 맞추고, 발맞추어 거닐고, 함께 숨 쉬며 살았을 것이다.

나는 고개를 들어 젖은 눈으로 숙자 씨를 바라보았다.

"미안해요……."

이치에 닿지 않는 줄 알았지만 그 순간 그 말밖에 생각나지 않았다.

"이제는 많이 괜찮아졌어. 술에 많이 의지하긴 하지만 말이야……."

숙자 씨는 쓸쓸한 미소를 지었다.

"생판 모르는 남의 생명을 살리기 위해 이리저리 애쓰는 네 모습을 보고 느낀 게 많아. 처음 수의사가 됐을 때의 내 마음가짐을 일깨워줬다고 할까. 멈춰 있던 시간이 비로소 조금씩 흐르는 느낌도 들고. 그러자 뭔가 해보고 싶어지더군. 그 이유로 이렇게 가축 매몰지를 찾아다니며 위령제를 지내게 된 거야."

먼 길을 와서인지 허기가 몰려왔다. 우리는 제상에 올렸던 과일을 하나하나 먹어나갔다. 평소의 유쾌하고 농담 잘하는 모습으로 돌아온 숙자 씨는 놀라운 재치와 기발함으로 의류수거함 멤버들에게 하나씩 별명을 지어 붙였고, 그 덕분에 나는 배를 부여잡고 웃었다. 내가 건강을 생각해서 그만 술을 끊으라고 강력하게 권유하자 숙자 씨는 당장 끊기는 어렵고 조금씩 줄여나가겠다고 약속했다.

자리에서 일어나 보니 어느덧 날이 저물어 있었다. 하늘이 온통 붉었다. 버스 정류장으로 걸어가며 나는 숙자 씨에게 말했다.

"처음 출발할 때만 해도 가볍게 소풍 가는 것 같았는데, 지금은 긴 여행을 마친 기분이네요. 이번 여행, 정말 유익하고 뜻깊었어요. 정말 고마워요. 숙자 씨의 깊이 감춰둔 이야기를 들려준 것도요."

숙자 씨는 시니컬하게 웃었다.

"뭐, 어차피 우리 삶이 여행이잖아? 그 여행길에서 뭐라도 하나 제대로 건져야 할 텐데 말이야……."

숙자 씨의 말을 들은 나는 눈을 크게 떴다. 삶은 여행이라는, 그 익숙하고도 평범한 말이 웬일인지 그 순간 내게 아주 특별하게 다가왔다. 삶은 여행…… 천천히 말을 곱씹던 내 머릿속에 번뜩 스치고 지나가는 게 있었다.

열한 번째 이야기수거함

석 달만 도와줘

15일 오후. 내가 찾아간 곳은 구(區)에서 하나밖에 없는 종합병원이었다. 정문에서 본관 건물로 이어진 큰길을 거닐며 주변을 둘러보니 대학 캠퍼스처럼 곳곳에 잔디밭이 잘 조성되어 있었다. 십오 층 건물 두 개로 이루어진 본관은 중간에 구름다리로 연결되어 있었다.

본관 앞은 의사와 간호사, 환자와 문병객이 한데 뒤섞여 굉장히 어수선하고 복잡했다. 나는 사람들을 비집고 걸으며 찬찬히 주위를 살폈다.

'매점 앞 의자라고 했지…….'

나는 오래지 않아 본관 건물 귀퉁이에 자리 잡은 매점을 발견할 수 있었다. 매점 건너편을 확인해보니 커다란 느티나무 아래 하얀 벤치가 있었다. 나는 반신반의하며 벤치로 다가가 앉았다. 과연 여기가 맞을까. 손목시계를 확인해보니 약속 시간까지 겨우 십 분 남아 있을 뿐이었다.

195를 기다리며 앉아 있노라니 그와 관련된 기억이 머리에 빠르게 재생되어졌다. 수첩의 글귀를 읽고 웃은 일, 꿈 상자와 일기장의 발견, 의류수거함 멤버들과 195의 일을 고민하던 '숲'에서의 시간…… 불과 몇 달 동안에 일어난 일들인데 이상하게 아주 오래전의 일처럼 아득하게 여겨졌다.

'그가 이곳에 나타날까.'

물론 그를 만난다고 모든 일이 해결되는 게 아니란 것은 잘 알고 있었다. 나를 만나고도 그는 자신의 계획대로 자살을 시도할지 몰랐다. 나는 다만 내가 할 수 있는 일을 찾아 최선의 노력을 기울이고 싶은 것이었다. 먼 훗날 후회와 아쉬움을 느끼지 않기 위해서.

그러나 195는 좀체 모습을 드러내지 않았다. 시간을 확인해보니 어느 사이 약속 시간인 두 시를 훌쩍 넘겨 있었다. 불안감과 허탈감이 밀려왔다.

'역시 내가 잘못 짚었나…….'

195와의 인연은 이대로 끝나는 건가. 내가 막지 못한 이상 195는 곧 자살을 하게 될까. 인터넷 기사나 텔레비전 뉴스로 그의 자살 소식을 접하게 될까. 여러 생각 때문에 머리가 어지러웠다.

약속 시간을 사십 분 넘겨 그만 포기하고 허무한 심정으로 일어서려던 참이었다. 갑자기 등 뒤에서 조그맣게 목소리가 들려왔다.

"의류수거함 털이범 맞지?"

너무나 놀란 나는 하마터면 앞으로 넘어질 뻔했다. 고개를 돌려 보았지만 햇살이 정면으로 비추어서 제대로 눈을 뜰 수 없었다. 나는 상대의 얼굴을 잘 보기 위해 몸을 일으켜 세웠다. 그 순간, 나는 온몸이 굳어지고 말았다. 내 코앞에 사진첩에서 봤던 얼굴이 있었던 것이다. 그 조각 같은 얼굴이.

"너구나……."

나는 한 손으로 입을 가린 채 중얼거렸다. 195는 나를 바라보며 조용히 웃었다.

"용케 찾아왔네?"

우리는 벤치에 나란히 앉았다. 나는 195의 얼굴에서 눈을 떼지 못했다. 사진이 아닌 실제로 봐도 역시 굉장한 미남이었다. 커다란 키와 흰 피부, 쌍꺼풀 없이 큰 눈, 강인해 보이는 턱선. 195는 잘나가는 아이돌을 연상시켰다. 그를 만나기 위해 치른 지난 고생이 한꺼번에 보상 받은 느낌이었다.

"사실은 아까부터 병원 건물 삼 층에서 이곳을 내려다보고 있었어. 네가 이 근처를 서성거릴 때부터 알아봤지."

바람이 불어와 눈앞에 넓게 펼쳐져 있는 잔디밭이 물결처럼 일렁였다. 우리들 곁을 지나는 여자들이 힐끔힐끔 그를 쳐다보았다.

"혹시나 했는데, 이렇게 실제로 찾아올 줄이야. 솔직히 많이 놀랐어."

195는 손에 들고 있던 비닐봉지에서 캔커피 두 개를 꺼내 그중

하나를 내게 내밀었다.

"고마워."

드디어 195를 만났다는 생각이 들자 안도감과 함께 가슴에 매달고 있던 묵직한 추를 떼어낸 것 같은 후련한 기분이 들었다.

커피를 마시던 195는 갑작스런 행동으로 고개를 돌려 내 얼굴을 빤히 쳐다보았다. 당황한 내가 왜 그렇게 보냐고 묻자 195는 딱딱한 어조로 대답했다.

"나에게 거짓말을 했군."

"뭐? 거짓말이라니?"

"절세미인이라며?"

내가 편지에 쓴 글을 기억해낸 나는 얼굴을 붉힌 채 큼큼, 헛기침을 했다.

"눈이 상당히 높은 편이구나."

정색을 한 195는 억양을 높여 말했다.

"나, 눈 하나도 안 높거든?"

"아, 네."

195는 작은 목소리로 "이럴 줄 알았으면 안 나오는 건데" 하고 중얼거렸다.

195는 내게 어떤 계기로 의류수거함을 털게 되었는지 물어왔다. 나는 커피를 마시며 처음부터 차근차근 설명해주었다. 수첩과 일기장의 글씨체를 비교해 동일인이 버린 것이라는 사실을 밝혀낸 부분에 이르자 195는 어린아이처럼 감탄했다.

"너, 형사나 탐정이 될 재능이 있구나!"

195가 나에 대해 별다른 경계심을 내비치지 않았기 때문에 나는 의류수거함을 털며 느낀 점까지 편하고 솔직하게 말할 수 있었다.

"처음 의류수거함을 털기 시작할 때는 이 일을 오직 돈벌이로만 여겼어. 그런데 시간이 지나며 알게 되었지. 의류수거함에는 헌옷만 들어 있는 게 아니란 것을. 그 속에는 만남, 고민, 즐거움 같은 것들도 함께 들어 있었어. 내게는 그것이 헌옷보다 훨씬 더 소중해."

"의류수거함을 발견한 게 네게는 정말 큰 행운이네?"

나는 크게 고개를 끄덕였다.

"수수께끼의 답이 이곳인지는 어떻게 알았지?"

"우리 인생이 여행과 다름없다는 평범한 말에서 힌트를 얻었어. 인생에서 딱 두 번만 드나들고 흰색 건물이라면……."

195는 씩 웃었다.

"보기보다 똑똑하네."

뭐야, 보기에는 멍청해 보인단 말이야? 나는 195를 향해 보이지 않게 눈을 흘겼다. 한동안 침묵을 지키다가 195는 쓸쓸한 음성으로 말했다.

"반년 전이었어. 자살하기 위해 집에서 몇백 알의 수면제를 삼켰지. 눈을 떠보니 이 병원의 병실이었어."

나는 조용히 195의 말에 귀를 기울였다.

"병실을 나와 발길 닿는 대로 허전허전 걷는데, 멀리 장례식장이 보이는 거야. 내가 자살에 성공했다면 저곳에 있겠구나 생각하며 그곳으로 걸어갔지. 장례식장 내부의 빈소들을 살펴보니 내 또래의 망자도 있더라구. 기분이 아주 묘했어."

195는 잠시 말을 끊고 전면 풍경만을 바라보았다.

"장례식장에 딸린 베란다로 나가서 이런저런 생각에 빠져 있는데, 맞은편 건물이 눈에 들어왔어. 그 건물에는 작은 창이 나 있었지. 그 창을 들여다보니 놀랍게도 아기 침대가 수십 개 놓여 있는 거야……."

"신생아실이었구나?"

"맞아. 신생아실과 장례식장이 불과 몇 미터 떨어진 거리에 있었던 거야. 그걸 알자 병원이란 역이 아닐까 하는 생각이 들더라. 인생의 처음과 마지막에 드나드는. 어차피 우리는 여행객으로서 이 세상에 잠깐 왔다 가는 거니까 말이야."

195는 힘없이 미소 지었다.

"재미없는 얘기가 너무 길었지?"

나는 고개를 저었다.

"전혀."

195의 얼굴에는 좀 전까지 보이지 않던 짙은 그늘이 어려 있었다. 꿈 상자를 떠올린 나는 그에게 물었다.

"꿈이 뮤지컬 배우야?"

195는 입가에 엷은 웃음을 지었다.

"막 고등학교에 들어갔을 무렵일 거야. 잠깐 서울 집에 올라왔다가 혼자 대학로에 가서 뮤지컬을 보았더랬어. 〈레미제라블〉이었지. 태어나서 그런 감동은 처음이었어. 충격과 흥분 때문에 공연이 끝나고도 한참 동안 자리에 앉아 있어야 했지. 그 후 서울에 올 때면 종종 뮤지컬 공연장을 찾았어. 그러면서 자연스레 그 감동을 만들어내는 일에 동참하고 싶은 욕구가 생겨났지."

말을 마친 195는 한참 침묵하다가 불현듯 내게 물었다.

"나에게 하고 싶은 말이란 게 뭐야?"

나는 오래 주저하다가 입술을 뗐다.

"나도 그렇고 너도 아직 십 대일 뿐이잖아. 우리에게는 많은 가능성이 열려 있어. 힘들고 괴로운 시간이 있더라도 조금만 참고 견디면 즐겁고 행복한 순간이 찾아올 거야."

얼굴이 굳어지더니 195는 분명하게 불쾌한 기색을 드러냈다.

"저번에도 말했지만, 나는 이미 결심을 굳혔어!"

"저기, 한 번만 신중하게……."

"그동안 즐거웠어. 이제 다시 볼 일은 없겠지?"

갑자기 벤치에서 몸을 일으킨 195는 나에게 작별 인사를 건넸다. 당황한 채 그의 얼굴을 멍하게 바라보던 나는 그가 막 걸음을 떼려는 찰나에 다급하게 외쳤다.

"야!"

195는 나를 향해 몸을 돌렸다.

"이번에는 내가 퀴즈를 하나 내도 될까?"

"퀴즈?"

"응. 만약 네가 답을 못 알아맞히면 내 부탁 하나만 들어줘."

"내가 네 퀴즈를 풀 이유는 없을 것 같은데?"

"나도 네 수수께끼에 응했으니 너 역시 한 번은 내 퀴즈에 응해 줘야 하지 않을까?"

"그런 어거지가 어딨어."

"좋아, 그럼 이렇게 하자. 퀴즈의 답을 맞춘다면 그동안 내가 의류수거함을 털며 모은 돈을 몽땅 줄게. 죽기 전에 원 없이 돈 쓰고 죽는 것도 좋잖아?"

195는 선 채로 잠시 생각에 잠긴 뒤에 고개를 끄덕였다.

"좋아. 딜 성립."

195는 다시 벤치에 앉았다. 나는 그의 눈을 들여다보며 입을 열었다.

"의류수거함의 의미는 뭘까?"

"의미?"

"응."

195는 턱을 어루만지며 생각에 잠겼다.

"의류수거함에 의미가 있단 말이지……."

195가 퀴즈의 답을 찾는 동안 나는 나와 얼마 떨어져 있지 않은 곳에 있는 한 아이를 바라보았다. 파란색 환자복 차림으로 휠체어에 앉아 있는 아이였다. 아이는 머리에 커다란 헤드폰을 쓰고서 쓸쓸한 표정으로 하늘을 올려다보고 있었다. 나는 이름도 나이도 모르지만 그 아이가 얼른 건강을 되찾아 병원을 나서길 빌었다.

195는 조금 짜증이 묻은 목소리로 말했다.

"그냥 단순히 자원 재활용 아니야?"

내가 고개를 젓자 195는 다시 고민에 빠졌다. 그의 얼굴을 보며 나는 속으로 웃었다. 미간을 잔뜩 찌푸린 채 깊은 생각에 빠진 표정이 꼭 퍼그 같았기 때문이다. 혹여 195를 다시 못 보게 되더라도 저 표정만큼은 기억에 남아 보고플지도 모르겠다는 생각이 들었다.

"수익 사업?"

"아니."

"환경 보호?"

"그것도 땡!"

195는 따지듯 물었다.

"그럼 도대체 뭐야?"

"포기야?"

"그래, 포기야."

나는 잠깐 뜸을 들였다가 대답했다.

"나눔이지. 나누는 마음. 누군가에게 필요 없다고 여겨져 버려진 것들도 다른 누군가에게는 아주 요긴하게 쓰일 수 있다는 것. 현재는 어떤 식으로 변질되었든 간에 의류수거함을 만든 초기 목적은 분명 서로의 것을 나누는 것에 있었을 거야."

195는 마땅치 않은 표정으로 되물었다.

"나눔? 나눔이라고?"

나는 195의 얼굴을 똑바로 쳐다보았다.

"이제 내 부탁을 들어줄 거지?"

195는 굉장히 억울하다는 표정을 지었다.

"……부탁이란 게 뭔데?"

"딱 석 달만 도와줘."

"뭘…… 도와달란 거야?"

나는 대답 대신 씩 웃었다.

열두 번째 이야기수거함
지니 상자

1

195는 약속 장소에 먼저 나와 기다리고 있었다. 고개를 푹 숙인 채 한쪽 발로 땅바닥을 툭툭 차는 모습이 꼭 소년 같았다. 195는 회색 후드티와 청바지 차림에 흰 컨퍼스화를 신고 있었는데, 후드 티에 프린트된 'dangerous man'이라는 영문을 보자 풋, 웃음이 새어나왔다.

"나와줘서 고마워."

내 인사말에 195는 덤덤하게 말했다.

"약속을 했으니까."

"그럼, 출발할까?"

195가 고개를 끄덕이자 나는 손수레를 끌기 시작했다. 그는 내 옆에서 나를 따라 걸었다. 공기에서 날카로운 느낌이 묻어나는 깊어진 가을밤이었다. 어디선가 여치 소리가 들려왔다.

"저기⋯⋯."

195는 내게 뭔가 말하려고 하다가 입을 다물어버렸다.

"궁금한 거 있으면 물어봐."

쭈뼛거리며 망설인 뒤에 195는 내게 물었다.

"손수레, 내가 끌까?"

어머, 꽤 신사네! 나는 미소를 지으며 대답했다.

"괜찮아. 이젠 익숙해져서 하나도 힘들지 않거든."

"오해하지 마. 네가 좋아서 그러는 게 아니야. 도와주기로 한 이상 뭔가 확실히 해야 할 것 같아서지."

나는 발을 멈추고 195를 지그시 쳐다보다가 "정말 그러고 싶어?"라고 불쑥 물었다. 그가 고개를 끄덕이자 우리는 위치를 바꿔서 나 대신 195가 손수레를 끌기 시작했다.

"지금은 괜찮지만 옷이 쌓이면 꽤 힘들 거야."

내가 남자로서의 자존심을 건드린 건지 195는 아무 말이 없었다. 한참을 조용히 걷다가 나는 조심스럽게 입을 열었다.

"나는 네가 이 일을 하며 내가 찾았던 보물을 발견했으면 해."

"보물?"

"그래. 의류수거함을 털기 위해 밤길을 다니며 나는 그동안 살아오며 이토록 고요하게 홀로 시간을 보낸 적이 단 한 번도 없었다는 걸 깨달았지. 그 시간 속에서야 비로소 찾아진 것이 많아. 밤 하늘, 밤공기, 별, 달, 밤의 풀 냄새와 나무 냄새, 귀뚜라미 소리, 그리고……."

"그리고?"

나는 웃으며 대답했다.

"내 내면의 목소리."

첫 번째 의류수거함은 설치된 지 오래인 듯 겉면의 칠이 많이 벗겨져 있었다. 내가 "이제 실습을 해볼까?"라고 묻자 195는 처음 도전해보는 도둑질에 긴장했는지 잔뜩 굳은 얼굴로 고개를 끄덕였다.

"너는 망을 봐. 옷은 내가 꺼낼 테니까."

그는 바지 주머니에 두 손을 찔러 넣은 채 주위를 두리번거렸다. 그 모습이 너무 어색해서 나는 자꾸만 입가에 웃음을 물었다.

"집게를 사용하는구나."

의류수거함에서 옷을 꺼내는 내 모습을 바라보던 195가 말했다. 나는 자랑하듯 나의 특제 집게를 들어 보였다.

"어때? 근사하지?"

"단순히 집게에 작대기를 덧댄 거뿐이잖아? 그게 뭐가 근사해?"

나는 뾰로통해진 채 대답했다.

"뭐, 그렇긴 하지."

의류수거함에서는 다른 때보다 많은 양의 옷이 나왔다. 내가 꺼낸 옷들을 찬찬히 살펴보던 195는 크게 감탄사를 내뱉었다.

"이야, 옷들이 죄다 멀쩡하네?"

"그렇지? 이것들보다 훨씬 상태가 좋은 옷도 많이 나와."

"하긴, 요즘에는 사람들이 싫증이 나면 바로바로 옷을 버리니까."

의류수거함 옆에 서서 195와 이야기를 나누며 있노라니 멀리서부터 드르륵, 드르륵 하는 소리가 들려왔다. 소리를 듣고 혹시나 싶었는데 짐작대로 곧 폐지 할머니가 모습을 드러냈다. 반가움이 인 나는 크게 외쳤다.

"할머니!"

나를 발견한 할머니는 자리에 멈춰 섰다. 여전히 할머니 곁에 꼭 붙어 있는 진돗개가 나를 보고 컹컹 짖어대며 알은체를 했다. 나는 손수레에서 할머니를 위해 따로 챙겨둔 패딩 점퍼를 꺼내 들었다.

"날씨가 많이 쌀쌀해졌어요. 앞으로는 이거 입고 일하세요."

내가 점퍼를 건네자 할머니의 주름진 얼굴에 따뜻한 미소가 번졌다. 할머니는 내 손을 잡고 흔들며 몇 번이나 고맙다는 인사를 했다.

할머니와 헤어진 나는 195와 함께 다음 의류수거함을 향해 출발했다. 내가 할머니와 있었던 일을 들려주자 195는 희미하게 미소 지었다.

"이 밤의 세계에도 친구가 있구나?"

나는 뻐기듯 말했다.

"그럼, 할머니 말고도 얼마나 많은데."

두 시간 동안 돌아다닌 끝에 우리는 일을 마칠 수 있었다. 나 혼자 일할 때보다 훨씬 빠른 속도였다. 195는 군말 없이 손수레를 끌어주었고, 그 덕분에 힘을 많이 아낄 수 있었던 나는 평소보다 빠르게 의류수거함에서 옷을 꺼낼 수 있었던 것이다. 우리는 썩 괜찮은 팀이었다.

헤어지기 전, 우리는 놀이터의 벤치에 나란히 앉아 편의점에서 사온 간식을 먹었다. 아무도 없는 한밤의 놀이터는 고즈넉했다. 삼각김밥을 우물거리면서 나는 옆에 앉은 195의 얼굴을 힐끔거렸다. 195가 내 일에 합류함으로써 마치 퍼즐의 마지막 한 조각이 맞춰진 듯한 느낌이 들었다. 자고로, 미소녀를 주인공으로 한 만화영화에서는 반드시 미소년도 등장하는 법! 〈천사소녀 네티〉의 셜록스나 〈카드캡터체리〉의 샤오랑처럼 말이다. 195는 내가 주인공으로 활약하는 미소녀 괴도물에 뒤늦게 캐스팅된 남자 주인공이었다. 여주인공과 갈등을 빚기도 하고 때로는 그녀를 도와주기도 하는.

'하, 그런 사이는 처음에는 티격태격하다가 나중에 가서는 꼭 서로 미묘한 감정에 빠져드는데……'

혼자 얼굴을 붉히며 있노라니, 갑자기 195의 목소리가 들려왔다.

"야! 다음에 내 거는 삼각김밥 말고 다른 걸로 사와."

"삼각김밥 싫어해?"

"그래."

"그럴게. 사실 나도 삼각김밥은 별로 안 좋아해."

"그럼 뭘 좋아하는데?"

"호두과자. 어릴 때부터 고속도로 휴게소 같은 데 들를 때면 꼭 사 먹곤 했지. 그때마다 언니와 서로 많이 먹겠다며 다투곤 했어."

"편의점에서 호두과자도 팔아?"

"요즘은 간혹 파는 곳도 있어."

우리가 앉은 벤치 옆에 가로등이 있었다. 가로등의 갓 아래에 나방 몇 마리가 날고 있었다. 불빛 아래 있으니 나방의 그림자가 새처럼 커다랬다. 고개를 숙이고 나방의 그림자를 구경하다가 나는 작은 목소리로 195에게 말을 걸었다.

"너에게 한 가지 고백할까?"

"고백?"

"실은 나도 자살하려고 했던 적이 있어."

195는 관심을 나타내며 빠르게 물어왔다.

"그게 언젠데?"

"외고 입시에 실패했을 때."

"무슨 방법으로?"

"인터넷 자살 카페에 가입하려고 했어. 그곳은 자살 이유에 대한 리포트를 제출해 심사를 통과해야만 가입이 허락되었지. 그런데 내 리포트는 심사에서 떨어지고 말았어."

"카페 이름이 뭐지?"

내가 카페 이름을 대자 195는 잠시 멍하게 있더니 갑자기 엄청나게 큰 웃음을 터트렸다. 그의 웃음소리가 놀이터에 울려 퍼졌다.

195는 잔뜩 웃음이 묻어나는 목소리로 말했다.

"그 카페 말이야, 내가 주인이었어."

"정말이야?"

"그래."

"그럼, 내 리포트를 떨어트린 것이 너였어?"

"그렇겠지."

웃음이 잦아들자 195는 그 당시의 일들을 자세히 들려주었다.

"실제 자살을 실행하려고 카페의 오프모임을 가졌었어. 처음이자 마지막인 오프모임이었지. 회원들 모두 엄격하게 그 진정성을 검증받은 이들인 만큼 나는 한 명도 빠짐없이 모임에 참석할 줄 알았어. 그런데 말이야, 단 한 명만이 나왔을 뿐이었어. 그 한 명마저도 마지막에 가서는 겁을 집어먹고 내빼더군."

이번에는 내가 큰 웃음을 터트렸다.

"나를 떨어트리더니 꼴좋구나!"

웃음을 그친 뒤 곰곰 생각해보니 참으로 이상한 일이었다. 한때는 195와 함께 죽으려고 했다가 이제는 195를 살리려고 이렇게 애를 쓰고 있다니. 195와 나는 전생에 무슨 인연이었을까.

"만약 너를 뽑았다면 너는 오프모임에 나왔을까?"

195의 갑작스런 질문에 나는 당황했다.

"그, 글쎄."

"솔직히 말해봐."

"확실치는 않지만……."

내가 막 대답을 할 찰나, 195가 갑자기 두 손을 부들부들 떨기 시작했다. 낯빛도 창백해졌다. 놀란 나는 크게 외쳤다.

"왜 그래!"

195는 급하게 바지 주머니에서 작은 플라스틱 통을 끄집어냈다. 그런 다음 거기서 하얀 알약을 손바닥에 털어내 급히 삼켰다. 조금 시간이 지나자 차츰 증상이 가라앉았다. 놀라서 멍하니 바라보는 나를 향해 195는 쓸쓸한 얼굴로 말했다.

"가끔씩 마약 금단 증상이 찾아와."

나는 195를 위로해주고 싶었으나 그 순간 어떤 말도 떠오르지 않았다.

2

마녀's House의 출입문을 열자 다른 때와 마찬가지로 토토가 컹컹 짖어대며 달려 나왔다. 마녀님과 다툰 뒤 첫 방문이었다. 작업대 앞에 있는 마녀님은 힐끗 나를 보더니 아무 말 없이 재봉질에 열중했다. 나는 조용한 동작으로 소파로 가 앉았다.

"저기 있잖아요……."

"……."

"저번엔 제가 말이 너무 심했어요. 죄송해요."

"……."

"나에게 누군가의 목숨이 달려 있다고 생각하니까 너무 초조하고 불안했어요. 이번 한 번만 마녀님이 이해해주면 안 될까요?"

마녀님은 여전히 아무 말이 없었다. 마녀님의 눈치를 살피다가 나는 기어들어가는 목소리로 말했다.

"나, 그 사람 만났어요. 그 자살한다는 사람 말이에요."

이번에는 한참 시간이 지나자 마녀님이 반응을 나타냈다.

"정말 그렇게 훈남이야?"

이미 나에게서 그가 얼마나 잘생겼는지 익히 들었던 마녀님으로서는 당연히 그 진위 여부가 궁금할 것이었다. 나는 목소리에 활기를 섞어 얼른 대답했다.

"그렇다니까요, 이미지가 완전히 강동원이에요. 지나가던 여자들이 죄다 쳐다보는 거 있죠."

내 말을 듣자마자 마녀님은 내게로 홱 고개를 틀었다.

"키도 크고?"

"네!"

"너, 그거 거짓말이면 나중에 나한테 죽는다?"

"좋아요."

나는 195와 함께 보낸 시간을 최대한 세밀하게 이야기했다. 내 말을 들으면서 마녀님은 웃기도 하고 흥분하기도 하고 안타까워하기도 했다. 그러는 사이 우리 둘 사이의 분위기는 다투기 전으로 돌아갔다.

"석 달 동안 의류수거함 터는 일을 도와달라고 했단 말이지?"

"네."

마녀님은 가늘게 뜬 눈으로 나를 바라보았다.

"그동안 네 남자로 만들겠다는 작전이구나!"

"그런 거 아니거든요!"

"다들 처음에는 그렇게 부인하지. 드라마 여주인공들의 재수 없는 점이 뭔지 알아? 실컷 꼬리치며 꼬셔놓고 막상 남자가 고백해오면 자기는 전혀 예상하지 못했다는 듯이 화들짝 놀라며 내숭을 떠는 거야. 〈꽃보다 남자〉가 그 대표적인 예지. 구준표와 지후 선배를 동시에 공략하는 잔디의 그 화려하면서도 정교한 스킬을 생각하면 지금도 쌍욕과 감탄이 동시에 나온다니까?"

"저는 정말 아니에요!"

"그럼 너는 그 사람을 한 번도 이성으로 느껴본 적 없어?"

나는 선뜻 대답을 하지 못했다. 이성? 내가 195를 남자로서 바라본 적이 있었던가? 나는 그와 관련된 기억을 빠르게 훑어 내려갔다.

"뭘 그렇게 고민해? 간단하게 알 수 있는 방법이 있잖아. 그 사람을 만날 때 가슴이 두근거려?"

195를 만날 때 내 가슴이 뛰었던가? 정확하게 기억나지 않았다.

"잘 모르겠어요."

마녀님은 한심하다는 표정으로 나를 바라보았다.

"둔한 줄은 진즉에 알았지만 그 정도일 줄은 몰랐다."

나는 죄인처럼 고개를 푹 숙였다.

"오늘도 그 사람 만나지?"

"네."

"그럼 오늘 알아보면 되겠네. 잘 살펴봐. 네 심장이 반응하는지."

마녀님의 얼굴을 바라보며 나는 생각했다. 나는 195를 이성으로서 느끼고 있을까. 만약 그렇다면 그 사실이 나와 그의 관계에 어떤 변화를 가져올까. 나는 내 마음을 들여다보는 일이 조금 두려웠다.

그날 밤. 나는 일찍부터 약속 장소에 나가 있었다. 마음속에 품은 은밀한 목적 때문에 심장이 끊임없이 콩닥거렸다. 약속 시간이 조금 지나서 195가 어둠 저편에서부터 신발을 끌며 나타났다.

"어? 먼저 나와 있었네."

195가 귀에 꽂은 이어폰을 빼내자 댄스 음악이 작게 들려왔다. 흰색 셔츠에 카디건을 입고 백팩을 멘 195의 모습은 아주 깔끔하고 산뜻했다.

"오늘은 정말 나오기 귀찮았는데……."

걸음을 옮기며 나는 곁눈질로 손수레를 끄는 195의 얼굴을 쳐다보았다. 확실히, 부인할 수 없이, 아무리 따져봐도 잘생긴 얼굴이었다. 게다가 키도 큰 편이고 머리도 좋지 않은가. 195는 킹카, 완소남, 훈남이 분명했다. 그러나 그를 보며 내 심장은 두근거리지 않았다. 나는 설레지 않았다.

"왜 자꾸 쳐다봐?"

"아, 미안해······."

차분히 생각해보니 그동안 살아오며 내가 호감을 품었던 남자는 전부 일반적인 미남과 거리가 멀었다. 내가 처음으로 이성을 느꼈던 건 초등학교 4학년 때였다. 상대는 여자애들 사이에서 기피대상 1호로 통하던 남자애. 수업시간마다 엉뚱한 소리를 해대서 선생님을 당황하게 만들었고, 늘상 아이스케키 장난을 쳐서 여자애들은 치마 안에 속바지를 입어야 했다. 게다가 코 밑에는 거의 언제나 허연 콧물 자국이 있었다. 여자애들은 그 애가 가까이 다가오는 것조차 싫어했다. 그런데 이상하게 나는 그 애가 좋았다. 그 애가 한마디 말이라도 걸어주면 온종일 즐겁고 신이 났다.

그다음은 중학교 때 국사 선생님. 작은 키에 알이 두꺼운 안경을 썼으며 늘 칙칙한 빛깔의 생활한복을 입고 다녔다. 남자 선생님들을 대상으로 한 인기투표 순위에서 항상 열외에 있는 인물이었지만 내게만은 그 선생님이 최고였다. 고등학교에 올라와 잠깐 만났던 남자친구 역시 별반 다르지 않았다. 일본 애니메이션에 푹 빠져 사는 그 애를 내 친구들은 모두 오타쿠라며 질색했지만 나는 그 애의 섬세하고 여린 감수성이 너무나 좋았다. 나는 왜 보통의 여자애들이 꺼려하는 남자를 좋아할까. 단순한 취향의 문제일까. 아니면 내 정신세계가 이상한 걸까.

"야, 어디로 가야 해?"

불현듯 들리는 말소리에 정신을 차려보니 저만치 앞서 있는 195가 나를 돌아보고 있었다. 195의 앞에는 갈림길이 있었는데,

왼편은 보도블록이 깔끔하게 깔린 길이었고 오른편은 시멘트로 거칠게 포장된 오르막길이었다.

"왼쪽으로 가."

내 말을 들은 195가 오르막길을 가리키며 물었다.

"저 너머엔 동네가 없어?"

"몰라. 그쪽으로는 한 번도 안 가봤어."

"왜 안 가봤는데?"

"길이 너무 가팔라서 오를 자신이 없었어."

"한번 가보자."

195는 제멋대로 오르막길로 들어섰다.

"야!"

아무리 말려도 195는 내 말을 듣지 않았다. 할 수 없이 나는 툴툴거리며 195를 따랐다.

195는 손수레를 끌면서도 지치는 기색 없이 오르막길을 잘 올랐다. 양편으로 아름드리 플라타너스 가지가 우거진 길을 한참 오르자 뜻밖에도 작은 동네가 나타났다. 그러나 집들은 첫눈에도 너무나 허름하고 초라했다. 지붕은 슬레이트나 함석으로 만들어진 데다가 시멘트 벽면에는 어지럽게 금이 가 있었다.

동네를 둘러보며 195가 중얼거렸다.

"타임머신을 타고 과거로 온 기분이야……."

"이 지역에서 십 년 넘게 살았지만 이런 동네가 있는 줄은 몰랐어."

집들의 담장에는 붉은색 스프레이로 뭔가 적혀 있었다. 처음에는 낙서인 줄 알았는데, 자세히 보니 그렇지가 않았다.

'강제 철거 결사반대!'

'주민 생존권 보장하라!'

'우리의 보금자리는 우리가 지킨다!'

195는 점점 더 동네 안쪽으로 들어갔다. 뒷산에서 부엉이 소리가 들려왔다. 동네 분위기가 너무 음침하고 무서워 그만 돌아가자고 했지만 탐험하는 기분에 젖은 195는 내 말을 듣지 않았다.

나와 멀찌감치 떨어져 이곳저곳을 살펴보던 195가 갑자기 나를 돌아보며 외쳤다.

"여기에도 의류수거함이 있어!"

195 곁으로 다가가 보니 정말 의류수거함이 있었다. 심한 녹이 슬어 있긴 해도 분명 의류수거함이었다. 나는 회의감에 가득 차서 물었다.

"뭐가 있기는 할까?"

"혹시 모르잖아. 확인만 해보자고."

나는 의류수거함 깊숙이 집게를 넣었다. 그러나 역시 짐작대로 걸리는 것이 없었다.

"비었어. 아무것도 없어."

"다른 의류수거함도 확인해보자."

우리는 한참 동안 동네를 뒤진 끝에 또 다른 의류수거함을 찾아냈지만 처음 것과 마찬가지로 텅 비어 있었다.

나와 195는 의류수거함 곁에 쪼그리고 앉았다. 주위에서 짙은

풀 향기가 풍겨왔다. 하늘을 올려다보니 무수히 많은 별이 반짝이고 있었다.

"참 이상해. 같은 구청에 소속되어 있는데도 새것이나 다름없는 옷이 쏟아져 나오는 의류수거함이 있는가 하면, 걸레 조각 하나 나오지 않는 의류수거함이 있다니……."

착잡한 마음에 내가 말하자 195는 쓰게 웃었다.

"의류수거함이란 지니계수 같군."

"지니계수? 그게 뭔데?"

"지니계수는 이탈리아의 통계학자인 '지니'라는 사람이 만든 건데, 사회의 각 계층 사람들에게 돈이 얼마나 고르게 분배되어 있는지 나타내는 수치야. 의류수거함이 우리 사회의 빈부격차가 얼마나 심각한 상태인지 너무나 잘 보여주고 있잖아."

나는 크게 감탄했다. 역시 상장을 백 장이나 탄 우등생이라는 생각이 들었다. 나는 의류수거함을 손으로 톡, 톡, 치며 말했다.

"앞으로는 이 의류수거함을 지니 상자로 불러야 되겠구나."

"지니는 중국어로 '백성들의 굶주림'을 뜻하지. 묘하게 뜻이 통하네."

그곳에서 그만 떠나려는 순간, 돌연 내 배에서 꼬르륵 소리가 들려왔다. 몹시 부끄러움을 느끼며 나는 변명하듯 말했다.

"오늘 학원에서 보강을 하는 바람에 저녁을 못 먹었거든."

내 말을 들은 195는 등에 메고 있던 백팩을 조용히 내려놓았다.

"집에서 간식거리를 좀 챙겨왔어."

195는 백팩에서 한 무더기의 빵을 꺼냈다. 빵들을 살펴보니 백화점의 고급 베이커리에서 파는 것이었다.

"굉장히 비싼 빵 같은데, 이런 거 막 가져와도 돼?"

"상관없어. 집에 간식은 많아. 엄마가 밤에 깨어 있는 나를 위해 항상 넉넉히 준비해놓거든."

"부모님과 대화는 해?"

"전혀. 마주치는 일도 거의 없는걸."

"연락하고 지내는 친구는 있어?"

"없어."

"그럼 대화 상대가 오직 나뿐이야?"

"그래."

나는 몇 가지 더 묻고 싶은 게 있었으나 195의 상처를 건드리는 것 같아 그만 입을 다물었다.

달빛이 유난히 밝았다. 195가 가지고 온 빵을 먹어보니 정말 맛이 있었다. 순식간에 한 개를 다 먹어치우고 두 개째 빵 봉지를 뜯는데 갑자기 뭔가 부스럭하는 소리가 들려왔다. 고개를 돌리자 작은 아이가 서서 나를 빤히 쳐다보고 있었다. 내 비명이 온 동네를 뒤흔들었다.

195가 아이를 향해 소리쳤다.

"야, 너 뭐야!"

195의 고함에 놀란 아이는 훌쩍훌쩍 울기 시작했다. 마음을 진정시킨 나는 아이에게 다가갔다. 내가 다정하게 말을 건네며 달래자 아이는 천천히 울음을 그쳤다. 짧은 상고머리가 무척 귀여운 아이였다.

"좀 전에 왜 그렇게 나를 보고 있었던 거야? 혹시 무슨 할 말이라도 있었던 거야?"

아이는 내 손에 들린 빵을 가리켰다.

"빵? 빵이 먹고 싶어?"

아이는 열렬히 고개를 끄덕였다. 내가 빵을 건네주자 아이는 배가 많이 고팠던 모양인지 곧장 맛있게 먹기 시작했다.

"야, 너는 이 시간에 왜 여기 있는 거냐?"

195의 물음에 아이는 빵을 먹느냐고 제대로 대답을 못했다. 아이를 살펴보니 한쪽 손에 장난감 비행기가 쥐어져 있었다.

"설마, 이 시간에 여기서 혼자 놀고 있었던 거야?"

내가 묻자 아이는 고개를 끄덕였다.

"부모님이 걱정 안 해? 집이 어디야? 누나가 데려다줄게."

빵을 다 먹은 아이는 우리를 자기 집으로 이끌었다. 우리는 아이를 따라 동네 깊숙이 들어갔다. 동네 끝에 다다르자 아이가 한 집을 가리켰다. 주변의 어느 집보다도 낡아 보이는 집이었다. 금방이라도 폭삭 주저앉을 듯했다.

"형아!"

마당으로 들어선 아이가 외치자마자 삐걱, 소리가 나더니 마루 안쪽의 방문이 열리고 아이보다 서너 살 많은 듯한 소년이 고개를 내밀었다. 표정이 굉장히 우울했다.

"얘가 네 동생이니?"

아이를 가리키며 내가 묻자 소년은 말없이 고개를 끄덕였다.

"밖에서 혼자 놀고 있길래 데려왔어. 집에 어른은 안 계시니?"

소년은 또다시 고개만 끄덕였다. 나는 곁에 선 195에게 속삭였다.

"뭔가 이상한데? 왜 집에 어른이 아무도 안 계실까?"

195는 귀찮은 표정을 지었다.

"뭐, 어디 여행이라도 갔나 보지."

나와 195가 그만 발길을 돌리려는 찰나, 아이가 별안간 내 옷자락을 꽉 붙잡고 집 안으로 끌어당겼다.

"안 돼. 우리 가봐야 해."

나는 거듭 안 된다고 말했지만 아이는 내 옷자락을 움켜쥔 채 방에 들어가자고 계속 졸라댔다. 아이가 막무가내로 떼를 쓰는 데다가 아이의 행동에서 오래된 외로움을 느낀 나는 195를 바라보며 물었다.

"잠깐만 들어갔다 갈까?"

195는 한숨을 내쉬며 고개를 끄덕였다. 우리는 아이와 함께 방으로 들어갔다. 좁은 방 안의 한쪽에는 이불이 펼쳐져 있었고, 다른 한쪽에는 신문지가 덮인 밥상이 놓여 있었다. 마땅히 몸 둘 공간이 없어 나와 195는 방문 바로 앞에 어깨를 맞댄 채 앉았다.

"부모님은 왜 안 계셔? 어디 여행 가신 거야?"

내 물음에 소년은 어두운 표정으로 아무 대답도 하지 않았다.

"야, 어른이 묻는데 무슨 말이라도 해야 할 것 아니야?"

195가 소년을 나무라자 나는 얼른 제지했다.

"우리는 여기 손님이라고. 제발 얌전히 있어!"

내 핀잔에 기분이 상했는지 195는 몇 마디 구시렁거리더니 몸을 일으켰다.

"그나저나 여기는 왜 이렇게 추운 거야? 보일러도 안 트나."

195의 말을 듣고 보니 방바닥에는 발바닥이 시릴 정도로 냉기가 흐르고 있었다. 어른이 없는 점이나 집의 상태로 봐서 아무래도 뭔가 석연치 않다고 느낀 나는 다시 한 번 소년에게 물었다.

"누나, 나쁜 사람 아니야. 그러니까 말해봐. 부모님은 어디 계시니?"

이번에도 소년은 내 눈치를 살필 뿐 아무 말도 하지 않았다. 한참 답답함을 느끼고 있는데 갑자기 195의 목소리가 들려왔다. 195는 방 바로 옆에 붙어 있는 부엌에 있었다.

"여기 보일러가 있어. 그런데 이거 완전히 맛이 갔네. 전혀 작동이 안 돼."

방 안을 살피던 내 눈이 벽면의 옷걸이에 멈췄다. 옷걸이에 눈에 익은 옷이 걸려 있었다. 장미꽃이 수놓아진 연두색 카디건. 언젠가 내가 폐지 할머니에게 준 옷이었다.

"너희들…… 혹시 할머니랑 살아?"

내가 묻자 소년이 보일락 말락 고개를 끄덕였다.

"개도 키우지? 하얀 진돗개 말이야."

옆에 있는 아이가 냉큼 대답했다.

"장군이!"

"장군이? 장군이가 개 이름이야?"

아이가 고개를 끄덕였다. 195가 곁으로 돌아오자 나는 말했다.

"여기…… 폐지 할머니 집이야."

"폐지 할머니? 저번에 우리가 만났던 그 할머니?"

"응."

나는 아이들에게 폐지 할머니와 있었던 지난 일들을 짧게 들려주었다. 그러자 아이들의 얼굴에 반가운 기색이 퍼졌다. 내 얘기를 들은 뒤 혼자 뭔가 생각하는 것 같더니 소년이 내가 아까 물었던 것에 대한 대답을 하기 시작했다. 목소리가 너무 작고 말에 조리가 없었지만 알아듣는 데는 문제가 없었다. 과일 노점상을 하던 아버지는 오래전에 뺑소니차에 치여 돌아가셨고, 어머니는 몇 해 전 집을 나가 소식이 끊겼다는 것이었다.

이야기를 다 들은 나는 소년에게 물었다.

"그럼 그 뒤로 계속 할머니 혼자 너희들을 키운 거야?"

소년은 고개를 끄덕였다.

"너희들을 도와줄 친척들도 없어?"

195가 묻자 이번에도 소년은 고개를 끄덕였다. 나는 옷걸이에 걸린 폐지 할머니의 카디건을 바라보았다. 여태껏 할머니가 혼자 짊어지었을 삶의 무게를 생각하니 가슴이 먹먹해졌다.

우리는 그 집에서 한 시간쯤 머물렀다. 그동안 나와 195는 방 청소도 하고 빨래(그 집에는 세탁기도 없어서 손으로 빨아야 했다)도 했다. 그 집을 떠나기 전, 나는 손수레를 뒤져 아동용 옷을 몇 벌 찾아내 형제들에게 선물로 주었다. 두 형제는 내가 무안해할 정도로 크게 기뻐했다. 형제들의 이름을 물어보니 큰애는 동진, 작은애는 동식이었다.

동네를 빠져나오며 나는 내내 침묵을 지켰다. 아까 전에 의류수거함을 통해 확인한 빈부 격차가 심한 사회 현실과 폐지 할머니의 집 사정이 머릿속에서 교차되면서 기분이 몹시 우울했던 것이다.

밝은 대로변으로 나오자 나는 195에게 작은 목소리로 말을 걸었다.

"갑자기 이 서울이 너무나 낯설게 느껴져. 마치 회오리바람을 타고 온 도로시가 처음 바라본 오즈처럼."

195는 조금 웃었다.

"그거 알아? 〈오즈의 마법사〉는 현재 동화로 읽히고 있지만 원래는 19세기 말 미국의 경제 상황을 풍자한 소설이야. 오즈(OZ)도 금의 질량을 측정할 때 사용되는 단위인 온스(Ounce)의 약자지……. 동화에 등장하는 오즈란 곳은 심각한 디플레이션 상황이었던 미국을 상징하는데, 생각해보니 그때의 미국과 현재의 우리나라가 똑같은 처지네."

"디플레이션? 수업시간에 들은 것 같긴 한데…… 그게 뭐지?"

195는 한심하다는 눈으로 나를 바라보았다.

"쉽게 말해, 부유한 자는 더욱 부유하게, 가난한 자는 더욱 가난하게 되는 거지."

나는 고개를 주억거렸다.

"솔직히 나는 물질적으로 부족한 걸 모르고 자랐어. 오히려 남들보다 많이 가진 쪽에 속했지. 그래서인지 동진이와 동식이에게 너무 미안해……. 제발 가난이 저 아이들에게 상처가 되지 않았으면 좋겠는데."

내 말을 들은 195는 조금 음성을 높여 말했다.

"그럴 수는 없을걸. 학교에만 가도 다른 아이들과 자신이 얼마나 다른지 알 수 있을 테니까. 결핍은 필연적으로 상처를 부를 수밖에 없다고."

나는 고개를 떨어뜨렸다.

"그나저나 폐지 할머니네 집 보일러는 어떡하지? 곧 겨울이 올 텐데."

"지금도 방이 그렇게나 추운데, 아마 겨울이 되면 방에서 입김이 나올지도 몰라."

"의류수거함 털어서 번 돈으로 할머니네 집 보일러 바꿔줄까 봐."

내 말을 들은 195는 깜짝 놀라는 시늉을 하더니 기특한 생각이라고 말하며 내 머리를 쓰다듬었다.

열세 번째 이야기수거함
물푸레나무

이따금 투덜거리면서도 195는 한 번도 일을 빠진 적이 없었다. 그뿐만 아니라 꽤 성실한 자세로 나를 도와주었다. 그 과정 속에서 195는 전보다 표정이 한결 풍부해졌고 말도 많아졌다. 함께 의류수거함을 털며 그를 조금씩 밝은 곳으로 끌어내려 한 나의 자살 방지 프로그램이 효과를 본 것이었다. 그리하여 자살 방지 프로그램의 'step 1'을 성공적으로 마쳤다고 판단한 나는 'step 2'에 들어가기로 마음먹었다. 그건 195에게 내 친구들을 소개시켜주는 것이었다.

내가 가장 먼저 떠올린 사람은 숙자 씨였다. 숙자 씨에게는 어딘지 모르게 상대를 편안하게 해주는 구석이 있었다. 그런 숙자 씨라면 195도 쉽게 친구로 받아들일 수 있을 거라고 나는 생각했다. 내가 간간이 들려주는 숙자 씨의 얘기에 195가 관심과 흥미를 보인 것도 이유 중의 하나였다.

자연스럽게 숙자 씨를 소개해줄 기회를 엿보던 나는 어느 날 의류수거함을 터는 도중에 195에게 물었다.

"라면 먹고 할래?"

195는 고개를 끄덕였다.

"좋아. 마침 배고픈 참이었어."

나는 195를 끌고 숙자 씨가 있는 J동으로 향했다.

"도대체 어디로 가는 거야? 편의점이라면 바로 근처에 있잖아."

"오늘은 컵라면 아니야. 제대로 냄비에 끓인 라면 먹을 거야."

벤치에 도착해보니 숙자 씨는 휴대용 카세트 플레이어에서 흘러나오는 음악을 들으며 홀로 소주잔을 기울이고 있었다. 음악은 푸치니의 오페라 곡이었다. 아름다운 음악이 흐르니 사방에 담장 하나 없어도 안온한 분위기가 감돌았다.

"요즘에도 카세트 플레이어가 있네요."

내가 인사말 대신 말을 건네자 숙자 씨는 눈을 감고 음악에 심취한 채로 입을 열었다.

"나와 이십 년을 동고동락한 녀석이지. 아직도 쌩쌩해."

"와우, 저보다 나이가 많네요."

숙자 씨는 크게 하품을 한 뒤 내게 물었다.

"지금 몇 시나 됐지?"

"새벽 한 시 조금 넘었어요."

"음악에 취해 있다 보니 시간 가는 줄 몰랐군."

나는 비아냥거리듯 물었다.

"술에 취한 게 아니고요?"

"도로시, 취하는 건 술에만 국한된 표현이 아니야. 취한다는 것은 그 대상을 온전히 받아들이는 것이지. 술에 취한다는 건 술을 몸 안에 받아들이는 것이고, 음악에 취한다는 건 그 음악을 마음에 담아두는 것이지. 따라서 내 속에 받아들일 수 있다면 무엇에든 취할 수 있는 거라고."

천천히 눈을 뜬 숙자 씨는 195를 바라보았다.

"이 친구는 누구지?"

"제가 그동안 그토록 만나고 싶어 하던 분이죠."

"아, 그 녀석이군……."

나는 195를 돌아보았다.

"인사해. 이쪽은 내 친구, 숙자 씨."

195는 퉁명스런 목소리로 내게 물었다.

"네가 얘기하던 그 노숙자 아저씨야?"

"맞아."

195는 숙자 씨를 향해 조금 고개를 숙여 보였다. 숙자 씨는 얼굴 가득 미소 지었다.

"우리 집에 온 걸 환영하네."

내가 찾아온 용건을 꺼내자 숙자 씨는 냄비에 물을 채워 버너에 올렸다. 라면 봉지를 뜯으며 숙자 씨는 투덜거리듯 내게 말했다.

"이봐, 올 때 라면 좀 사오라고. 노숙자에게 뺏어먹으면 좋아?"

"원래 얻어먹는 라면이 더 맛있다고요."

냄비에 라면을 넣던 숙자 씨는 갑자기 멈칫거리더니 내게 물었다.

"도로시, 혹시 저 친구 말고 다른 친구도 데려왔나?"

"네? 아니요."

"그럼 CIA가 내게 미행이라도 붙였나?"

숙자 씨는 어둠 저편의 풀숲을 향해 큰 목소리로 외쳤다.

"거기 누구야! 숨어 있지 말고 나와!"

195와 나는 풀숲을 응시했다. 숨죽인 채 잠시 기다리자 누군가의 실루엣이 나타났다. 실루엣은 머뭇거리다가 우리가 있는 곳으로 느리게 걸어왔다. 잠시 뒤 나는 놀라지 않을 수 없었다. 실루엣의 정체는 내가 너무나 잘 아는 인물이었다.

"언니……."

"이런, 들켰네."

우리 앞에 선 언니는 활짝 웃으며 쾌활한 목소리로 인사를 했다.

"안녕하세요. 도로시의 언니, 도옥순입니다!"

어안이 벙벙해진 우리를 바라보며 언니는 넉살좋게 말했다.

"하나밖에 없는 동생이 밤일을 하는데 걱정이 돼서 견딜 수가 있어야죠."

화가 치밀어 오른 나는 소리를 질렀다.

"걱정 좋아하네, 단순한 호기심에 따라온 거면서! 도대체 언제부터 미행한 거야? 하루 이틀은 아니지?"

언니는 대답 없이 히죽 웃기만 했다.

"어머, 얘가 우리 도로시의 남친이란 말이지?"

195를 바라보며 언니가 말하자 나는 얼른 쏘아붙였다.

"남자친구 아니야!"

언니는 195의 양쪽 뺨을 손으로 잡더니 옆으로 쭈욱 잡아당겼다.

"어쩜 이렇게 잘생겼니!"

195는 당황한 채 어쩔 줄 몰라 했다.

"무례하게 그게 무슨 짓이야!"

내가 195에게 사과하는 동안 언니는 숙자 씨에게로 관심을 돌렸다.

"오호라, 당신이 내 동생을 악의 소굴로 꼬드긴 장본인이군! 생긴 거부터가 딱 야바위꾼같이 생겼네."

화가 난 숙자 씨가 억양을 높여 말했다.

"뭐, 야바위꾼? 이 치질 걸린 여자가 정말!"

"갑자기 웬 치질? 나 치질 없거든?"

"좀 전에 이쪽으로 뒤뚱거리며 걸어올 때 알아봤다고. 치질 걸린 게 분명해!"

"아니라고! 높은 힐을 신어서 그래!"

"거짓말하지 마!"

"직접 봐야 믿겠어?"

언니가 허리띠를 풀며 청바지를 내리려고 하자 나는 기겁을 하며 제지했다.

"미쳤어, 정말 왜 이래!"

나는 언니와 숙자 씨 사이를 바쁘게 오가며 둘을 진정시켰다. 이윽고 두 사람이 평정을 되찾자 우리는 평화와 화해의 제스처로 빙 둘러앉아 함께 라면을 먹었다. 그러나 분위기가 영 딱딱했다. 나는 인터넷에서 접한 우스갯소리를 늘어놓았고 그것이 분위기를 한결 누그러뜨렸다.

"김치 없어요, 김치?"

라면을 먹던 언니가 묻자 숙자 씨는 무뚝뚝하게 대답했다.

"없어."

잠시 뒤 언니는 다시 숙자 씨에게 물었다.

"찬밥 없어요, 찬밥?"

숙자 씨의 굵은 눈썹이 꿈틀 움직였다.

"이봐, 치질녀. 거, 얻어먹는 주제에 요구사항이 참 많네!"

언니도 지지 않고 대꾸했다.

"거, 라면 한 그릇 가지고 너무 유세 떠시네!"

숙자 씨는 아까 전에 마시던 소주병을 찾아들더니 라면을 안주 삼아 소주를 마시기 시작했다. 그 모습을 본 언니가 자기도 마시 겠다고 하자 숙자 씨는 말없이 언니에게 한 잔을 따라주었다. 소주를 마신 언니는 우리 집안 내력에 따라 금세 얼굴이 붉어졌다.

"오늘 이렇게 불쑥 나타난 건 정말 죄송해요. 하지만 곧 외국으로 떠날 입장에서 당연히 동생이 걱정되지 않겠어요?"

숙자 씨가 관심을 내보였다.

"외국? 정확히 어디로 가는데?"

"곧 히말라야로 트레킹 떠나요."

"치질녀, 재밌는 계획을 갖고 있군. 그곳에 가면 반드시 푼힐 전 망대를 찾아가 보도록 해. 한눈에 안나푸르나 전역을 볼 수 있는 곳이지. 장엄함이란 말뜻을 깨닫게 될 거야."

"거기 가봤어요?"

숙자 씨는 희미하게 미소 지었다.

"아주 오래전에."

소주 한 잔을 마신 다음 숙자 씨는 말을 이었다.

"나도 요즘 진지하게 외국으로 나가볼까 생각 중이지."

언니가 특별히 생각해둔 곳이 있냐고 묻자 숙자 씨는 먼 데를 바라보며 대답했다.

"몽골의 고비 사막."

"어머, 저도 거기를 여행지 후보에 올려놓았었어요. 가도 가도 끝없는 사막……!"

언니와 숙자 씨가 동시에 '카!' 하는 신음을 뱉어냈다. 좀 전의 싸우던 모습은 간데없이 숙자 씨와 언니는 죽이 맞아 신나게 떠들 어대기 시작했다. 이야기의 화제는 고비 사막에서 신과 인간의 관 계로, 다시 우주의 암흑물질로 옮겨갔다. 나와 195는 둘의 대화를 조용히 경청했다. 화제가 다소 엉뚱한 방향으로 흘러가긴 했어도, 그만큼 흥미롭고 재미있는 부분이 있었던 것이다.

좀 더 밤이 깊어지자 언니는 잠이 쏟아지는지 먼저 가보겠다며 자리에서 일어났다. 우리와 헤어지기 전 언니는 숙자 씨와 195에게 나를 잘 부탁한다고 말했다.

언니가 사라지고 나니 금세 주위가 허전해졌다. 마치 뭔가 큰 쇼가 막을 내린 것 같았다. 나와 숙자 씨, 195는 벤치에 나란히 앉아 하릴없이 밤 풍경을 바라보았다.

"본의 아니게 네 수첩에 적힌 글을 읽어보았어. 『맥베스』를 좋아하나?"

숙자 씨의 갑작스런 질문에 195는 조금 당황한 듯하다가 시큰둥하게 대답했다.

"그런 건 아니에요. 미국에서 잠시 학교를 다닐 때 『맥베스』에 대해 배웠었는데, 그 구절만 기억에 남았어요."

"나는 셰익스피어 작품 중에서 『한여름 밤의 꿈』을 좋아해. 거기에 이런 구절이 나오지. '사랑은 눈이 아니라 마음으로 보는 것, 그래서 날개 달린 사랑의 천사 큐피드는 장님으로 그려져 있는 거다.' 어디 사랑뿐이겠어. 마음으로 봐야 모든 것이 제대로 보이겠지. 자네도 마음으로 세상을 보도록 노력해봐. 그러면 분명 지금까지와는 다르게 보일 거야."

195는 입가에 흐릿한 미소만 지을 뿐 아무 반응이 없었다.

숙자 씨와 헤어진 나와 195는 밤길을 산책하듯 천천히 걸었다. 무르익을 만큼 무르익은 가을밤이었다. 깊숙이 숨을 들이마셔 보니 부식된 낙엽 냄새가 느껴졌다. 겨울이 멀지 않았다는 생각이 들었다.

"폐지 할머니 집 문제는 어떻게 됐어? 보일러 바꿔준다고 했잖아?"

195가 문득 떠오른 듯 묻자 나는 한숨을 내쉬었다.

"수리기사를 불러서 알아봤거든. 그런데 그게 보일러만 바꿔서 해결될 문제가 아니라, 방바닥 전체를 뜯어서 온수 파이프를 새로 깔아야 한대. 파이프를 쥐들이 갉아먹어서 물이 샌다고 하더라."

"돈이 많이 들겠네?"

"응, 아주 많이."

"그럼 포기야?"

"아니. 방법을 고민해봐야지."

그때였다. 195가 돌연한 동작으로 제자리에 멈춰 섰다. 그러고는 눈앞의 나무를 뚫어지게 쳐다보았다. 제법 둥치가 굵은 나무였다. 껍질은 회색빛이었고 나뭇가지에 손바닥처럼 생긴 커다란 잎사귀가 매달려 있었다. 나무는 허공으로 나뭇가지를 뻗어 올린 채 의연하게 버티고 서 있었다.

"왜 그래?"

195는 한참 만에 대답했다.

"저 나무……."

"응? 나무가 왜?"

"물푸레나무야. 그 아이가 다시 태어나고 싶어 한 나무."

"아……."

나는 195의 편지에 등장했던 여자애를 기억해냈다. 자살한 여자애가 남긴 유서는 내게도 굉장히 인상적이어서 선명하게 떠올릴

수 있었다. 다음 생에서는 한적한 오솔길의 물푸레나무로 태어났
으면. 들판의 새싹들을 가만히 어루만지는 봄바람으로 태어났으
면. 드넓은 바다를 헤엄치는 은빛 연어로 태어났으면…….

"혹시 물푸레나무의 이름 뜻 알아?"

195의 목소리는 막 마라톤 완주를 끝낸 사람의 것처럼 힘이 없
었다.

내가 고개를 젓자 195는 낮게 가라앉은 목소리로 말했다.

"가지를 잘라서 물에 담그면 그 물이 푸르게 변하기 때문이야.
가지에서 푸른빛이 우러나와 물에 번지지."

물푸레나무를 향한 195의 눈을 본 나는 아직까지도 여자애의 존
재가 그의 가슴에 가득 번져 있음을 깨달았다. 내 마음속으로 애
잔한 감정이 크게 밀려왔다.

에메랄드 성의 비밀

1

"오래 기다렸어?"

나는 슬림핏 청바지에 아이보리색 하프 트렌치코트를 입은 195를 멍하게 쳐다보았다. 굉장한 미남인 데다가 옷까지 세련되게 차려입으니 어떤 배우나 모델보다도 근사했다.

"낮에 외출을 하니까 엄마가 놀라더라고. 자꾸 어디 가냐고 물어서 둘러대느라 시간이 좀 걸렸어."

얼마 전 나는 195에게 헌옷 납품 날에 구제 옷가게를 방문해보지 않겠냐는 제안을 했었다. 우리가 훔치는 헌옷이 어떻게 유통되는지 알고 싶지 않느냐고 설득(은밀한 목적은 195에게 의류수거함 멤버들을 소개시켜주는 것)하자 195는 순순히 고개를 끄덕였다.

"자, 빨리 가지."

195는 자기가 하는 게 당연하다는 듯 옷이 가득 실린 손수레를 끌기 시작했다. 잘 차려입은 차림새로 손수레를 끄는 195의 모습이 굉장히 우스꽝스러웠다.

마녀's House의 출입문 앞에 섰을 때 안쪽에서 크게 웃고 떠드는 소리가 들려왔다. 조용히 문을 열어보니 마녀님과 숙자 씨, 마마와 카스 삼촌이 소파에 앉아 있었다. 내가 미리 연락해서 모두 모여 있도록 한 것이었다.

"조금 늦었죠?"

내 인사말에 마녀님이 나무라듯 말했다.

"주최자가 왜 이렇게 늦어. 지금이 몇 신 줄……."

마녀님은 말을 채 끝맺지 못했다. 내 뒤에 선 195를 본 것이었다.

"어서 오세요!"

마녀님은 벌떡 몸을 일으켰다.

"갑자기 가게가 확 밝아지는 것 같네요!"

마마와 카스 삼촌도 195에게 밝은 목소리로 인사를 건넸다.

"반가워요!"

"잘 오셨습네다."

나는 195에게 한 사람씩 소개시켜주었다. 소개가 끝나자 195는 어색한 동작으로 모두에게 인사를 건넨 다음 이미 만난 적이 있는 숙자 씨 옆에 얌전히 앉았다. 뜻밖에 많은 사람이 모여 있어 많이 당황한 눈치였다. 195는 앉은 채로 가게 내부를 천천히 둘러보았다. 마녀님은 195에게 가게의 운영 시스템에 대해 자세히 설명해줬다. 195가 몇 가지 질문을 하자 마녀님은 그녀답지 않게 두 뺨을 붉히며 대답을 했다.

"제가 샌드위치를 좀 만들어 왔어요."

마마가 테이블에 커다란 등나무 바구니를 올려놓았다. 우리는 마마가 만들어 온 샌드위치를 먹으며 가벼운 일상에 대해 즐겁게 이야기했다. 그러는 중에 195에게 화제를 돌리지는 않았다. 사실, 그의 내밀한 사정을 궁금해하고 특별하게 바라볼 이유는 전혀 없었다. 현재 있는 그대로의 195를 대하면 그뿐이었다.

아무래도 모두 의류수거함과 관련된 사람들이다 보니 화제는 자연스럽게 의류수거함 털이로 흘러갔다. 멤버들의 말을 조용히 듣다가 나는 얼마 전 폐지 할머니 집을 찾아갔던 일을 조심스럽게 꺼냈다.

내 이야기가 끝나자마자 마마가 흥분한 채 따지듯 물었다.

"세상에나, 노인네가 얼마나 번다고 그래. 나라에서 그 아이들에게 지원을 안 해주나?"

"법적으로 어느 한쪽의 부모라도 살아 있으면 지원을 받기 어렵다고 하더라고요."

내 대답을 들은 숙자 씨가 한숨과 섞어 말했다.

"올해 겨울은 유난히 춥다고 하던데 걱정이군."

나는 다시 입을 열었다.

"그래서 제가 그동안 의류수거함을 털며 모은 돈으로 보일러라도 바꿔주려고 했는데, 그게 단순히 보일러만 바꿔서는 안 되고 방바닥에 깔린 온수 파이프를 교체해야 한다는 거 있죠. 당연히 돈도 엄청 많이 필요하고요."

마녀님이 끼어들었다.

"우리가 돈을 좀 모아볼까?"

"아마 그래도 많이 부족할걸요."

나는 멤버들의 표정을 살피다가 중얼거리듯 말했다.

"해결책이 없는 건 아닌데……."

모두 내 얼굴을 쳐다보았다. 나는 몇 번 헛기침을 한 다음 천천히 입을 열었다.

"뭐, 새롭거나 기발한 건 아니고요. 이것도 의류수거함을 터는 건데, 굉장히 큰 돈벌이가 되는 의류수거함이 있거든요."

마녀님이 답답하다는 듯 말을 재촉했다.

"뜸들이지 말고 얼른 말해봐."

"에메랄드 빌리지에 있는 의류수거함이에요."

내 말을 들은 멤버들은 일제히 고개를 끄덕이며 거기라면 분명 큰돈을 만질 수 있을 거라고 말을 모았다.

"하지만 그곳의 의류수거함은 결코 털기가 쉽지 않아요."

내 말이 끝나자 그때껏 잠자코 있던 195가 물었다.

"이유가 뭐지?"

"경비원 때문이지. 그곳은 일반 아파트보다 훨씬 많은 경비원이 있어. 그 이유로 처음 의류수거함을 털기 시작할 때부터 그곳의 의류수거함은 포기하고 있었어."

이번에는 숙자 씨가 물었다.

"도로시, 그곳의 의류수거함은 누가 관리하지? 일반 의류수거함과 마찬가지로 구청에서 정한 사업자가 하나?"

"아니에요. 입주자 대표회의에서 자체적으로 관리해요. 제가 좀 알아봤는데, 그 이권이 엄청나다 보니 의류수거함을 둘러싼 잡음도 많더라고요."

마녀님이 빈정거렸다.

"짐작할 만하네. 부녀회나 입주자 대표회의에서 발생한 비리 문제가 없는 공동주택은 거의 없지."

혼자 오랫동안 뭔가 생각하더니 숙자 씨가 불쑥 말했다.

"우리, 에메랄드 빌리지 의류수거함에 도전해보는 게 어떻겠습니까? 한두 명일 때는 엄두가 안 나겠지만, 이 인원이면 충분히 해볼 만하다고 생각하는데."

일순간 실내에 정적이 흘렀다. 그 저류에는 흥분과 호기심, 기대감이 흐르고 있다는 것을 나는 분명하게 느꼈다.

"그거 아주 근사한데요? 나는 좋아요."

침묵을 깨고 마녀님이 말하자 카스 삼촌도 찬성을 나타냈다.

"저도 좋습네다."

곧이어 마마와 195도 동참하기로 했다. 영화 〈오션스 일레븐〉을 떠올리고서 크게 들뜬 나는 좌중을 둘러보며 말했다.

"음, 지금부터는 작전이 필요한 시점 같습니다!"

마녀님은 옷을 사기 위해 찾아온 손님 때문에 작전 회의를 방해받을지 모른다며 가게 문을 걸어 잠근 다음 오픈 팻말을 클로즈로 돌려놓았다. 떠들썩한 분위기에 덩달아 흥분한 봉자와 토토가 우리들 곁을 분주하게 서성거렸다. 벽시계를 확인해보니 오후 세 시가 막 지나고 있었다.

긴 논의 끝에 우리는 2인 1조로 나눠 털기로 했다. A팀은 숙자 씨와 카스 삼촌, B팀은 나와 195였다. 마녀님과 마마는 마녀's House에 머물며 컨트롤 타워 역할을 하기로 했다.

"기회는 한 번뿐입니다. 만약 의류수거함이 털렸다는 소문이 퍼지면 경비원 순찰이 강화될 겁니다. 어쩌면 경찰까지 나설지 몰라요."

숙자 씨의 입에서 경찰이란 단어가 튀어나오자 갑자기 주위에 팽팽한 긴장감이 흘렀다. 마치 우리가 은행이라도 터는 것 같았다.

"경비원의 순찰 시간을 파악해서 재빨리 털고 달아나야 합네다."

카스 삼촌의 의견에 마녀님이 덧붙여 말했다.

"경비원들이 가장 많이 조는 시간인 새벽 세 시에서 네 시 사이를 이용하면 좋을 것 같아요."

계속 침묵하며 사람들의 의견을 경청만 하던 195가 갑자기 입을 열었다.

"한 가지 아주 중요한 문제가 있어요."

모두 고개를 돌려 195의 얼굴을 쳐다보았다.

"CCTV요."

모두의 입에서 동시에 아, 하고 신음이 쏟아져 나왔다.

"그런 고급 빌라 단지에는 곳곳에 CCTV가 설치되어 있죠. 성 공적으로 의류수거함을 털어서 도망쳤다 하더라도 나중에 CCTV 를 확인해 우리 얼굴이 드러나 잡힐지도 몰라요."

갑자기 카스 삼촌이 비싯비싯 웃었다. 심각한 분위기에서 나온 웃음이라서 궁금증이 일 수밖에 없었다.

"왜 웃으세요, 삼촌?"

내가 묻자 카스 삼촌은 웃음 띤 얼굴로 대답했다.

"남조선에서 CCTV는 감시 카메라를 말하지 않습네까? 그런데 중국에서는 방송국 이름을 말합네다. CCTV는 중국에서 남조선 의 KBS쯤 되는 방송국입네다."

모두 가볍게 웃음을 터트렸다. 웃음이 잦아들자 숙자 씨가 입을 열었다.

"아무리 CCTV가 설치되어 있다고 하더라도 한밤중인데 얼굴 식별이 가능할까?"

195는 심각한 표정으로 말했다.

"확률이 그다지 높은 것 같지는 않지만 적외선 카메라가 달려 있을지도 모르죠. 만에 하나를 대비해서 CCTV의 사각지대에 놓 인 의류수거함만을 노리는 게 좋겠어요."

작전의 큰 줄기가 잡히자 우리는 세부적인 사항들을 정하기 시 작했다. 어떤 일을 해내기 위해(그것이 도둑질이면 어떠랴!) 여러 사 람이 모여 의견을 나누고 고민하며 해결책을 찾아가는 과정은 정말 멋지고 즐거운 일이었다. 195를 바라보니 그 역시 굉장히 들뜨고 신나 보였다.

모든 의논을 마치고 보니 해가 기운 상태였다. 봉자와 토토는 가게 구석에서 서로의 몸을 포갠 채 잠들어 있었다. 나는 나를 돕기 위해 애써준 모두에게 감사의 말을 전했다. 그러자 멤버들은 이번 일을 통해 오랜만에 설레고 즐거운 기분을 만끽하고 있다며 감사를 하고픈 쪽은 오히려 자기들이라고 말했다. 그 말에 나는 더욱 깊은 고마움을 느꼈다. 마녀님이 다정하게 내 어깨를 감싸 안았다.

"우리, 작전 꼭 성공시켜서 할머니 집에 꼭 보일러를 놔주자고!"

"네!"

이윽고 가게를 나서기 전 우리는 서로의 얼굴을 바라보며 은밀하면서도 야릇한 미소를 지었다. 그건 공모자의 미소였다.

2

작전 당일. 약속 시간에 맞춰 마녀's House로 가보니 이미 모두 모여 있었다. 우리는 준비물을 점검하고 다시 한 번 작전의 세부 사항을 확인했다. 마침내 조별로 흩어지기 전, 어느 사이 이번 작전의 리더로 자리를 굳힌 숙자 씨가 멤버들의 얼굴을 찬찬히 바라보며 사뭇 진지한 어조로 말했다.

"만약 경비원이나 경찰에 잡히더라도 서로의 이름은 불지 않기로 하지."

에메랄드 빌리지에 도착한 나와 195는 신중한 동작으로 걸음을 옮기며 주위를 살폈다. 이미 낮 시간에 몇 번이나 답사한 터라 단지 내부의 길은 훤히 꿰뚫고 있었다. 우리는 미리 점찍어둔 의류수거함으로 다가갔다. CCTV와 멀리 떨어져 있어 얼굴이 노출될 염려는 없었다.

"드디어 개봉이구나!"

나는 떨리는 마음으로 의류수거함에서 옷들을 꺼내기 시작했다. 원피스, 튜닉, 모직 코트, 폴로셔츠…… 옷들은 양과 질적인 측면에서 모두 기대 이상이었다.

"금광을 캐는 기분이야!"

흥분한 내가 크게 외치자 초조하게 주위를 살피던 195가 핀잔을 주었다.

"지금 한가하게 감탄하고 있을 때가 아니야. 빨리 꺼내기나 해!"

나는 삐죽 입을 내밀었다.

"알았다고."

한참 작업을 하다가 나는 195에게 물었다.

"숙자 씨네 조는 잘하고 있을까?"

"모르긴 해도 우리보다는 훨씬 잘하고 있을걸."

작업을 거의 마쳤을 무렵, 물방울무늬 원피스를 발견하고서 나는 눈이 휘둥그레지고 말았다. 여자라면 누구나 동경하는 브랜드였던 것이다.

"이거 좀 봐!"

195가 몸을 돌려 나를 바라보았다.

"이 원피스, 백만 원도 넘는 명품이야."

나는 원피스를 내 몸에 대보았다. 너무나 아쉽게도 사이즈가 컸다.

"아무리 중고라고 해도 몇십만 원은 받을 수 있을 거야."

옷들의 상태가 전부 훌륭해서 많이 낡거나 훼손된 옷을 솎아내는 과정은 전혀 필요 없었다. 작업을 마친 우리는 다음 의류수거함으로 이동했다. 확인해보니 이번에도 역시 최상의 옷들이 한가득 쏟아져 나왔다. 그러자 별 감정을 내보이지 않던 195의 얼굴에도 조금씩 기쁨과 흥분의 기운이 감돌았다. 그런 195를 보니 나도 기분이 아주 좋아졌다.

네 번째 의류수거함을 털 때였다. 나는 오랫동안 망설인 뒤에 195에게 말을 걸었다.

"저기, 한 가지 부탁이 있어."

망을 보던 195가 나를 돌아보았다.

"부탁?"

"이번 작전이 끝나면 나와 어디 좀 함께 가줄래?"

"어디를?"

"그건 지금 당장 말하기 곤란해."

195는 말없이 나를 바라보았다.

"혼자 가기 망설여지는 곳이라서 그래. 만약 그렇게 해준다면 나를 도와야 하는 기간을 이번 달까지로 해줄게."

말을 마친 나는 고개를 푹 숙였다. 195는 잠시 고민하는가 싶더니 흔쾌히 승낙을 했다.

"좋아, 그렇게 하지."

고맙다고 말하며 195를 바라본 순간, 나는 화들짝 놀라고 말았다. 195 뒤편에 교복을 입은 여자애가 서 있었던 것이다. 여자애는 빨대로 바나나 우유를 먹으며 우리를 빤히 쳐다보다가 몸을 돌려 총총히 걸어갔다.

"괜찮을까?"

당황한 195의 얼굴이 무척 귀여웠다. 나는 베테랑답게 과장된 여유를 부리면서 말했다.

"뭐, 별일이야 있겠어?"

여자애가 사라진 한참 뒤에도 195는 불안감을 떨치지 못하고 계속 안절부절못했다.

"아무래도 느낌이 안 좋아. 잠깐만 다녀올게."

195는 여자애가 걸어간 방향으로 뛰어갔다. 잠시 뒤 숨을 헐떡이며 나타난 195는 나를 향해 크게 외쳤다.

"경비원이 오고 있어!"

"저, 정말이야?"

"그래. 아까 걔가 신고한 게 분명해. 나쁜 계집애!"

"어떡하지?"

"어떡하긴, 빨리 도망쳐야지."

나는 손수레를 끌기 시작했다. 그 모습을 보고 195가 황당하다는 투로 말했다.

"바보야, 손수레를 끌고 도망칠 수는 없어."

"버려두고 갈 수는 없잖아."

"숨겨야지!"

195는 재빠른 동작으로 주위를 살폈다. 내 스마트폰이 울린 건 그때였다. 액정을 확인해보니 마녀님이었다. 통화 버튼을 누르자 마녀님의 느긋한 목소리가 들려왔다.

"별일 없지?"

마녀님은 과자라도 먹고 있는지 연신 쩝쩝거렸다.

"별일은 없어요. 단지 경비원에게 발각됐을 뿐이에요."

"그게 정말이야?"

"네."

"야, 잡히더라도 우리 이름은 절대 불지 마. 알았지?"

"그게 지금 할 소리예요?"

전화를 끊자 195의 다급한 목소리가 들려왔다.

"저 안쪽에 대형 밴이 주차되어 있어. 일단 그 뒤에 숨기도록 하자."

급하게 손수레를 숨긴 우리는 정문을 향해 뛰기 시작했다. 얼마쯤 달리자 뒤편에서 고함이 들려왔다.

"너희들 거기 안 서!"

살짝 고개를 돌려보니 파란 제복을 입은 경비원이 우리를 뒤쫓아오고 있었다. '내 생애 가장 공포스러운 순간 랭킹 3'에 들 정도로 가슴이 벌렁거렸다.

"이놈들아, 거기 서라고!"

한참 뛰다가 다시 뒤를 돌아보니 어느 사이 경비원이 세 명으로 늘어나 있었다. 그중 한 명은 손에 몽둥이까지 들고 있었다. 정신이 아찔해졌다. 낡은 죄수복을 입은 채 법정에 서 있는 내 모습이 뇌리에 스치는가 하면, 이번 사건을 다룬 인터넷 뉴스의 헤드라인도 떠올랐다.

'요즘 학생들, 아르바이트로 선택한 것이…… 충격!'

'용돈 필요한 여고생, 결국 남자와……!'

'여고생, 남들 다 자는 한밤중에…… 경악!'

내내 집에만 틀어박혀 지내던 195와 여자인 나의 뜀박질 속도가 빠를 수는 없었다. 시간이 갈수록 우리와 경비원들 사이의 거리가 좁혀졌다.

"이러다가 잡히겠어!"

내가 절망에 사로잡혀 외치자 나보다 겨우 몇 발짝 앞서 있던 195가 멈춰 섰다.

"내가 경비원들을 막을 테니까, 너는 어서 도망가."

"뭐?"

"도망가라고!"

그 순간이었다. 내 가슴이 마구 두근거렸다. 그것이 달리기를 했기 때문이 아님을 나는 알 수 있었다. 195의 손을 꽉 잡은 채 나는 말했다.

"안 돼, 우리 함께 가!"

마침내 경비원들과 우리 사이의 거리가 삼십 미터 정도로 좁혀진 찰나, 갑자기 멀리서 요란한 소리가 들려왔다. 누군가 주차된 차들을 발로 차서 경보음이 울리게 하고 있었다. 갑작스런 사태에 당황한 경비원들이 멈춰선 채 우왕좌왕하는 사이, 195와 내 앞으로 눈에 익은 다마스가 나타났다. 운전석에 탄 카스 삼촌이 우리를 향해 크게 소리쳤다.

"날래 타라우!"

나와 195는 이 기적 같은 일에 놀랄 겨를도 없이 얼른 차에 올라탔다. 우리가 타자마자 다마스는 빌라 단지를 전속력으로 내달렸다. 고개를 젖혀 뒤창을 바라보니 쫓기를 포기한 경비원들이 허탈한 표정을 짓고 있었다. 그제야 나와 195는 마음을 놓고 편하게 숨을 내쉴 수 있었다.

"늦지 않아서 다행이구만 기래."

카스 삼촌이 웃으며 말하자 나는 물었다.

"우리 사정을 어떻게 아셨어요?"

"옷가게 사장님에게서 전화가 왔오. 빨리 이쪽으로 가보라고."

마녀님에게 고마운 마음이 크게 일었다. 전혀 쓸모가 없는 건 아니었군!

"혹시, 아까 차들을 발로 차서 소리가 나게 한 것도……."

"맞아, 노숙자 양반이야."

"아, 역시!"

나는 195를 바라보았다.

"우리, 십년감수했지?"

195는 고개를 끄덕이며 웃었다. 만나서 처음으로 보는 그의 환한 웃음이었다.

3

"차가 막혀서 조금 늦을 거래."

귀에서 휴대폰을 떼며 마녀님이 말하자 마녀's House에 모여 있는 멤버들의 얼굴에는 동시에 실망의 기색이 떠올랐다. 그러나 곧 다시 기대와 설렘의 감정이 되살아났다. 마마는 눈앞에 쌓여 있는 에메랄드 빌리지에서 훔친 옷들을 바라보며 말했다.

"이것들을 정가로 합산하면 수천만 원도 넘을 텐데, 그 중고 명품상이 다 소화할 수 있을까?"

숙자 씨와 카스 삼촌이 깜짝 놀라는 표정을 지어 보였다.

"수천만 원? 무슨 천 쪼가리들이 그렇게 비싸?"

"수천만 원이면 차 한 대 값 아닙네까?"

작업대 근처의 작은 스툴에 앉아 있는 195가 실실 웃으며 말을 받았다.

"아저씨들, 너무 세상 물정을 모르시네. 명품이 괜히 명품인 줄 알아요?"

에메랄드 빌리지에서 헌옷을 턴 다음 날, 우리는 마녀's House에 모여 전리품을 확인했었다. 역시 예상대로 명품 옷이 왕창 쏟아져 나왔다. 널리 알려진 유명 상표부터 소수의 사람들만이 아는 디자이너 브랜드까지. 그뿐만 아니라 핸드백 류도 많이 나왔는데, 그것들 역시 명품이기는 마찬가지였다. 우리는 짧은 회의 끝에 전리품들을 매장에서 파는 대신 마녀님이 잘 알고 있는 중고 명품상에게 넘기기로 했다. 값싼 구제옷을 찾는 마녀's House의 고객들이 비싼 명품에 관심을 두지 않을 것이란 판단에서였다.

"할머니네 집 수리비를 빼고도 많은 돈이 남을 게 분명해요. 각자 자기 몫의 돈으로 뭐할 건지 말해봐요."

내 제안을 듣자 마마가 부드럽게 미소를 지었다.

"나는 가게에 에스프레소 머신을 들여놓고 싶어. 손님들이 인스턴트커피를 마시는 게 늘 마음에 걸렸거든."

잠시 고민하는 것 같더니 카스 삼촌은 고개를 저으며 말했다.

"나는 특별히 사고 싶은 게 없오. 그저 맥주나 몇 캔 사서 마시면 만족하겠구만."

숙자 씨가 카스 삼촌 의견에 동조했다.

"나 역시 그래. 카스 아저씨랑 둘이서 한잔하면 되겠네."

"마녀님은요?"

고개를 돌려보니, 마녀님은 전리품들을 찬찬히 살펴보고 있었다. 어쩐지 표정이 몹시 어두웠다.

"마녀님, 왜 그러세요?"

내 물음을 들은 마녀님은 작은 목소리로 대답했다.

"아무래도 여기에 짝퉁이 섞여 있는 것 같아……."

"짝퉁이요? 에이, 설마 그 동네 사람들이 짝퉁을 쓰겠어요? 마녀님도 이런 명품을 볼 기회가 없었으니까 잘 모르겠죠."

마녀님은 벌컥 소리를 질렀다.

"야, 또라이! 옷가게 십 년 짬밥은 헛으로 먹은 줄 알아? 한때 명품 옷들 뜯어서 패턴 베끼는 게 내 일이었어."

마녀님은 다시 전리품으로 시선을 돌린 뒤 감정이 담기지 않은 건조한 음성으로 말을 이었다.

"아무래도 너무 기대하지 않는 게 좋겠어."

회색 점퍼를 입은 남자가 가게에 들어선 것은 삼십 분쯤 뒤였다. 남자를 보자마자 나는 직감적으로 그가 우리들이 여태껏 목 빠지게 기다리던 중고 명품상이란 걸 알았다. 마녀님에게 듣기로는 명동에서 꽤 큰 상점을 운영한다고 했다. 남자는 마녀님과 몇 마디 안부 인사를 주고받은 뒤 곧장 전리품들을 살펴보기 시작했다.

"어디 볼까나……."

멤버들은 숨을 죽인 채 꼼짝도 하지 않았다. 가게 구석에서 서로 뒤엉켜 놀던 봉자와 토토도 긴장된 내부 분위기를 느꼈는지 얌전히 있었다.

이윽고 십오 분 정도가 흐르자 남자가 천천히 말문을 열었다.

"대부분이 가짜네요."

한동안 멍하게 있다가 나는 신음처럼 물었다.

"가짜라고요?"

"그래요, 이미테이션입니다."

얼빠진 표정을 짓는 멤버들 앞에서 남자는 루이뷔통 백 하나를 들어 보이며 설명했다.

"정품은 왁스를 먹인 실로 정교하게 박음질되어 있습니다. 반면 가품은 대부분 본드만을 사용하죠. 이거 한번 냄새를 맡아보세요. 본드 냄새가 아주 진동을 합니다."

남자는 원피스 하나를 집어 들더니 하단 옆구리에 있는 라벨을 우리에게 보여주었다.

"미쏘니 제품의 라벨은 특유의 브라운 색감을 갖고 있습니다. 이거처럼 진한 색이 아닙니다."

멤버들 틈에서 작게 한숨 소리가 들려왔다.

"진품 펜디 가방은 손잡이 부분에 박음질 처리가 없고 안쪽 주머니 지퍼에 로고가 음각되어 있는데, 이거는 손잡이 부분의 가죽도 인조이거니와, 박음질 처리도 거칠게 되어 있습니다. 지퍼의 로고도 없고요. SA급도 아닌, 아주 하급 이미테이션에 속하죠."

마녀님은 한 손으로 이마를 짚은 채 눈을 감고 있었다. 남자는 친절한 건지, 잔인한 건지 알 수 없게 전리품들을 들어 보이며 설명을 계속했다.

"이 베르사체 옷도 수입처 라벨이 없습니다. 크리스찬 디올의 경우, 목 부분 라벨에 반드시 원산지 표시가 되어 있습니다. 그런데 여기는 없네요."

"이 샤넬 백은 안쪽에 고유번호 라벨이 없습니다. 짝퉁입니다."

전리품들은 대부분 가짜였다. 몇 개의 진품도 있었으나, 그것들은 그다지 값이 나가지 않는 브랜드이거나 너무 낡아 상품 가치가 현저히 떨어지는 것이었다.

남자가 떠난 뒤 가게 안에는 사막 한가운데 같은 적막이 이어졌다. 누구도 입을 열지 않았다. 그러다가 갑자기 195가 푸핫, 웃음을 터트렸다. 195는 도저히 웃음을 참지 못하겠다는 듯이 배까지 움켜쥐며 웃었다. 그 모습을 보자 이상하게 나에게서도 웃음이 비어져 나왔다. 다른 멤버들도 웃기 시작했다. 우리 모두는 한참 동안 큰 소리로 웃었다.

며칠 뒤 나는 낮 시간에 혼자 조용히 에메랄드 빌리지를 찾아가보았다. 그러자 신기하게도 전에 보지 못했던 것이 눈에 들어왔다. 너저분하고 어수선한 느낌의 쓰레기 분리수거장, 분무기와 비료 포대가 나뒹구는 텃밭, 먼지가 쌓이고 금이 간 지붕의 자전거 보관소…… 건물들도 마찬가지였다. 고급스런 외관은 그대로였지만 이번에는 그 속이 들여다보였다. 때 긴 방충망, 빨래 건조대에 널린 속옷과 양말, 마루에 깔려 있는 유아 매트…… 다른 지역의 평범한 주택과 별반 다를 게 없었다.

나는 거리에 우뚝 선 채로 의문에 빠져들었다.

'어째서 예전과 다르게 보이는 걸까.'

고민하며 서 있노라니, 어느 순간에 마치 누군가 내 머리를 톡, 톡, 치며 귓가에 속삭여주듯 문득 이런 말이 떠올랐다.

선망과 동경의 색안경.

그 말을 속으로 되뇌던 나는 수긍하듯 천천히 고개를 주억거렸다. 이곳 주민들이라고 해서 사는 모습이 우리와 크게 다르지는 않을 것이었다. 밥 먹고, 빨래하고, 청소하고, 싸우고…… 그저 우리가 색안경을 썼기 때문에 그 사람들이 특별하게 보이고, 또한 이 공간 역시 화려하게 보인 것이 아닐까.

이어서 나는 생각했다.

'어쩌면 색안경을 쓰기는 이곳 주민들도 마찬가지인지 모른다.'

색안경을 쓰고 서로를 바라보며 시기하고 부러워하고 질투하다가 자신도 다른 이들과 비슷해지거나 더 우월해 보이기 위해 이미테이션으로나마 자신을 포장했던 것이다.

좀 더 걸음을 옮긴 나는 광장에 다다랐다. 광장 한가운데 있는 말을 탄 여인상 역시 이전과 많이 다르게 다가왔다. 겉모습도 상당히 조잡했고, 군데군데 묻어 있는 흰 새똥도 인상을 찌푸리게 만들었다. 나는 벤치에 앉아 에메랄드 성을 통치하는 왕의 실체를 오래도록 바라보았다.

열다섯 번째 이야기수거함

마마

1

폐지 할머니 집의 공사가 시작되었다. 마마가 선뜻 내놓은 큰돈에 다른 멤버들이 조금씩 돈을 보태니 얼추 공사 금액을 맞출 수 있었다. 공사가 진행되는 동안 폐지 할머니 가족은 여관방에서 지내기로 했다. 맨 처음 내가 공사에 대한 이야기를 꺼냈을 때 폐지 할머니는 극구 사양했었다. 몇 번 얼굴을 봤을 뿐인 나에게 그런 큰 도움을 받을 수 없다는 것이었다. 그러나 내가 추위에 벌벌 떨 손자들을 생각하라고 계속 설득하자 결국 고개를 끄덕였다.

폐지 할머니 동네로 향한 오르막길 앞에 서 있노라니 멀리서부터 다가오는 195가 눈에 잡혔다. 195는 양손 가득 짐을 들고 있었다.

내가 공사 진행 상황 확인을 위해 폐지 할머니 집을 방문할 계획이라고 말하자 195는 호기심이 이는지 자기도 가보겠다고 했었다.

"뭘 그렇게 사갖고 오는 거야?"

내 물음을 들은 195는 핀잔주듯 말했다.

"네가 뭘 모르는구나. 공사장을 방문할 때는 인부들을 위한 간식거리를 챙기는 게 예의라고."

"그래? 몰랐어."

우리는 오르막길을 천천히 올랐다. 머리 위로 우거진 나뭇가지의 그림자가 나와 195의 몸 위에 추상적인 무늬를 입혔다. 걸음을 옮기다가 195는 내게 물었다.

"에메랄드 빌리지 일이 끝나면 나와 어디를 같이 가자고 했었잖아? 그거 언제 갈 거야?"

"곧 갈 거야."

"어딘지는 여전히 안 가르쳐주겠지?"

"조금 있으면 저절로 알게 될 텐데, 뭘 그렇게 조급하게 굴어."

폐지 할머니 집에 다다르자 숙자 씨가 보였다. 숙자 씨는 인부들 틈에 섞여서 자그마한 철수레에 돌을 실어 나르고 있었다. 사실 이번 보일러 공사에서는 숙자 씨의 도움도 매우 컸다. 때때로 인력사무소를 통해 날품팔이를 하며 이쪽 방면으로 인맥이 넓은 숙자 씨가 좋은 시공 업자를 소개시켜주었던 것이다. 그리고 숙자 씨 자신도 직접 인부로 나서서 일을 돕고 있었다.

"오, '걸음아 나 살려라 커플' 왔어?"

우리를 본 숙자 씨가 손을 흔들었다. 에메랄드 빌리지 작전 당시, 경비원들에게 쫓기는 우리의 모습을 본 이후부터 숙자 씨는 나와 195를 '걸음아 나 살려라 커플'로 부르며 놀려댔다.

"이제 그만 좀 놀리시죠."

내가 말하자 숙자 씨는 비싯비싯 웃었다.

"예전에도 말했잖아. 도로시는 놀리는 재미가 아주 큰 사람이라고."

폐지 할머니의 집을 살펴본 나는 깜짝 놀랐다. 집이 거의 철거 수준으로 파헤쳐져 있었던 것이다. 놀라기는 195도 마찬가지였다.

"폭격이라도 맞은 것 같군."

내 곁에 선 숙자 씨가 나직한 목소리로 말했다.

"고치는 김에 지붕, 화장실, 담장, 대문도 손보기로 했어. 생각보다 훨씬 큰 공사가 될 것 같아."

"그렇게 하면 굉장히 많은 돈이 들지 않아요?"

"걱정하지 마. 더 이상의 금전적 부담은 없을 거야."

"어째서요?"

우리 곁을 지나던 덩치 큰 인부 아저씨가 갑자기 끼어들었다.

"꼬마 아가씨. 우리도 사정을 들어서 알고 있어. 그런 좋은 일을 하는데 우리도 힘을 보태고 싶단 말이야."

시공업자와 인부 아저씨들이 봉사 차원에서 초과 비용 없이 모든 공사를 해주기로 했다는 숙자 씨의 설명을 듣자 가슴이 뭉클해졌다. 나는 그곳에 있는 모두에게 깊숙이 고개를 숙였다.

"정말 고맙습니다!"

인부 아저씨들은 말없이 미소 지으며 고개를 끄덕였다.

나와 195는 마당 한쪽에 서서 인부 아저씨들이 하는 일을 구경하였다. 나무를 다듬고 벽돌을 쌓고 측량을 하는 모습은 넋 놓고 바라보게 만드는 묘한 매력이 있었다. 문득, 저것이 신성한 노동의 아름다움이 아닐까 하는 생각이 들었다.

"폐지 할머니네 가족은 이번 겨울을 따뜻하게 보낼 수 있겠지?"

내가 묻자 195는 말없이 고개를 끄덕였다.

"기분이 이상해. 속에서 자꾸 뭔가 크고 뜨거운 게 올라와."

"크고 뜨거운 거? 속이 안 좋아?"

"그런 게 아니야!"

나는 차분한 목소리로 말을 이었다.

"내 힘으로 누군가에게 큰 도움을 준 게 이번이 처음이거든. 내가 이 세상에 꼭 필요한 사람이라는 느낌이 들어. 내 자신을 마구 칭찬해주고도 싶고. 이런 감정을 자존감이라고 부른다지? 솔직히 고백하면 여태껏 살아오며 이렇게 자존감을 느껴본 적이 한 번도 없는 것 같아. 항상 1등만 해온 너는 이런 내 심정을 잘 이해 못할 거야."

195는 정면을 응시한 채로 힘없이 웃었다.

"자존감이 없기는 나도 마찬가지야. 그 대신 자존심이 자리하고 있지."

"그것들의 차이가 뭐지? 비슷한 거 아닌가?"

"그렇지 않아. 굳이 설명하자면, 자존감은 포용이란 토양에서

자라나고 자존심은 경쟁이란 토양에서 자라나지. 자존감이 이타심이란 열매를 맺는 반면, 자존심은 이기심이란 열매를 맺어."

나는 195가 너무나 쉽고 간단한 설명으로 나를 이해시켜준 데에 크게 감탄했다. 잠시 뒤 195는 중얼거리듯 덧붙여 말했다.

"만약, 내게 자존감이란 게 조금이라도 있었다면 애초에 자살을 생각하지도 않았을 거야……."

집으로 가던 우리는 '숲'에 들러서 점심을 먹기로 했다. 그러나 '숲'에 가보니 모든 불이 꺼진 채 출입문이 굳게 잠겨 있었다. 출입문에는 주인의 부재 이유를 알리는 어떤 메모도 붙어 있지 않았다.

"아무도 없네. 그냥 가자."

195는 몇 번 문을 두드려본 뒤에 몸을 돌려세웠다.

"잠깐만."

나는 매일 많은 아이들의 식사를 책임지는 마마가 이렇게 무책임하게 가게 문을 닫을 리 없다고 생각했다.

"뭔가 이상해."

나는 건물 뒤로 돌아가 보았다. 혹시나 싶어 뒷문을 흔들어보니 잠겨 있지 않았다. 문을 열고 안으로 들어가려 하자 195가 내 옷소매를 붙잡았다.

"이건 무단침입이야."

"느낌이 안 좋아. 마마가 갑자기 몸에 이상이 생겨 안에 쓰러져 있으면 어떡해?"

나는 조심스럽게 문을 열고 식당 안으로 들어갔다. 사방에 기분 나쁜 고요가 내려앉아 있었다. 몇 걸음 내딛다가 나는 한 가지 이상한 점을 발견했다. 바닥 이곳저곳에 과자 봉지가 널브러져 있던 것이다. 새우깡, 포테이토칩, 초코칩 쿠키…… 나는 더욱더 뭔가 심상치 않음을 느끼며 주방 쪽으로 천천히 다가갔다. 그러자 작게 우적우적 씹는 소리가 들려왔다.

'이게 무슨 소리지?'

나는 긴장된 마음으로 발을 옮겼다. 조리대 뒤편으로 걸어가자 거대한 실루엣이 눈에 잡혔다. 마마였다. 둥글게 웅크리고 앉은 마마는 며칠간 굶은 상태인 것처럼 너무나 급한 손길로 음식물을 먹고 있었다. 입으로 빵이 들어가는가 싶더니 어느새 비스킷을 우겨넣었고, 비스킷을 다 먹자 곧장 도넛을 먹기 시작했다. 나와 195는 놀란 눈으로 마마를 바라보았다.

"너희들……."

우리를 발견한 마마는 일순간 동작을 멈췄다. 나와 195의 얼굴을 번갈아 쳐다보다가 마마는 휙 고개를 틀었다.

"죄송해요. 마마에게 무슨 일이 생기지는 않았는지 걱정이 돼서……."

나는 더 무슨 말을 해야 할지 몰라 우두커니 서 있기만 했다. 마마 역시 침묵만 지켰다. 식당 손님들이 찾아왔는지 출입문 두드리는 소리와 함께 두런거리는 말소리가 들려왔다.

"그만 갈게요……."

나와 195가 몸을 돌리려고 할 때였다. 마마의 떨리는 목소리가 귓속을 파고들었다.

"예전에…… 내가 왜 이런 외진 곳에 가게를 차렸는지 궁금하다고 했지?"

마마의 갑작스런 질문에 잠시 당황하다가 나는 대답했다.

"네……."

마마는 품속을 뒤적여 사진 한 장을 꺼내 내게 내밀었다. 사진에는 삼십 대 정도로 보이는 날씬한 여자와 교복을 입은 아이가 나란히 서 있었다.

"여자분이 미인이네요. 누구예요?"

사진을 들여다본 내가 묻자 마마는 쓸쓸하게 웃으며 대답했다.

"나야."

나는 깜짝 놀라지 않을 수 없었다.

"정말요?"

"그 사진을 보여주면 다들 놀라지."

"그럼, 마마 옆의 학생은 누구예요?"

"내 아들. 지금은 이 세상에 없지만……."

나는 다시 한 번 크게 놀랐다. 마마는 창으로 고개를 돌렸다. 조용히 바깥 풍경을 바라보다가 그녀는 조심스레 말문을 열었다.

"그러니까 십 년쯤 전이었어……."

마마는 수년간 연속해서 판매왕을 차지할 정도로 유능한 자동차 딜러였다. 심각한 도박 중독자였던 남편과 이혼한 뒤 혼자 아이를 키웠지만 경제적 사정은 오히려 전보다 훨씬 풍족했다. 서울 한복판에 넓은 아파트가 있었고 고급 자동차도 갖고 있었다. 일 년에 한두 번은 해외여행도 다녀왔다.

초겨울의 어느 날이었다. 여느 때처럼 출근을 해서 한참 업무를 보던 마마에게 전화 한 통이 걸려왔다. 전화를 건 사람은 경찰이었다. 경찰은 마마의 중학생 아들이 건물 옥상에서 뛰어내렸다고 알려왔다. 마마는 경찰의 말을 제대로 알아듣지 못해 몇 번이나 되물었다. "뭐라고요?" "지금 무슨 말을 하시는 거예요?" "다시 한 번 말씀해주세요. 지금 뭐라고 하셨죠?"

병원에 도착해보니 아들은 이미 싸늘한 주검이 된 상태였다. 너무 큰 슬픔 앞에서 눈물조차 나오지 않았다. 마마는 아들의 주검을 붙잡고서 꺽꺽, 신음만을 뱉어냈다. 후에 이뤄진 경찰 조사에서 아들이 학교에서 지속적으로 괴롭힘을 당해왔다는 사실이 밝혀졌다. 돈을 뺏기는 것은 물론, 거의 매일 폭행을 당했으며 때로는 성적 수치심과 모멸감까지 견뎌야 했다.

"내가 환한 빛 속에 있는 동안 아들애는 정반대의 어둠 속을 헤매고 있었던 거지."

마마는 고개를 돌려 나와 195를 바라보았다.

"괴롭힘을 당하는 동안 분명 아들애가 나에게 신호를 보냈을 텐데, 오직 일에만 빠져 있던 나는 그걸 알아차리지 못했던 거야."

195는 숨소리도 죽인 채 마마의 얘기에 집중하고 있었다. 마마는 덤덤한 음성으로 이야기를 계속했다.

"장례를 마친 뒤 나는 아들애가 뛰어내린 건물을 찾아갔어. 집과 학교의 중간 지점에 있는 건물이었지. 제대로 관리가 안 된 탓에 옥상에는 온갖 쓰레기가 나뒹굴고 있었어. 그곳에서 나는 몇 날 며칠을 머물렀지. 아들애가 아래로 뛰어내리기 전에 그곳에서 홀로 견뎠을 절망과 분노, 외로움과 두려움을 생각하면 도저히 떠날 수 없었던 거야."

나는 내 눈시울이 뜨거워지는 것을 느꼈다.

"옥상에 머무는 동안 나는 아들애와의 지난 시간을 되새겨보았어. 그런데 온통 내가 잘못한 것밖에 기억나지 않는 거 있지. 그중에서도 가장 마음에 걸렸던 건 아들애에게 제대로 된 밥을 해준 적이 별로 없다는 거였어. 나는 언제나 아침 일찍 나가 밤늦게 집에 돌아왔고, 때문에 아들애는 늘 배달음식이나 냉동식품으로 끼니를 해결해야 했거든. 고민 끝에 나는 식당을 차리기로 마음먹었지. 아들애가 떨어져 죽은 건물 옥상에 말이야. 일 년 동안 집중적으로 요리를 배운 뒤 나는 계획대로 식당을 차려서 아들애에게 참회하는 마음으로 음식을 만들었지. 내 식당을 찾는 모든 손님이 내 아들이라고 여기면서 말이야."

나는 잠긴 목소리로 말했다.

"그 식당이 바로 여기, '숲'이군요……."

"맞아. 아들애의 이름이 나무야. 최나무. 애 아버지가 세상에 깊이 뿌리내려 숲을 이루라는 바람에서 그렇게 지었지. 비록 아들애는 숲을 이루지 못하고 죽었지만……."

마마는 고개를 수그렸다.

"가끔씩 못 견디게 아들애가 보고 싶을 때가 있어. 그럴 땐 지금처럼 폭식을 해. 군것질거리를 잔뜩 사갖고 와서 포만감 때문에 머리에 아무 생각도 안 날 때까지 먹어대지. 사실 연극도 이처럼 발작처럼 찾아오는 그리움의 고통에서 벗어나기 위해 시작한 건데, 별 소용이 없더라고."

마마는 고개를 들어 195를 바라보았다.

"도로시에게서 처음 너에 대한 얘기를 들었을 때부터 왠지 남 같지가 않았어."

195의 눈동자가 미세하게 흔들렸다.

"네가 이렇게 살아 있어서 나는 정말 기뻐."

마마는 천천히 몸을 일으켰다.

"너에게 보여주고 싶은 것이 있어."

현기증이 이는지 한 번 휘청거린 뒤 마마는 주방 구석으로 걸어갔다. 나와 195는 조용히 그녀를 따랐다. 마마가 멈춘 곳은 커다란 업소용 냉장고 뒤편에 숨어 있는 좁은 공간이었다. 그곳에는 작은 책상이 놓여 있었다. 책장에는 책 몇 권과 공책이 꽂혀 있었다. 책상이 맞대어 있는 벽면에 커다란 메모꽂이가 걸려 있었는데, 거기에는 스크랩 된 신문기사가 빼곡히 꽂혀 있었다. 고개를 내밀어 살펴보니 그것은 죄다 자살한 사람들에 대한 거였다.

'여중생, 십오 층 아파트에서 뛰어내려'

'강원도 영월, 자동차에 숯불 피운 채……'

'탈영병, 야산서 목매달아'

'사십 대 남성, 전동차에 뛰어내려 숨져'

마마는 마치 손으로 보듬듯이 신문기사 하나하나를 들여다보았다. 마마의 두 눈에는 연민과, 슬픔과, 애정이 한데 섞여 일렁이고 있었다.

"이 짤막한 기사의 이면에 숨겨진 거대한 슬픔을 생각하면 도저히 그냥 지나칠 수 없었어. 그래서 어느 순간부터 이런 기사를 접할 때면 잘 오려서 붙여놓기 시작했지."

잠깐 입을 다물었다가 마마는 말을 이었다.

"난 말이야…… 누군가 자살을 했다면, 그 죽음 자체보다도 죽음을 결심하기까지 수없이 고민하고 망설이던 시간 때문에 그 사람이 불쌍하게 여겨져. 이 세상에 죽음을 쉽게 받아들일 수 있는 사람은 없을 거야. 죽음을 결심하기까지 얼마나 고통스럽고 외로웠을까."

마마는 195에게로 고개를 돌렸다.

"너도 마찬가지야. 너의 자살을 결심하기까지의 시간을 짐작해보면 가슴이 미어져와. 그동안 얼마나 외롭고 힘들었니."

마마는 195에게 천천히 다가갔다. 195 앞에 선 마마는 그의 두 눈을 조용히 응시하였다. 그리고 양팔을 벌려 195를 껴안았다. 마마의 품속에서 195는 가만히 있었다. 자세히 보니 195의 등이 가늘게 떨리고 있었다.

2

"도대체 어디를 가는 거야?"

버스 정류장까지 오는 동안 나는 목적지가 어디냐는 195의 질문에 끝내 아무 대답도 안 했다. 그것에 대해 화가 많이 났는지 버스에 오르자 195는 나와 멀찌감치 떨어져 맨 뒷좌석에 홀로 앉았다. 버스가 출발하고 조금 시간이 흘러 뒤를 돌아보자 195는 우울한 표정으로 밖을 내다보고 있었다. 버스의 움직임에 따라 그의 몸이 이리저리 흔들렸다.

창밖을 바라보니 익숙한 시가지가 왠지 조금 낯설게 다가왔다. 사실을 말하자면, 195와의 이 동행은 자살 방지 프로그램의 'step 3'였다. 나는 이 일이 195의 상처를 치유하는 데 꼭 필요하다고 믿었다. 그러나 이것을 195가 어떻게 받아들일지는 알 수 없었다. 어쩌면 서로에게 예상하지 못한 깊은 상처를 남길지도 몰랐다.

버스에서 내리자 양편에 아름드리 플라타너스가 심어진 한적한 오솔길이 나타났다. 길 위에 낙엽이 카펫처럼 깔려 있었다. 나는 앞장서 걸음을 뗐다. 길을 걷는 내내 195와 나는 아무 말이 없었다.

십 분쯤 오솔길을 걷자 멀리서부터 봉분들로 뒤덮인 산이 흐릿하게 눈에 들어오기 시작했다. 195의 얼굴에 복잡한 표정이 스쳐 지나갔다. 묘지 입구에 다다른 우리는 잠시 멈춰 서서 안내도를 들여다보았다. 그곳은 음산한 느낌의 공동묘지 대신 '메모리얼 파크'라는 세련되고 근사한 이름을 갖고 있었다. 여기까지 오는 동안 계속 입을 다물고 있던 나는 195의 눈을 들여다보며 말했다.

"이곳에 나뿐 아니라 너도 잘 알고 있는 분이 잠들어 있어."

195는 퉁명스런 목소리로 물었다.

"나도 알고 있다고?"

"그래."

내 말은 사실이었다. 정확히 말해 나보다 195가 훨씬 더 잘 아는 사람이었다. 묘지 안으로 들어가자 드문드문 손에 꽃다발을 든 추모객들이 보였다. '파크'라는 이름을 달고 있어서 그런지 잔디밭과 조경수도 잘 가꾸어져 있었고 조각 작품도 많았다. 이곳이 묘지라는 사실만 잊는다면 가볍게 산책 나온 기분일 것 같았다.

"여기에 묻힌 사람이 누구야? 이제는 알려줘도 되잖아."

"조금만 더 기다려. 알기 싫어도 알게 될 테니까."

우리가 찾아온 사람…… 그는 다름 아닌 195가 고교 시절에 짝사랑한 여학생이었다. 비록 말 한 번 제대로 걸어보지 못했으나 아직도 그의 가슴에 가득 번져 있는 사람. 홀연히 세상에서 사라짐으로써 195에게 더 깊이 파고든 사람.

여학생이 잠들어 있는 이곳은 어렵지 않게 찾을 수 있었다. 나는 195가 다닌 고등학교(사진첩의 고교 입학 사진을 참고)를 통해 여학생의 집 전화번호를 알아냈다. 여학생의 어머니와 통화하게 된 나는 나를 고교 시절의 친구라고 소개하며 혼자 조용히 묘지를 찾아가 보고 싶다고 전했다. 그러자 어머니는 순순히 이곳 위치를 알려주었다. 전화를 끊기 전 어머니는 내게 고맙다고 말했다.

똑같이 생긴 수많은 무덤을 보니 조금 어지러웠다. 나는 이마에 손을 짚은 채 약도가 메모된 종이를 보며 천천히 거닐었다. 묘지라는 공간이 주는 이미지 때문일까. 아니면 느낌으로 이미 뭔가 짐작했을까. 걸음을 옮길수록 195의 표정은 점점 어두워졌다.

이윽고 여학생의 묘를 발견한 나는 걸음을 멈췄다. 비석을 확인한 195는 얼굴을 일그러뜨리면서 나에게 쏘아붙였다.

"왜 쓸데없는 짓을 하지?"

"뭐라고?"

"왜 쓸데없는 짓을 하냐고!"

195는 홱 몸을 돌려 빠른 속도로 걸어갔다. 나는 그의 뒷모습을 향해 크게 소리쳤다.

"죽음 이후에도 누군가 자신을 기억해주는 것, 누구나 바라는 일이지. 너도 그걸 바랐기 때문에 사진첩이나 편지를 쓰레기통이 아닌 의류수거함에 버린 것 아니야?"

195가 우뚝 멈춰 섰다.

"더구나 이 여자애, 네가 많이 좋아했던 사람이잖아. 만약 내가 이 여자애라면 이렇게 찾아와준 것이 너무나 고마울 거야. 나는 대상이 살고 죽고는 중요하지 않다고 생각해. 진심은 어디든 가닿는 거라고 믿으니까. 그곳이 하늘나라일지라도."

나는 목이 메어 계속 말을 이을 수 없었다. 195를 바라보다가 나는 자리에 주저앉아 크게 울음을 터트렸다.

한참 뒤 울음이 잦아들어 고개를 들어보니 195가 내 곁에 앉아 있었다. 195는 말없이 내게 손수건을 내밀었다. 나는 손수건을 받아 눈물을 닦았다.

"너는 참 이상한 애야. 일부러 나를 찾아내질 않나, 그렇게 찾아낸 나를 여기저기 끌고 다니질 않나……. 도대체 내가 너와 무슨 상관이라고 이러는지."

나는 대답 없이 코를 훌쩍이기만 했다.

"단순히 오지랖이 넓은 건가?"

195는 소리 없이 몸을 일으켰다. 그러고는 천천히 여자애의 묘를 향해 다가갔다. 묘를 마주 보고 선 195는 나직한 목소리로 말했다.

"생각해보니 말을 걸어보는 게 처음이네……."

따스한 가을 햇살이 땅 위에 내려앉아 있었다. 멀지 않은 곳에서 소쩍새 울음이 들려왔다. 나는 195와 여자애에게 방해가 되지 않도록 멀찌감치 떨어져 섰다.

삼십 분쯤 지나자 195가 나타났다. 그의 두 눈은 축축이 젖어 있었다.

"그만 가자."

"아직 한 가지가 남아 있어."

나는 메고 온 가방에서 종이팩을 꺼냈다.

"이게 뭐야?"

"물푸레나무 묘목."

195의 눈이 크게 벌어졌다. 나는 가방에서 모종삽도 꺼냈다. 내게서 묘목과 모종삽을 받아든 195는 잠시 망설이다가 봉분 옆으로 걸어갔다. 그런 다음 쪼그려 앉아 땅을 파기 시작했다. 작은 모종삽을 사용해서인지 굉장히 힘들어 보였으나 나는 조금도 195를 도와주지 않았다. 이건 오직 195 혼자 해야 하는 일임을 잘 알고 있었기 때문이다. 이 일은 그가 마음속으로부터 여자애를 떠나보내는 의식과 다름 아니었던 것이다. 미래를 향해 나아가기 위해서는 지난 일은 잊어야 한다.

마침내 어느 정도 땅이 파지자 195는 조심스런 동작으로 묘목을 심었다. 어린 묘목은 가느다란 가지를 위로 높게 뻗치고 있었다. 마치 하늘에 닿으려는 듯이. 나는 가방에서 생수통을 꺼내 들고 묘목으로 다가갔다. 묘목이 묻힌 땅 위에 물을 부으며 나는 마음속으로 간절히 빌었다.

'땅속 깊이 뿌리내리기를. 하늘 높이 가지 뻗치기를. 그 가지에 열매가 맺히고 새가 날아와 쉬기를.'

열여섯 번째 이야기수거함
첫 키스

1

폐지 할머니의 집수리가 끝났다. 마치고 보니 열흘이나 걸린 대공사였다. 이곳저곳 손을 본 집은 마치 새 집 같은 분위기를 풍겼다. 처음 폐지 할머니 가족은 집이 너무 많이 바뀌어 굉장히 낯설어 했으나, 이내 얼굴 가득 행복한 미소를 지어 보였다. 동진이와 동식이는 여기저기를 살펴보며 환호성을 내질렀고, 폐지 할머니의 입에서도 연신 아이구야, 하는 탄성이 흘러나왔다. 방으로 들어가 기대에 찬 심정으로 보일러를 작동해보니 곧 방바닥이 후끈후끈해졌다. 너무 뜨거워서 발바닥을 못 붙이고 있을 정도였다. 폐지 할머니는 앞으로 일을 마치고 돌아온 뒤에 아픈 허리를 찜질

할 수 있겠다며 내 손을 쓰다듬었다. 폐지 할머니의 두 눈에는 눈물이 고여 있었다.

폐지 할머니 집의 공사가 성공적으로 끝난 기념으로 '숲'에서 의류수거함 멤버들끼리 작은 파티를 열기로 했다. '숲'으로 가기 앞서 마녀님과 만나기로 한 나와 195는 어깨를 맞댄 채 마녀's House로 향했다.

195는 내 손에 들린 작은 보퉁이를 유심히 바라보았다.

"그건 뭐야?"

"오늘 파티에 쓸 음식이야."

"무슨 음식이지? 굉장히 맛있는 냄새가 나는데."

"이따가 보면 알지."

걸으면서 나는 195의 얼굴을 힐끔거렸다. 에메랄드 빌리지 작전을 함께하고 묘지에 다녀오며 나는 195와 부쩍 가까워진 느낌이 들었다. 이제는 같이 있어도 조금의 어색함이나 부담감도 느껴지지 않았다.

마녀's House에 도착해보니 마녀님 대신 숙자 씨가 우리를 맞이했다. 그는 커다란 종이 박스에 헌옷을 차곡차곡 넣고 있었다.

"마녀님은 어디 갔어요?"

내가 묻자 숙자 씨는 귀찮은 듯한 목소리로 대답했다.

"마트에 갔어. 파티에 가져갈 와인을 사오겠대."

"네에⋯⋯. 그런데 숙자 씨는 지금 뭐하시는 거예요?"

"이번에는 보낼 물량이 많다며 마 사장이 도와달라고 했거든."

"뭘요?"

"이 옷들 말이야."

"그걸 어디로 보내는데요?"

숙자 씨는 고개를 들어 내 얼굴을 멀뚱히 쳐다보았다.

"뭐야, 아직 모르고 있었어?"

알고 보니 아주 간단한 이유였다. 마녀님은 얼마 전부터 고아원과 양로원, 미혼모 보호 시설과 외국인 노동자 쉼터에 헌옷을 보내주고 있었던 것이다. 마녀님의 그런 행동은 마마에게서 영향을 받은 것이라고 했다.

옷을 채운 상자를 테이프로 봉하며 숙자 씨는 말했다.

"요즘은 날씨가 추워져서 더 많은 옷이 필요해."

출입문에 매달린 방울 소리가 들리더니 마녀님이 모습을 드러냈다. 마녀님의 손에는 와인이 담긴 종이백이 들려 있었다. 나는 달려가 마녀님을 와락 껴안았다.

"마녀님!"

영문을 모른 마녀님은 당황했다.

"숨넘어가겠어. 갑자기 왜 이래?"

내가 그동안 돈만 밝히는 사람으로 오해해서 미안하다고 사과하자 마녀님은 별 서운한 기색도 없이 괜찮다고 했다. 그러고는 소파에 앉아 차분한 목소리로 지난 일을 이야기해주었다.

"나는 최종적으로 돕겠다는 결정을 하기 앞서 한 고아원을 직접 방문해보았어. 나도 넉넉지 않은 형편이니까 신중하고 싶었던 거지. 그리고 사실, 아무리 고아원이라도 요즘 세상에 옷을 못 입는 경우가 어디 있겠나 싶었어. 그런데 확인해보니 그게 전혀 아니더라고. 제대로 된 사이즈의 옷을 입고 있는 애가 하나도 없는 거야. 한참 예쁜 옷에 집착할 나이의 여자애가 남자 건지 여자 건지 구분도 안 되는 누더기를 걸치고 있는 걸 보니까 울컥하더라."

나는 고개를 끄덕였다.

"그랬구나……."

"나중에 양로원이나 외국인 노동자 쉼터 같은 곳도 확인해보니 사정은 비슷비슷했어."

나는 전과 상황이 완전히 뒤바뀌어 이제는 마녀님이 걱정되었다.

"아무리 돕는 것도 좋지만 그래서야 마녀님이 너무 손해 보는 거 아니에요? 마녀님도 꿈이 있고, 목표가 있는 사람인데……."

"오해하지 마. 남을 돕더라도 언제나 내 기본적인 수익은 남기니까."

마녀님을 바라보며 나는 그녀를 통해 의류수거함의 헌옷들이 비로소 제자리를 찾은 건지도 모른다는 생각을 했다. 애초에 의류수거함을 만든 목적이 누군가에게 필요 없는 옷을 필요한 누군가에게 전하는 것이니까. 나눔이니까.

'숲'에 도착해보니 카스 삼촌은 벌써 와 있었다. 두 개를 이어붙인 테이블에는 마마가 만든 탕수육과 케이준 샐러드가 놓여 있었다. 내가 가져간 해물 리소토와 잡채, 마녀님이 준비한 돼지갈비

쩜을 올려놓자 제법 푸짐하고 근사한 상차림이 되었다. 그날 마마
는 특별히 우리를 위해 다른 손님은 일절 받지 않기로 했다.

우리는 사소한 농담에도 크게 웃으면서 즐겁게 식사를 했다. 서
로의 요리 솜씨를 품평하기도 했는데, 가장 후한 평가를 받은 건
마마가 만든 탕수육이었다. 반죽에 레몬즙과 녹차가루를 섞은 것
이 높은 점수를 받았다.

에메랄드 빌리지 작전을 함께하며 멤버들과 부쩍 가까워진
195는 이제는 누구와도 편하게 대화를 나눴다. 와인을 몇 잔 마신
195는 붉어진 얼굴로 작전 당시를 이야기했다.

"경비원들이 쫓아올 때를 회상하면 지금도 막 가슴이 떨린다니
까요."

"맞아, 나는 얼마 전에 악몽까지 꿨어."

내가 호응을 하자 195는 한층 신난 표정이 되었다.

"처음에는 한 명이었다가 어느 순간 세 명으로 불어난 모습이
마치 〈매트릭스〉의 스미스 요원 같았지."

만찬의 자리가 무르익었을 즈음, 나는 화장실에 갔다가 혼자 조
용히 식당을 빠져나왔다. 저녁 바람이 시원했다. 나는 흩날리는
머리카락을 귀 뒤로 넘기며 난간 쪽으로 걸어갔다. 어둠 속에서
불빛들이 큐빅 조각을 흩뿌려놓은 것처럼 반짝이고 있었다.

"혼자 뭐해?"

갑자기 들리는 목소리에 뒤를 돌아보니 195가 서 있었다.

"그냥."

우리는 제라늄이 피어 있는 화단 모서리에 나란히 걸터앉았다.
제라늄 향기가 진하게 맡아졌다. 195는 이상하게 한마디도 하지 않
고 바닥만 응시하였다. 조금 어색해진 나는 스마트폰을 만지작거
렸다.

"나…… 본격적으로 약물 중독 치료 받기로 했어. 그래서 미국
으로 떠나. 이건 백 프로 내 의지이고 선택이야. 어쩌면 태어나서
처음으로 내린."

"그게 정말이야?"

"그래."

"꼭 미국까지 가야 해?"

"아무래도 미국이 약물 중독자가 많은 만큼 치료 방면으로도 전
문화되어 있거든."

에메랄드 빌리지의 의류수거함을 터는 것에 이어 또 다른 작당
모의라도 하는지, 식당 건물에서 마구 떠드는 소리가 들려왔다.
밤하늘을 올려다보니 멀리 비행기가 날아가고 있었다. 비행기 뒤
편에 달이 떠 있었다. 환한 빛을 내뿜는 보름달이었다.

195는 웃으며 농담처럼 말했다.

"처음 자살을 결심했을 때 가장 두려웠던 게 뭔지 알아? 그건
죽음에 이를 때까지의 고통이나 죽음 자체가 아니었어. 바로 실패
한 삶이라는 낙인이었지. 오랫동안 1등만을 해오던 나에게 그건
정말 받아들이기 힘든 거였어. 정말 웃기지 않아?"

"설사 자살을 했다고 해도 나는 절대 너를 비난하지 않았을 거

야. 너를 만난 뒤 자살에 대해 오랫동안 생각해보았어. 이 땅에서는 하루에도 수많은 사람이 자살을 하잖아? 방금 네가 말한 대로 누군가 자살을 하면, 자살을 했다는 이유 하나만으로 사람들은 그 삶을 실패한 것으로 쉽게 규정하곤 해. 하지만 내 생각은 달라. 이 세상, 수많은 자살자의 삶을 감히 누가 실패라고, 패배라고 단정지을 수 있겠어? 그들의 죽음은 태엽이 다 돌아간 것처럼, 혹은 계절이 바뀌는 것처럼 너무나 자연스런 일일 수도 있어. 그 자체로 이 세상에서의 의무를 다한 것일 수도 있고. 어쩌면 그 삶의 완성이 자살로 인한 죽음일지도 몰라."

나는 잠시 말을 끊었다.

"우리는 세상 모든 일에 대해 아무것도 판단하거나 심판할 수 없어. 그저 그 속에서 구현된 신의 의지에 대해 고개를 끄덕이며 바라볼 수 있을 뿐이지……. 나도 그렇고 너 역시도 살다 보면 어떤 식으로든 죽음에 직면하게 될 날이 올 거야. 언젠가 그날이 찾아오더라도, 죽음을 어둡고 절망적인 무언가로 생각할 필요는 없지 않을까. 그래, 마치 오늘 파티처럼 즐겁고 환한 것으로 받아들여, 우리. 그렇게 정하고 우리의 지금 삶을 바라보면 반짝반짝, 광택이 나지 않는 순간이 없을 거야."

말을 마치자 195가 내 쪽을 향해 몸을 돌려세웠다. 그러고는 내 두 눈을 지그시 들여다보다가 입술을 맞추었다. 나는 크게 놀랐지만 가만히 있어주었다.

2

약속 장소인 과일 스무디 전문점에는 요즘 유행하는 비트 강한 발라드 곡이 흐르고 있었다. 매장에는 많은 손님이 있었다. 과일 스무디를 파는 곳인 만큼 손님의 대부분은 여자였다. 약속 시간인 네 시가 조금 넘었을 때 195가 출입문을 밀치며 들어섰다. 하늘색 데님 셔츠에 감색 가죽 재킷을 걸친 195가 나타난 순간, 소란스럽던 매장이 일순 조용해졌다.

"여기야!"

손을 흔들자 195가 천천히 내게로 다가왔다. 매장 안 여자들의 시선이 죄다 195를 향하고 있었다.

"왜 하필 만나는 곳을 여기로 정했어? 나, 스무디 별로 안 좋아하는데."

195가 내 건너편 자리에 앉자 이제는 여자들의 시선이 나를 훑었다. 뭔가 수군거리는 소리도 들리는 듯했다. 잘생긴 남자와 만나는 것도 여간 피곤한 일이 아니라는 생각이 들었다.

"주문해. 아마 커피도 팔 거야."

195는 메고 온 백팩을 의자에 내려놓은 다음 주문대로 걸어갔다. 나는 195의 모습을 조용히 건너다보았다. 195와 함께한 지난 시간들이 눈앞에 스치고 지나갔다. 깊은 생각에 잠길 때면 짓곤 하는 퍼그 같은 표정, 툴툴거리는 행동 속에 숨은 상냥함, 이따금씩 반짝 튀어나왔다가 사라지는 소년 같은 얼굴…… 그 모든 걸

이제 보기 어렵다고 생각하니 서운하고 아쉬운 감정이 밀려왔다.

"네 말대로 커피도 팔더라."

카푸치노를 손에 든 195가 맞은편에 앉자 나는 활기찬 음성으로 말했다.

"드디어 내일이구나!"

"너는 내가 떠난다니까 아주 신났구나?"

"맞아. 기말고사가 끝난 기분인데?"

우리는 새삼 감회에 젖어 지난 일들에 대해 이야기를 나눴다. 떠올려보니 정말 웃기고 재밌는 순간이 많았다. 곧 헤어진다는 생각은 조금도 들지 않았다. 오늘 밤에도 195와 만나 손수레를 끌며 함께 의류수거함을 털 것 같은 기분이었다. 대화 도중 문득 통유리에 비친 나와 195의 모습을 보니 마치 다정한 연인 같았다.

자리에서 일어날 무렵, 나는 탁자에 작은 종이 박스를 올려놓았다.

"뭐야, 이거."

195의 물음에 나는 미소를 지으며 대답했다.

"너의 새로운 출발을 축하하는 선물이야. 집에 가서 열어봐."

가게 밖으로 나온 나와 195는 잠시 마주 보고 섰다. 서로 가야할 방향이 달랐던 것이다. 노란 옷을 입은 유치원생들이 우리 곁을 지나갔다. 거리 이곳저곳에는 낙엽이 쌓여 있었다.

"저기…… 또 볼 수 있는 거지?"

195가 그답지 않게 망설이며 묻자 나는 크게 고개를 끄덕였다.

"물론."

195와 헤어져 얼마쯤 걷다가 나는 뒤를 돌아보았다. 195의 뒷모습이 점점 멀어져 가고 있었다. 거리의 인파 속으로 섞여 들어가는 195를 보며 나는 잠시 생각에 잠겨들었다.

'사람들이 만들어내는 거대한 역사의 물줄기 속에서 195는 작고 미미한 물방울 하나로 존재하겠지만, 그러나 동시에 그 누구와도 다른 개별적이고 독립적인 역사를 갖고 있을 것이다. 195이기에 지니고 있는 아름다움. 오직 그에게만 허락된 무늬, 색깔, 향기 같은 것. 그리고 살아 숨 쉬고 있음으로, 그 역사는 앞으로도 계속 이어질 것이다.'

내가 195에게 선물로 준 건 그 역사였다. 하마터면 끊길 뻔한 이야기. 그동안 내가 보관하던 195의 일기장, 꿈 상자, 사진첩, 상장 뭉치.

거기에는 역사의 흔적이 조금 더 보태져 있다. 먼저 사진첩의 뒷부분에는 전에 없던 사진 몇 장이 끼워져 있다. '숲'에서 파티를 할 당시 의류수거함 멤버들과 찍은 195의 사진과 말끔하게 수리된 집에서 행복해하는 폐지 할머니네 가족사진. 그리고 상장 묶음의 맨 위에는 내가 직접 만들어 195에게 수여한 수료증이 있다. 우등상과 경시대회 우승상 위에 척, 올려져 있는 그 수료증을 보고 195는 큰 소리로 웃을지도 모른다.

위 사람은 2012년 7월 17일부터 2012년 10월 28일까지 실시한 도로시 양의 자살 방지 프로그램에 참여하여 무사히 마쳤기에 이 증서를 드립니다.

195가 떠난 지 하루가 지난 날이었다. 혼자 의류수거함을 털던 나는 엉뚱한 물건을 하나 발견하게 되었다. 의류수거함 속의 헌옷들 위에 올려져 있던 그것은 호두과자 상자였다. 그 상자에는 편지가 끼워져 있었다. 대번에 그것이 195의 행동이라는 것을 눈치챈 나는 혼자 조용히 웃었다. 무뚝뚝한 그가 처음으로 내게 치는 장난처럼 여겨졌다. 나는 근처의 놀이터로 가 그네에 앉아 편지를 뜯었다. 가로등 불빛 속에서 나는 천천히 편지를 읽었다.

내 마음에 의류수거함을 하나 지니겠어.

반짝반짝 빛나는 그 의류수거함에 너와 함께 호흡했던 가을밤의 공기, 함께 들었던 풀벌레 소리, 함께 바라보던 밤하늘을 넣어둘 거야. 그래서 아주 많이 늙었을 때, 삶이 견딜 수 없이 무료하게 여겨질 때, 기다릴 수 있는 건 오직 죽음뿐일 때, 베란다에 내놓은 흔들의자에 앉아 그것들을 하나씩 꺼내 음미할 거야. 달콤한 알사탕처럼.

고마워, 즐겁게 떠올릴 수 있는 추억을 건네줘서.

눈앞에 195의 얼굴이 스쳐 지나갔다. 나는 그를 향해 가만히 속삭였다.

"나도 너를 만나 즐겁고 행복했어!"

그와의 기억을 떠올리다가 나는 생각했다. 나 역시 195처럼 마음속에 의류수거함을 지니리라. 그 튼튼한 철제 상자에 내 생의 비밀들과 추억들을 넣으리라.

에필로그

상담실은 심해처럼 깊은 적막감이 느껴졌다. 작고 깔끔한 방이었다. 방 한가운데 가죽 소파와 테이블이 놓여 있고, 한쪽 벽면에는 하늘(sky)로 승천한 선배들의 사진과 이름이 프린트 된 종이가 빼곡하게 붙어 있었다. 종이를 보니 입시생이 되었다는 실감이 나며 바짝 긴장감이 들었다.

"뭐해, 앉아."

소파에 앉아 서류철을 들여다보고 있던 담임이 고개를 들어 나를 쳐다보았다. 양쪽 귀에 매달린 귀고리가 형광등 아래서 반짝, 빛을 냈다. 내가 조심스런 태도로 맞은편에 앉자 담임은 달라진 입시 제도와 내가 고려해 볼 수 있는 특별전형에 대해 설명하기 시작했다.

담임 너머의 작은 창에 플라타너스 가지가 뻗쳐 있었다. 앙상한 가지에 내려앉은 햇빛을 바라보며 나는 문득 오늘 급식에 내가 좋아하는 부대찌개가 나온다는 사실을 떠올렸다.

"그래, 지원할 학과는 정했니?"

"……."

담임은 나직이 웃었다.

"생각해 둔 데가 없다면 나중에 취직을 고려해서 경영이나 경제 정도면 괜찮을 것 같은데."

"있어요."

"뭐?"

"생각해둔 학과가 있다고요."

"그래? 무슨 학관데?"

"사회복지과요."

내 대답에 담임은 이맛살을 조금 모으고 중얼거렸다.

"사회복지과라……."

나의 학과 선택을 들은 언니는 이렇게 말했었다.

"생전 구세군 냄비에 동전 하나 넣어본 적 없는 애가 갑자기 웬 사회복지과?"

솔직히 언니가 그런 말을 한 것도 무리는 아니다. 나는 사회의 어두운 이면에 대해 잘 몰랐다. 사실은 관심조차 기울이지 않았다. 내가 살아가는데 별 불편함이 없으니 상관없었던 것이다. 그런 나를 의류수거함이 불러냈다.

"어이, 여기 와서 이거 좀 보라고!"

의류수거함이 자기 속을 까발리며 알려준 현실은 나를 방에 가두고 고민하도록 만들었다.

'이 세상의 일원으로서 내가 뭘 할 수 있을까.'

아무리 고민해 봐도 내가 이 사회의 거대한 균열을 메울 수는 없었지만, 그러나 그 균열을 메우는 데 필요한 작은 돌멩이 하나조차 보탤 수 없는 건 아니었다. 내가 할 수 있는 일. 그리고 내가 노력할 수 있는 일. 나는 사회복지과에 진학하기로 결심하게 되었다.

이민 계획은…… 완전히 폐기시켜 버렸다. 뒤꿈치를 세 번만 부딪히면 원하는 어느 곳이든 휙 갈 수 있는 마법구두를 갖게 되었기 때문이다. 오해하지 않기 바란다. 내가 말한 마법구두는 물리적인 존재가 아니다. '지금 내가 있는 이곳을 내가 원하는 세상으로 바꾸자!'란 신념이 바로 그 정체이다.

"로시가 사회복지과를 지망하다니, 약간 의외인데?"

손에 든 서류철을 들여다본 뒤 담임은 몇 개의 대학을 거론했다. 그중 한 군데는 언니가 졸업한 학교였다. 상담을 마친 내가 자리에서 일어나자 담임은 웃음 띤 얼굴로 말했다.

"확실한 목표가 있는 애들이 결과도 좋더라. 분명 로시도 잘 될 거야."

수업을 마치고 교문을 나선 나는 학생들 틈바구니에서 우두커니 서 있었다. 입시생이 되었다는 사실에 마음이 복잡하고 무거웠다. 잠시 망설이다가 나는 마녀's House로 방향을 잡았다. 이런 날, 오랜만에 마녀님을 만나 보는 것도 괜찮을 것 같았다.

마녀's House의 전면 통유리에는 '눈물의 땡처리!'라고 적힌 종이가 나붙어 바람에 휘날리고 있었다.

"그러고 보니 이제 얼마 안 남았구나."

나는 깊은 한숨을 내쉬며 출입문을 밀었다.

"저 왔어요."

마녀님은 소파에서 꾸벅꾸벅 졸고 있었다. 가게 구석에 웅크리고 있던 토토가 꼬리를 흔들며 내게 다가왔다. 소리 없는 동작으로 마녀님 옆에 앉은 나는 토토의 머리를 쓰다듬으며 가게 내부를 둘러보았다. 내게도 많은 추억이 묻어 있는 이 장소가 곧 사라진다고 생각하니 기분이 착잡해졌다.

원래 마녀님은 일 년쯤 뒤에 이민을 떠나려고 했으나, 가게를 굉장히 좋은 조건으로 인수하겠다는 사람이 나타나는 바람에 계획을 앞당기게 되었다. 이미 이민과 관련된 모든 수속 절차를 마친 상태였다. 이제는 그야말로 비행기만 타면 되었다.

"언제 온 거야?"

잠에서 깬 마녀님이 게슴츠레한 눈으로 나를 바라보았다.

"조금 전이요."

나는 아쉬움이 담긴 음성으로 말했다.

"이제 한 달만 지나면 마녀님은 호주 국민이 되어 있겠네요."

"국적이 그렇게 중요한가? 나는 여전히 나라고."

호주. 한때 나의 파라다이스라고 여겼던 땅. 하지만 앞으로는 마녀님이 있는 땅으로 기억될 터였다.

"호주 가면 러셀 크로우 같은 멋진 남친 만나세요."

"털 많은 남자는 질색이야. 진화가 덜 된 느낌이랄까."

"그래요? 나는 은근히 섹시하던데."

"보이는 곳에 그렇게 털이 많으면, 보이지 않는 곳에는 얼마나 많겠냐."

"보이지 않는 곳이라······."

침묵이 흐르다가 마녀님과 나는 동시에 큰 웃음을 터트렸다. 웃음이 잦아들자 마녀님은 손을 뻗어 내 뺨을 따뜻하게 감쌌다.

"또라이, 대학 가면 방학 때 놀러 와."

"그럴게요. 한국 음식 잔뜩 싸들고."

"그럴 필요는 없어. 기본적인 음식 재료들은 그곳 한국 식료품점에 다 있으니까."

"하긴 그러네요. 없는 건 인터넷으로 주문해도 되고."

봉자가 내 곁으로 다가와 야옹, 소리를 냈다. 나는 봉자를 품에 안았다.

"참, 오늘 학교에서 대학 진학 상담했어요."

"그래?"

"선생님에게 학과에 대해서도 털어놓고요."

이미 마녀님과 여러 차례 진로 상담을 했던 터라 그녀는 내 사정을 훤히 알고 있었다.

"정말 후회 안 하겠어?"

"음…… 솔직히 잘 모르겠어요. 나중에 땅을 치며 후회하게 될지도 모르죠."

마녀님은 두 팔을 위로 쭉 뻗어 기지개를 켰다.

"어떤 문제를 푸는 데 있어서 중요한 건 답을 찾는 게 아니야. 그 답을 스스로의 힘으로 찾아냈느냐가 중요한 거지."

팔을 내젓다가 마녀님은 나를 바라보며 입가에 미소를 지었다.

"지금의 그 결정이 너의 힘으로 찾아낸 너만의 답이니?"

잠시 고민하다가 고개를 끄덕였다.

"네."

"오케이, 그럼 된 거야."

벽시계를 확인하더니 마녀님은 몸을 일으켰다.

"배고프다. 밥 먹으러 가자."

저녁 식사 시간이라서 '숲'에는 많은 손님이 있었다. 나와 마녀님은 마침 하나 비어 있던 자리에 앉았다. 테이블과 주방을 잰걸음으로 오가며 서빙을 하던 남자가 우리를 발견하고 밝은 미소를 지어 보였다. 촌스러운 옷차림, 순박한 얼굴, 어눌한 말씨. 카스 삼촌이었다.

나와 카스 삼촌은 에메랄드 빌리지 작전을 마친 뒤 얼마 지나지 않아 의류수거함 털이를 그만두었다. 나는 이민 계획을 접으며 자연스레 의류수거함을 털 이유가 없어졌고, 카스 삼촌에게는 새로운 일자리가 생긴 것이다. 혼자 식당을 꾸려가기가 너무 벅차다며 함께 일하자는 마마의 제안에 카스 삼촌은 흔쾌히 고개를 끄덕였다.

식사가 나오자 허기진 상태였던 나는 허겁지겁 음식을 먹었다. 그러다가 나는 이따금 고개를 돌려 마마와 카스 삼촌이 일하는 모습을 바라보았다. 마마는 주방에서 음식 만드는 일에만 집중을 하고 서빙은 카스 삼촌이 전담하니 식당이 전보다 훨씬 안정돼 보였다. 앞치마를 두른 카스 삼촌의 모습도 어색하게 느껴지지 않았다.

식당의 손님이 빠진 뒤에 마마와 카스 삼촌이 우리 탁자로 다가왔다. 서로의 근황에 대한 얘기가 오간 다음 마녀님의 이민이 화제로 떠오르자, 정이 많은 마마는 눈물을 글썽였고 감정을 잘 드러내지 않는 편인 카스 삼촌조차 서운하고 아쉬운 빛을 감추지 못했다.

"참, 토토와 봉자는 어떻게 되지?"

마마의 질문에 마녀님은 유쾌하게 대답했다.

"저와 함께 갈 거예요. 예방접종 증명서와 건강 증명서만 준비하면 문제 없어요."

"잘 됐네. 만약 맡길 데가 없으면 내가 키워 주려고 했는데."

카스 삼촌이 턱을 어루만지며 입을 열었다.

"얼마 전에 노숙자 양반하고 통화를 했는데, 옷가게 사장님이 떠나기 전에 한 번 찾아오겠대. 송별회는 해야 하지 않겠냐면서."

나는 얼른 물었다.

"숙자 씨는 지금 어디 있어요?"

"제주도에 있다는구만."

"웬만하면 이제 그만 정착하지."

마마가 내 얼굴을 쳐다보며 입술을 뗐다.

"그 녀석에게서는 연락 없지?"

그 녀석. 내 입술만 훔치고 미국으로 훌쩍 떠난 195를 떠올리니 가슴에 찌릿, 통증이 지나갔다. 나는 아무렇지 않은 척 심상한 어조로 대답했다.

"없어요."

"어떻게 지내고 있을까?"

"뭐, 잘 살고 있겠죠."

인간의 감정이란 참으로 이상한 것이었다. 195가 떠날 때만 해도 그에게 별다른 감정이 없었는데, 그 뒤 혼자서 그와의 추억(특히 에메랄드 빌리지에서 경비원들에게 쫓길 당시 195가 나에게 먼저 도망가라고 말했던 때)을 되새김질하자 내 속에서 그를 향한 애틋한 마음이 자라났다. 그리고 그 마음은 제멋대로 곁가지를 뻗치기 시작했다. 하지만 이제는 나로서도 어찌해 볼 수 없었다. 고민 끝에 나는 195의 집에 전화를 건 적이 있었는데, 전화를 받은 그애의 아버지는 딱딱한 목소리로 내게 물었다.

"도로시라고? 우리 애와 어떻게 알게 된 사이지?"

아드님과 함께 도둑질을 한 사이라고 말할 수는 없는 노릇이었다. 우물쭈물 망설이다가 나는 그냥 전화를 끊어 버렸다.

"로시야, 이러다가 그 녀석 놓치는 거 아니야?"

마녀님이 걱정스럽다는 표정을 지어보였다.

"놓치긴 뭘 놓쳐요."

마마도 내 눈치를 살피며 장난기 묻은 목소리로 말했다.

"얼굴이 워낙 잘생겨야지. 미국에서도 엄청 인기가 좋을 걸?"

"아, 그 얘긴 이제 그만!"

"뭐이야, 로시가 그 미남 청년을 좋아하고 있었던 기야?"

카스 삼촌까지 나서자 나는 더욱 당황스러워졌다. 궁리 끝에 나는 은근슬쩍 화제를 나의 학과 선택으로 돌렸다. 다행스럽게도 사람들 모두 거기에 관심을 나타냈다. 마녀님은 앞으로 노인 인구가 증가하고 복지에 대한 관심이 높아짐에 따라 사회복지과에 대한 전망이 아주 밝다고 말해 주었고, 카스 삼촌도 통일이 되면 북한 출신의 취약계층이 늘어나며 많은 도움이 필요할 거라고 조언했다. 그런 말들을 듣자 나는 더욱 나의 선택에 대해 확신을 갖게 되었다. 그렇게 모두가 모인 것이 오랜만의 일이어서 그런지 그 자리는 밤늦게까지 이어졌다.

사람들과 헤어진 나는 집을 향해 느릿느릿 걸었다. 아직은 공기가 차가웠으나 살갗을 찌르는 날카로움은 없었다. 밤풍경을 보며 조용히 걷노라니 혼자 의류수거함을 털 때로 돌아간 기분이었다. 거리에 심어진 가로수들은 헐벗은 채 앙상한 몸을 내보이고 있었지만, 저 나뭇가지의 혈관에는 봄기운이 흐르고 있어 곧 잎눈이 돋아날 것이란 생각이 들었다.

M동에 다다르자 다시금 195가 생각났다. 그의 시간은 어떻게 흐르고 있을까……. 나는 치료 과정에 열중하는 195의 모습을 상상해 보려 했지만 그쪽 방면에 아는 게 별로 없어서 쉽지 않았다. 하지만 어쨌든 195는 멀지 않은 날에 건강한 몸을 되찾을 것이고, 눈부신 햇살 아래서 밝게 웃는 순간도 찾아올 것이었다. 나는 오랫동안 멈춰 있던 바퀴가 굴러가듯, 195가 자신의 나이에 허락된 행복과 즐거움을 하나씩 찾아가길 진심으로 바랐다.

조금 더 걸음을 옮기니까 거리 한쪽에 있는 195번 의류수거함이 눈에 들어왔다. 교복 재킷에 두 손을 찔러넣은 채 나는 하품하듯이 입을 쩍 벌리고 있는 의류수거함을 건너다보았다. 버려지는 것들을 말없이 자신의 품에 받아들이는 의류수거함. 더불어 그 버려지는 것들이 간직한 비밀과 슬픔, 고통과 외로움까지도 끌어안는 의류수거함이 무척이나 고맙게 느껴졌다. 그러다가 나는 갑자기 한 가지 의문에 사로잡혔다.

'나는 과연 저 상자에 무엇을 버렸을까?'

의류수거함을 발견하기 전까지 그 존재를 몰랐다고 하지만, 원래 발견이란 어느 날 문득 눈에 들어오는 것을 말하므로 나 역시 의류수거함에 무언가를 버렸을지도 모를 일인 것이다. 그러나 사람들이 무엇을 버렸는지 아는 나는 정작 내 자신이 무엇을 버렸는지는 알 수 없었다. 다만, 내가 의류수거함에 버린 어떤 것이 내가 혐오하고 경멸했던 사람들의 그것과 크게 다를 바가 없을지도 모른다는 생각에 가볍게 몸서리가 쳐졌다.

그만 발길을 돌릴 찰나였다. 문득 나는 의류수거함 위에 뭔가 올려져 있는 것을 발견했다. 어둠에 가려져 확실치는 않지만 책 같았다. 책? 책이라면 한 가지 이유밖에 떠올릴 수 없었다.

'설마, 우연이겠지.'

생각은 그렇게 하면서도 어느새 두 발은 의류수거함으로 향하고 있었다. 뚜벅뚜벅, 내 발소리가 주위에 작게 울려 퍼졌다. 가슴이 두방망이질쳤다. 의류수거함 앞으로 다가간 나는 다시 한 번 놀랐다. 책의 정체가 셰익스피어의 저작이었던 것이다. 그러나 『맥베스』는 아니었다. 그 책은 『한여름 밤의 꿈』이었다. 195가 돌아온 걸까? 그래서 저 책을 올려놓은 걸까? 그렇다면 왜『맥베스』가 아닐까? 한꺼번에 몰아친 생각들이 머리를 어지럽히는 가운데, 나는 책을 집어 들어 후루룩 책장을 넘겼다.

〈끝〉

『오즈의 의류수거함』이 당선된 이유

김형수(소설가)

『100년의 문학용어사전』(한국문화예술위 편)은 '청소년문학'을 가리켜 "전문 작가가 청소년을 독자 대상으로 하여 청소년들의 삶의 문제를 직간접으로 다룬 문학 작품"이라고 설명한다. 성장기의 존재가 '사회 내 존재'로 이행하는 과정을 그리는 작품이 그 중심에 놓일 것은 당연하다. '성숙'이 얼마나 드라마틱하고 치열한 과정을 내포하는지는 그간의 문학사가 여실히 증명한다. 성숙의 문제는 인류가 얻은 '고전적 예술의 서열'에서 곁가지가 아니라 언제나 중심 소재의 자리를 지켜왔다. 사실 현실 제도의 최전선이라 부를 어른들의 세계에서 경험되는 탄생과 죽음, 사랑과 이별, 적막과 소란의 문제에 비해서 청소년들의 세계에서 겪는 그것이 훨씬 치열한 까닭은 그 세대에게 살아 있는 빛나는 감수성 때문인지 모른다. 어른이 되고 나면 누구를 사랑하거나 입맞춤을 나눌 때도 온 정신과 신체가 전면적으로 흔들리는 진동이 발생되지 않지만 사춘기 시절의 입맞춤 속에는 한 존재의 정신과 신체가 송두리째 흔들리는 우주적 사태가 감춰져 있다. 삶의 근원을 묻는 질문, 살 것이냐 말 것이냐를 고민하는 존재의 진정성 차원을 놓고 성장기처럼 정직하게 갈등하는 때는 더 없을 것이다.

그러나 한국 청소년문학의 장르적 개성은 문학 내적 흐름보다 도서시장의 성격에 의해 영향을 받는 바가 더 큰 게 아닌가 한다. 소비자의 구매력이 압박하는 제도적 특성이 정확한 문장, 뚜렷한 서사, 계몽적 효용성 등에 늘 간섭하고 있다. 특히 계몽적 가치에 집착하는 시장 개입의 문제점은 현실세계의 복잡함을 오히려 교훈세계의 단순함으로 축소시켜서 마치 교실에서 가르치는 세계가 우리가 존재하는 현실의 참모습인 것처럼 만드는 중대한 문제점을 야기해놓았다. 작가들에게서 그런 한계 상황을 돌파하려는 여러 가지 창조적 충동이 나타나지 않을 수 없는데, 그게 최근에는 주로 '판타지'와 '재난'에 관심을 갖는 소재의 확장으로 나타나고는 했다. 그리고 그것은 꽤 많은 모티브를 영화, 만화, 애니메이션 등과 친화하게 하는 이유가 되고 있다. 거기에서 훈련된 이미지들이 하나의 작품 경향으로 구조화되는 문제점은 두드러진다. 『오즈의 의류수거함』은 이 같은 곤혹과 딜레마를 돌파하는 데 매우 유연하면서도 설득력 있는 출구를 찾아낸 예라 할 수 있다.

유영민이 작품의 제목에서 '오즈의 마법사'를 패러디한 이유는 문화적 감각을 활용하려는 의도라기보다 '성장의 진실'을 포착하려는 세계 인식의 일환이었던 것으로 보인다. 두 작품은 모두 '도로시라는 소녀가 짧은 여행의 과정에서 낯선 환경이 주는 두려움과 외로움, 무서움을 이겨내고 좋은 친구들을 만나 각자 원하는 목표를 달성해가는 과정'을 서사의 척추로 삼는다는 공통점을 가진다. 유영민은 여기서 주인공의 이름이 공유되는 순간, 미지의 영토를 모험한다는 점에서 삶도 여행이라는 사실이 은유되는 기쁨을 전하고 싶었을지 모른다.

재미있는 것은 『오즈의 의류수거함』이 '미지의 대륙'으로 찾아낸 것이 서울에서 흔히 만날 수 있는 '밤의 세계'라는 점이다. 낮의 세계는 이성이 지배하지만 밤의 세계는 감성이 지배한다. 그래서 낮의 시간을 노동의 영역인 속(俗)의 시간, 밤의 시간을 감성의 영역인 성(聖)의 시간, 즉 신화의 시간이라고도 한다. 휴식과 사랑의 시간에 세속의 과제를 벌충해야 하는 것은 권력을 가진 지배자들의 몫이 아니다. 이런 낮은 자들의 일상의 신화성을 비장의 무기로 삼았다는 데 이 소설의 강점이 있다. 낮의 시간에 청소년의 세계를 강제하는 것은 학교요 교육의 그물망인데, 이 소설은 밤의 세계에서 펼쳐지기 때문에 인물이 제도적 속박을 벗어나 또 다른 사회적 관계를 그릴 수 있게 되었다.

여기서 이 같은 착상을 유감없는 서사 능력으로 전환시키는 장치가 구성인데, 그 중심 소재로서의 의류수거함을 마치 서사의 본부처럼 배치한 탁월성에 대해서는 심사 위원 전원이 거듭 감탄한

바 있다. 주인공이 의류수거함에 버려진 일기장을 발견하고 그 주
인을 찾아주면서 다른 인물들과 얽히며 성격을 발전시키는 과정
은 마치 시트콤 속의 인물들이 한 회 한 회의 진행을 통해 '따로
또 같이' 서사를 구축해가는 것 같은 효과를 만들어낸다. 에피소
드 하나가 힘을 잃으면 곧장 다른 에피소드를 들이밀어 식상함을
벗어나는 구성은 단편 전문가들에게서는 잘 보이지 않는 유연하
고 탄력 있는 장편 기질이 아닌가 한다. 그래서 사건 위에 성격을
얹어놓는 게 아니라 성격으로부터 사건이 흘러나온다고 평가할
수 있는 대목은 매우 중요하다고 본다. 그래서 성격의 전개가 곧
서사의 진행이 되기 때문에 이 소설은 영화, 만화, 드라마 등 2차
3차 매체로 확산되기에도 매우 용이한 측면을 가지고 있다.

또한 이 작품은 서사의 골격뿐 아니라 그 피와 살로서 소설의 외
모를 이룬다 할 문장들도 상당히 뛰어나서 등장인물들을 살아 생
동하게 만드는 매우 안정된 표현능력을 보여준다. 예로부터, 세계
관과 방법은 학습의 영향을 받지만 문장은 아예 '생득(生得)'되는
것이라고 말해온 작가들이 많다. 훈련을 통한 향상이 그만큼 어렵
다는 것인데, 유영민의 문장에서 느껴지는 삶의 온기가 가득한 구
변의 흔적, 구어체의 숨결은 제도적으로만 단련된 문장들이 그려
내지 못하는, 예술의 아주 중요한 덕목이라 할 '실감'의 세계를 잡
아낸다. 장면 전환의 곳곳에 아포리즘을 거느리는 문장들이 자리
해 있는 점도 간과할 수 없는 미덕이다. 독자들이 책상머리의 메모
판이나 편지, 엽서 같은 곳에 한두 줄씩 적어둘 것 같은 사려 깊은

문장(그냥 멋있는 문장이 아니라 서사가 잠복된 문장)들도 많았다.

아쉬운 점이 있다면 서술적 화자가 여고생인데, 이 소녀가 '오즈의 의류수거함'의 주인공 노릇을 할 만한 문제성을 아직 충분히 드러내지 못했다는 점이었다. 더 설득력 있는 사전 설정을 얻지 못한다면, 이 이야기를 떠받히는, 지나치게 의연하고 대범하고 경험의 폭이 넓어서 '절망이 깊은 어른들의 현실'과 공명할 수 있는 성격적 전제가 어긋나게 된다. 그 나이의 여고생이 자살 기도자, 노숙자, 탈북자 등과 쉽게 융화되어 마구 친교를 맺는 일은 현실 세계에서는 극히 드문 일이다. 그런 절망의 덩어리들과 공감을 주고받으려면 그만한 '절망의 내공'이 확보되어야 한다. 작가가 한국 도서시장의 구조 속에서 일희일비하는 수준을 넘어서 더 장구한 문학사적 지평을 바라보려면 이 지적을 무척 아프게 받아들여야 하지 않을까 한다.

결론적으로, 이 소설은 각 소외 영역의 대리자들을 모아서 '주변이 중심을 구원한다'는 메시지를 만들어내는 데 성공하고 있는 것처럼 보인다. 하지만 한 발짝만 떨어져서 생각하면 그것이 지극히 불완전한 자리에 이르러 있음을 확인할 수 있다. 지상에는 아직 더 근원적인 문제에 눈길을 두고 있는 작가정신들이 존재한다. 자아의 서사가 완성을 향할 수 없도록 존재가 놓인 사회적 틀 자체, 즉 세계 자체가 파괴되어 있어서 '성장 불가능한 사회'가 된 경우를 그린 작품들도 많다. 귄터 그라스의 『양철북』은 히틀러 치하의 미숙아를 등장시켜 자아와 세계의 관계를 놓치지 않고 균형감 있고 치열하게 탐사해간다. 히틀러는 엄연히 선거에 의해서 뽑힌 수상인데, 그를 뽑은 것은 당시 독일의 시민이었으니 그들이 내세우는 시민정신이 전쟁과 파시즘의 주범인 셈이다. 『양철북』의 주인공이 스스로 성장을 멈춰버린 이유가 여기에 있다.

이번에 한 사람의 작가로서 뛰어난 자질을 갖추었음을 증명해 낸 유영민이 보다 먼 세계문학사적 지평을 향해 대담하게 정진할 것을 진심으로 응원해 마지않는다.

나는 당신이 궁금하다

김혜정(소설가)

문학상 심사 원고를 읽는 방법은 기존 출간된 책과는 다르다. 한꺼번에 여러 편의 원고를 읽어야 해 정신이 없기도 하지만, 무엇보다 작가에 대한 정보가 전혀 없다. 그렇기에 수수께끼를 풀듯 원고를 읽는다. 이 글을 쓴 사람은 '왜', '어떤 마음'으로 썼을까? '무엇'을 '말하려고' 했을까? 미안한 말이지만, 어떤 원고는 조금도 궁금증이 들지 않는다.

『오즈의 의류수거함』은 여러 가지로 나를 궁금하게 만들었다. 처음 제목과 주인공 이름이 '도로시'라는 것을 보고는, 별로 기대를 하지 않았다. '오즈의 마법사'에 기대어 작품을 썼겠거니 싶었다. 하지만 원고를 읽어나가면서 도로시의 의류수거함 수집(?) 활동과 195의 정체가 궁금해졌다. 다음 내용이 어떻게 되는 거야?

어느새 나는 심사위원이 아닌, 독자가 되어 글을 즐기고 있었다.

원고를 다 읽고 난 후에는 길을 지나다니며, 동네의 '의류수거함'을 살폈다. 정말 손을 넣으면 옷을 뺄 수 있을지 궁금했지만, 밤이 아니라 꾹 참았다. 생각보다 의류수거함은 많았다. 그전에는 의류수거함이 있다는 것도 잘 몰랐고, 신경조차 쓰지 않았다. 하지만 『오즈의 의류수거함』은 의류수거함에 대한 실감을 가져다주었다. 밤이 되면 도로시와 숙자씨, 카스 삼촌, 그리고 195가 나타나 여길 다녀갈 듯한 착각까지 들었다.

'밤의 세계'를 배경으로 삼은 것은 이 작품의 매력 중 하나다. '밤'은 모두에게 허락된 시간이 아니다. 보통 밤을 하루의 끝인 잠을 자는 '죽은' 시간이라고 생각을 하지만, 누군가에게는 꿈을 꾸는 시간, 활동의 시간이다. 『오즈의 의류수거함』은 밤을 배경으로 삼으면서, 기존 청소년문학의 한정된 학교, 학원, 집이라는 공간 배경에서도 벗어난다. 나아가 낮에는 불가능할 것 같은 이야기들이 펼쳐진다. 밤은 금기의 시간이고, 꿈의 시간이기에 무슨 일이 일어나도 이상할 게 없다. 밤을 배경으로 한 이토록 재밌는 작품이 있었을까?

최종심사가 있던 날, 나는 마음속으로 『오즈의 의류수거함』을 콕 집고 심사에 들어갔다. 다른 선생님들의 의견이 어떨지 궁금했다. 심사 과정은 매우 흥미로웠다. 최종심에 오른 작품들을 두고, 한 편 한 편 이야기를 했는데, 『오즈의 의류수거함』에 관한 이야기는 많지 않았다. 원고에 대해 부족한 부분과 아쉬운 부분을 이야기하다 보니, 자연스레 그리 되었다. 『오즈의 의류수거함』은 짜임새나 인물 설정이 어색하거나 부족한 부분이 없었다. 〈오즈의 마법사〉를 차용해 일대일 대입을 할까 우려되었지만 오마주 정도였다.

심사 과정에서 『오즈의 의류수거함』이 문제가 되었던 건, 너무 잘 썼기 때문이었다. 글이 너무나 영리하다, 청소년문학에서 주제화하기 좋은 소재들을 잘 모았다, 등등 장점인지 단점인지 모를 이야기가 오갔다. 작가가 의도했건 의도하지 않았건, 이 작품이 재미있고 흥미로운 이야기라는 건 다들 동의했다.

나는 이 작가가 영리하기보다, 오히려 우직하다는 인상을 받았다. 작품에서 지속적으로 '나눔'의 의미를 강조하고, 이를 전달하는 방식이 자칫 클리셰로 느껴질 수 있다. 그럼에도 불구하고 작가는 자신의 방식을 꾸준히 밀고 나간다. 그 점에서 작가의 뚝심이 느껴졌다. 작품에는 작가가 세상을 바라보는 시선이 자연스레 담기기 마련인데, 『오즈의 의류수거함』의 작가 시선은 매우 따뜻하다. 이 작가가 세상을 바라보는 방식에 동의하고, 진심으로 이 작가를 지지하고 싶어졌다.

『오즈의 의류수거함』을 대상으로 정한 후, 이 글을 쓴 작가가 누구일지 우리는 추리했다. 글을 아주 노련하게 썼기에, 아동청소년문학 습작을 아주 많이 한 여자 분일 거라고 추측했다. 하지만 우리의 추측은 전부 빗나갔다. 그는 젊은 남자였고, 청소년 문학 습작을 많이 한 사람도 아니었다. 아차차…….

당선자인 유영민 작가에 대한 간략한 신상정보를 들었지만, 직접 만나기까지 했지만, 나의 궁금증은 별로 해소되지 못했다. 내가 궁금한 건 이 작가의 사생활이 아닌, 아무래도 작가의 차기작인 것 같다.

　나는 여전히, 앞으로도 계속 당신을 궁금해할 것이다.

담임 선생님을 다시 만날 수 있다면

유영민

초등학교 3학년 때였다. 당시 내가 사 보던 월간 학습지에는 학생들의 창작시가 실리곤 했다. 평소 그 시들을 유심히 읽던 어머니는 어느 날 내게 말했다. "너도 한번 시를 써서 보내 보려무나." 나는 뚱한 표정으로 어머니를 바라보았다. 갑자기 웬 시? 나는 시가 뭔지도 몰랐고, 또한 쓰기도 싫었다. 하지만 어머니의 끊임없는 권유에 못 이겨 결국 시를 한 편 써서 학습지 출판사에 보냈다. 그리고 그 시는 당선작으로 뽑혔다. 아직도 기억난다. '시골길'이라는 제목.

그러나 고백하자면, 그 시는 내가 쓴 게 아니었다. 내 시를 읽은 어머니는 '여기는 이렇게 고치는 게 좋겠다, 저기는 이렇게 고치는 게 좋겠다'고 계속 조언했고, 그렇게 고친 시는 종내 '내 시'가 아닌 '어머니의 시'가 되고 말았던 것이다. 심사 위원님들도 그런 사정을 눈치채신 것 같았다. 이 시는 옆에서 어른이 도와준 것 같다는 심사평.

어떻게 소문이 퍼졌는지, 담임 선생님까지 내 시(정확히는 어머니의 시)가 학습지에 실린 사실을 알게 되었다. 담임 선생님은 내게 학습지를 보여달라고 했다. "영민이가 쓴 시를 꼭 읽어보고 싶구나." 어린 마음에도 부끄러움을 알았을까. 나는 이 핑계 저 핑계로 끝내 담임 선생님에게 시를 보여드리지 않았다.

초등학교 시절로부터 몇십 년이 흐른 시점, 또다시 내 글이 뽑혔다는 소식을 듣게 되었다. 기쁘기보다는 마음 한쪽이 복잡했던 이유에는 초등학교 때의 기억도 한몫 자리하고 있는 걸까. 만약 담임 선생님을 다시 만날 수 있다면 이 책을 건네드리고 싶다.

고마운 마음을 전해야 할 분이 많다.

내 선택에 대해 언제나 말없이 믿어주신 부모님(내게 문학적 재능이나 감각이 조금이라도 있다면 그건 어머니에게 물려받은 것임을 알고 있다), 인간에 대한 사랑과 연민이 소설가의 마음가짐임을 일깨워주신 이승우 선생님, 소설의 길을 열어주신 서울예대 교수님들, 까탈스러운 나를 늘 곁에 앉혀두는 지인들(특히 재혁 형, 수환 형, 진경 형), 문학 하는 자의 따뜻함을 알게 해준 비등점 문우들, 작품으로 가르침을 주신 수많은 작가분들, 그리고 부족한 작품을 뽑아주신 네 분 심사 위원님들과 이렇게 멋진 책으로 내준 자음과모음 출판사에 깊이 고개 숙여 감사드린다.

외로움의 연대가 만들어내는 치유의 힘

김선영 · 유영민

김선영 축하드립니다. 시상식을 보면서 2년 전, 저의 모습이 생각나기도 하고 후배이기도 하지만 동지 하나를 얻은 느낌이 들어 든든하다는 생각이 들었습니다. 응모작이었던 이 작품을 보고 문장을 다루는 솜씨가 보통이 아니어서 많이 써본 사람이겠구나, 했고 이미 등단하여 작품 활동 또한 왕성히 하고 있지 않을까, 생각했습니다. 그런데 예상을 깨고 이번 수상작이 곧 등단작이더라고요. 그래서 좀 놀랍기도, 당황스럽기도 했습니다. 전 등단을 위해 6년 재수를 했고 등단 7년 만에 청소년문학상을 받았기에 더 그런 생각이 들었는지 모르겠습니다. 꼭 그렇지만은 않습니다만 대부분 작가(소설의 경우) 지망생들은 단편소설로 습작을 거쳐 등단을 하고 그 이후에 장편소설에 도전하는 거로 알고 있는데 유영민 작가

의 경우는 그렇지 않았습니다. 우선 수상소감을 말씀해주시고요,
이 작품 공모하기 전, 습작 시절의 이야기를 자세히 들려주세요.

유영민   수상 소식을 알리는 전화를 받았을 때에는 기쁘기보다는
좀 당황스러웠습니다. 저로서는 처음 도전해보는 청소년문학상인
데다가, 내 자신이 작가가 될 준비가 되었는가 자문해보면 선뜻
자신 있게 대답을 못하는 상태였기 때문입니다. 그런 이유로 거의
기대를 접고 있었지요. 솔직히 지금도 제가 작가의 길을 잘 걸어
갈 수 있을지는 잘 모르겠습니다. 다만, 제 앞으로 좁고 가파를지
언정 길이 열린다면 조심스럽게, 또한 감사한 마음으로 걸어보리
라 생각하고 있습니다.

  습작 기간이 짧았다고는 말할 수 없을 것 같습니다. 문창과 시
절까지 합하면 십 년이 넘어가니까요(그 시간 동안 치열하게 글을 써
왔느냐는 별개의 문제로). 어릴 때부터 책을 좋아하고 소설을 좋아
하긴 했지만, 제 자신에게 글재주가 있다고는 생각지 않았습니다.
기실, 문창과에 입학한 것에도 좋아하는 책이나 실컷 읽자는 생각
이 크게 작용했습니다. 그런데 문창과에 들어가 보니, 저와 다르
게 작가가 되겠다는 뚜렷한 목표를 가지고 입학한 분들이 대다수
였습니다. 개중에는 화려한 수상 경력을 갖고 계신 분도 많고, 등
단을 한 분까지 있었습니다. 놀랄 만한 문학적 재능을 가진 친구
들도 많았고요. 글쓰기 훈련이 거의 없었던 저로서는 그런 분들과
이뤄지는 창작, 비평 수업이 부담스럽지 않을 수 없었습니다. 심

한 위축감도 들었고요.

그리하여 고민 끝에 1학년 때 휴학을 하고 습작기를 가졌습니다. 혼자 자취방에 틀어박혀 좋아하는 작가들의 소설을 필사하기도 하고, 작품 하나를 완성하면 시점과 시제를 달리해 다시 써보기도 하였지요. 그리고 생전 처음으로 문학에 대해 진지한 고민도 해보았습니다. 그 당시에는 많이 힘들고 외로웠지만, 지금 되돌아보니 정말로 저에게 꼭 필요했던 시간이라는 생각이 듭니다.

휴학을 마치고 복학한 후 과분하게도 교내 문학상을 받게 되었습니다. 그 상이 저에게 굉장히 큰 힘을 주었습니다. 나도 열심히 하면 작가가 될 수 있구나, 내게도 가능성이 있구나 하는 믿음을 갖게 된 것이지요. 그 믿음의 힘으로 말미암아 졸업 뒤에 여러 직업을 거치면서도 문학에 대한 끈을 놓지 않을 수 있었던 것 같습니다.

습작 시절에 제아무리 노력을 했다손 치더라도 저에게 좋은 스승님들이 없었다면 제 자신이 작가로 성장할 수 없었을 거라고 생각합니다. 지나가는 말 한마디에도 깊은 울림이 느껴지는 예대 교수님들에게 배울 수 있었던 건 저에게 큰 복입니다. 그분들이 아니었으면 작가로서의 가능성을 열어 보이지 못했을 겁니다.

그리고 저에게는 빼놓을 수 없는 스승님이 한 분 더 계시는데, 이승우 선생님이십니다. 대학 졸업 무렵이었을 겁니다. 아는 분의 권유로 이승우 선생님이 이끄시는 창작 스터디에 들어가게 되었습니다. 선생님에 의해 소설 작법에 관한 지식을 많이 얻기도 했지만, 그보다는 선생님에게서 은연중에 배어나오는 모습을 통해 배운 작가로서의 자세와 각오가 저에게는 정말 소중한 자양분이 되었습니다. 제가 표현력이 부족해 그동안 제대로 말을 못 드렸는데, 이 자리를 빌려 선생님에게 깊은 감사의 마음을 전하고 싶습니다.

김선영 세상을 살아가는 방법에는 여러 가지가 있겠지만 그중 글쓰기라는 것으로 세상과 소통하고자 할 때는 저마다의 사연이 있다고 봅니다. 저 또한 그랬고, 다른 작가 분들의 이야기를 들어봐도 글쓰기의 과정이 녹록지만은 않았던 것 같습니다. 어떤 계기로 작가의 꿈을 키우게 되었는지 독자 분들도 많이 궁금해할 것 같은데요. 어린 시절이나 학창 시절은 어땠는지도 덧붙여주세요.

유영민 솔직히 말씀드리면, 학창 시절의 저는 공부도 못했고, 운동도 못했고, 잘 놀지도 못했습니다. 특히 고교 시절에는 친구도 없어서 점심시간에 밥을 먹고 난 뒤면 학교의 구석진 벤치에서 혼자 시간을 보내곤 했습니다. 멍하니 있기 뭐해서 이따금 책을 읽기도 했지요.

그 당시 저는 다른 아이들과 나 사이에 달걀 속껍질 같은 얇은 막이 있다고 믿었습니다. 눈에 보이지 않지만 분명히 존재하는 차단막. 그것 때문에 저는 다른 아이들에게 먼저 다가가지 않았습니다. 제가 멀리 하니, 그들도 저를 멀리 했지요.

그런데 어느 날, 반 아이들이 저에게 붙여준 별명, 문학소년. 문학소년이라니. 저는 그 별명이 뜨악하게만 여겨졌습니다. 178센티 키의 저에게 소년이란 말은 도무지 어울리지 않았을뿐더러, 저는 그때껏 글짓기 대회나 백일장에 나가 상을 타본 경험이 한 번도 없었던 겁니다. 그런 별명이 저에게 붙은 이유가 짚이지 않는 건 아니었습니다. 채플 시간에 해야 하는 설교나 기도를 판에 박은 듯이 하는 게 싫어 조금 비틀어서 하고, 작문 시간에 몇 번 칭찬을 들은 것 때문이었을 겁니다. 이유가 그렇게 사소한 것인 만큼, 곧 사라질 줄 알았던 문학소년이라는 별명은 이상하게도 꽤 오랫동안 저를 따라 다녔습니다. 지금도 선명하게 기억납니다. 롤링페이퍼에 적혀 있던 글들. '문학소년! 나중에 책 내면 제일 먼저 선물해.' '어른 돼서 작가 되면 내가 인터뷰하러 갈게!' '네 글재주가 부럽다.'

　어쩌면 제가 가진 약간의 글재주는 그 시절 아무것도 내세울 것이 없었던 저에게 자존심과 자존감을 지킬 수 있는 유일한 방패막이였을 것이나, 정작 제 자신은 그것을 인정하지 않았습니다. 한번도 작가의 꿈을 가져본 적이 없었고, 작가가 될 수 있다고도 생각지 않았습니다. 그런데 정말 놀랍게도, 몇십 년이 흘러 저에게 '작가'라는 꼬리표가 붙게 되었습니다. 사람의 가능성이란 관심을 갖고 유심히 바라봐야만 찾아지는 법이란 걸 알고 있습니다. 내가 멀리 했던 아이들, 나를 싫어한다고 믿었던 아이들이 실은 애정을 갖고 저를 바라봐주었음을 이제야 깨닫습니다. 그리고 아울러 깨

닮습니다. 혼자 벤치에 앉아 책을 읽던 그 시간이 제가 문학과 조우했던 순간임을.

그 같은 깨달음을 얻은 지금, 어두웠고 지루했다고 여겨지던 학창 시절이 제 머릿속에서 다른 색으로 채색되어집니다. 나의 가능성을 가장 먼저 찾아주고 격려해준 학창 시절의 친구들에게 늦게나마 고맙다는 말을 하고 싶습니다.

김선영 이 작품을 쓰는 과정이 궁금합니다. 한 작품이 탄생하기까지는 많은 시간과 작가의 고투가 있다고 보는데요, 의류수거함을 소재로 선택하게 된 계기 등 작품이 완성되기까지의 과정을 들려주시고, 이 작품을 청소년문학의 틀로 가져온 이유도 궁금합니다. 덧붙여서 유영민 작가의 청소년문학에 대한 일반적인 생각도 들려주시면 좋을 것 같습니다.

유영민 한때 제가 살았던 자취방 바로 앞에 의류수거함이 있었습니다. 어느 날, 외출했다가 집으로 들어가며 우연히 누군가 거기에서 옷을 꺼내고 있는 모습을 보았습니다. 이마에 빈디가 찍힌 인도 여성이었지요. 저를 발견한 그녀는 제 눈치를 살피며 겸연쩍은 얼굴을 지어 보였습니다. 괜스레 미안스러워진 저는 얼른 자리를 피해줬지요. 집 안으로 들어온 저는 그녀에 대해 생각해보았습니다. 의류수거함에서 옷을 훔쳐야 하는 자세한 내막이야 알 수 없었지만, 먼 타국에서 그녀가 겪어야 하는 경제적 궁핍을 헤아리

기란 그리 어렵지 않았습니다. 그러다가 저는 유행에 뒤처지거나 조금 낡았다는 이유로 함부로 옷을 버리는 제 자신을 돌아보게 되었고, 점점 심해지는 사회적 빈부 격차에 대해서까지 고민하게 되었습니다. 그렇게 소설의 모티브가 잡히게 되었지요.

그런 과정을 거쳐 맨 처음 씌어진 글은 다소 어둡고 딱딱한 성인소설이었습니다(그때껏 제가 써온 것이 성인소설이었으니까요). 그런데 완성된 작품이 제 스스로 흡족하게 여겨지지 않았습니다. 왜 만족스럽지 않은가, 고민해보았죠. 그동안 제 자신이 문학의 딱딱한 틀을 만들어놓고 거기에 갇혀 있었다는 생각이 들었습니다. 문학작품이라면 응당 이래야 한다는 식의. 창작의 길을 가는 사람에게 그 같은 경직된 사고는 굉장히 크고 위험한 걸림돌일 것입니다. 그래서 결국 소설의 모티브만 살려서 다시 써보기로 마음먹게 되었지요. 어떤 강박이나 규칙에 얽매임 없이, 자유롭게. 그 같은 과정을 거쳐, 그때까지 써온 제 소설과는 다르게 청소년을 주인공으로 내세우고 밝은 톤으로 글을 쓰면서 자연스레 작품이 성인보다는 청소년에게 맞을 것 같다는 생각을 하게 되었습니다.

이제 막 출발선상에 섰을 뿐인 제가 청소년문학에 대해 논하는 것은 무리인 것 같습니다. 다만 치열한 경쟁 체제에 내몰려 숨 쉴 틈조차 없는 청소년들(어른들도 마찬가지겠지만)에게 어떤 위로나 정서적 환기 역할을 해줄 수 있는 무언가가 필요치 않을까 하는 생각을 그동안 해왔습니다. 부족하나마 제 글이 그런 역할을 해줬으면 하는 바람을 가져봅니다.

김선영 이 작품의 화자는 여고생입니다. 문장도 여성적이라는 생각이 들어서 작가가 여성이 아닐까 생각했는데 뜻밖에도 미혼의 남성분이어서 좀 놀랐습니다. 계층이 다른, 그것도 이성의 심리나 생리를 그리는 게 쉽지만은 않았을 텐데 어려움은 없었는지요. 주인공인 도로시는 다른 등장인물(소외계층의 어른들)을 별다른 저항 없이 받아들이고 품게 되는데요. 소설 속에 반드시 현실적인 인물이 나와야 하는 건 아니지만 꽤나 현실과는 동떨어진 인물이라는 생각이 들었습니다. 특별히 그렇게 설정한 이유도 듣고 싶습니다.

유영민 주인공을 여학생으로 설정한 건, 소설 구성상 주인공이 등장인물들을 포용력 있게 아우르는 역할을 해야 했기 때문입니다. 남학생으로서는 아무래도 그러기가 힘이 듭니다. 이유를 말씀 드리자면…… 가령 근처에 있는 어린애가 넘어졌을 경우, 남자애들은 거기에 대해 별 반응이 없습니다. 사실은 거기 어린이가 있는지조차 모르는 경우가 많을 겁니다(대상이 예쁜 여자라면 아마 반응이 크게 다르겠죠?). 반면, 여자애들은 모르는 어린이라 하더라도 얼른 일으켜 세워주고 어디 다친 데는 없는지 살펴줍니다. 그것이 여성으로서 타고난 모성인지는 모르겠으나, 어쨌든 저는 그런 여자애들의 모습 때문에 제 소설 주인공의 성별로서 여성이 적합하다고 판단했습니다. 그리고 일단 캐릭터가 만들어지면, 캐릭터 스스로 말하고 움직이는 부분이 있기 때문에 그 형상화에 큰 어려움은 없었습니다.

원래 성격이 활달하고 친화적이라고 쳐도, 낯선 인물들을 저항 없이 받아들이는 도로시의 모습이 현실과 괴리감 있게 다가올 수도 있겠다는 생각이 듭니다. 하지만 아직 순수함이 남아 있는 청소년 이기에 편견과 선입견 없이 타인을 받아들일 수도 있지 않을까요.

<u>김선영</u> 이 작품의 등장인물을 보면 노숙자, 탈북자, 아들을 잃은 엄마, 조손 가정, 약물 중독으로 자살을 생각하는 학생 등 소외된 계층이라고 볼 수 있는데요, 그 부분에 초점을 맞춘 이유가 궁금합니다. 그들이 엮어가는 이야기가 생각보다 따뜻하게 그려지고 있어 작가가 낙천적인 분인가 하는 생각이 들 정도였습니다. 지나치게 밝게 낙관적으로 그렸다고 할까요? 우리의 현실은 소설보다 더 소설 같은 일들이 벌어지고 있어 경악을 금치 못할 때가 많거든요. 그 부분도 말씀해주세요.

<u>유영민</u> 소설 속 인물들은 서로를 보듬습니다. 그것이 가능했던 것은, 그들 각자는 미처 자각하지 못할 수도 있지만 자신의 상처로 말미암아 생긴 포용력과 이해심 때문입니다. 포용력과 이해심은 상처와 외로움의 시간이 없으면 얻을 수 없는 것이지요. 그런 이유로 상처와 외로움이 있는 인물들을 궁리하다 보니 자연스럽게 사회적 소외계층이라고 할 수 있는 인물들에게 관심을 두게 되었습니다.

덧붙여서, 제가 이 소설을 통해 전하고자 한 어떤 메시지가 있

다면, 그것은 '외로움의 연대가 만들어내는 치유의 힘'입니다. 자신의 상처를 드러내는 것은 굉장히 어렵고 힘든 일이지만, 그것이 자기도 치료하고 타인도 구원하거든요. 소설의 인물들을 살펴보면 저마다 상처가 있고, 그 상처에서 기인한 외로움이 있습니다. 상처와 외로움은 분명 인간을 풍부하고 깊어지게 하는 면이 있습니다. 마마를 예로 들면, 자식을 먼저 보낸 상처로 인해 모성적 힘을 더 크게 승화시키죠. 하지만 상처와 외로움은 방치하다 보면 인간을 자폐적으로 만들기 마련입니다. 그렇기 때문에 언젠가 반드시 치유되어야 할 것이고요. 소설의 인물들은 서로에게 자신의 상처를 내보이는 과정에서 비로소 그것을 인정하고 받아들이게 됩니다. 그리고 마침내는 치유의 과정에 들어서게 되지요.

그런 사고의 틀에서 보면, 경쟁이 너무 치열해져서 서로를 경쟁자나 적으로만 여기는 우리 사회의 모습은 굉장히 우려스럽고 안타깝지 않을 수 없습니다. 사회 구성원들이 서로 마음을 나누지 못하니 각자가 갖고 있는 마음의 상처가 곪아가기만 합니다. 서로가 동떨어져 있는 것이 아니라 '거대한 하나'로 연결되어 있다는 믿음의 회복을 통한 치유가 우리 모두에게 절실하게 필요하다고 여겨집니다.

소설이 지나치게 밝고 낙천적이라고 하셨는데, 공감하는 부분이 있습니다. 처음 소설을 구상할 때부터 전체적 톤을 밝게 하려고 마음먹긴 했습니다. 소설을 통해 심각하거나 무거운 문제를 제기하기보다는, 독자 분들께서 가볍고 즐거운 마음으로 글을 읽으며 아주 잠깐씩 사회의 그늘진 면에 대해 생각해보기를 바랐기 때문입니다. 잠깐의 되돌아봄, 잠깐의 사유. 저는 그것만으로도 제 글의 역할은 충분하다고 생각합니다.

김선영 이 작품을 통해 작가의 좋은 점을 많이 볼 수 있는데요, 능수능란하게 문장을 다루는 솜씨도 그렇고 이야기를 이끌어가는 힘도 잔잔하면서도 끝까지 같은 템포를 유지하는 능청스러움도 보이고요, 이야기의 구성 또한 능숙하다고 봅니다. 이러한 힘을 가진 작가가 탄생 되어 기대가 큰데요, 이후의 작품 계획에 대해 말씀해주세요. 문학을 통해 소통하고 싶은 것(포괄적으로)이 무엇인지도 말씀해주세요.

유영민 분에 넘치는 칭찬을 해주셔서 부끄럽습니다. 앞으로의 작품 계획은…… 스케일이 큰 작품보다는 우리 주변에서 흔히 보이는 인물들을 내세워서 잔잔한 재미와 감동을 주는 글을 쓰고 싶습니다. 진정한 행복과 깨달음은 일상에서 얻어진다고 믿거든요.
 제가 문학을 통해 하고 싶은 것이 있다면, 그건 소통이라기보다는 작은 위로가 아닐까 합니다. 얼마 전에 청소년들이 즐겨 찾는 웹툰의 댓글에서 시험공부를 하다가 머리를 식히기 위해 이곳을 찾았다는 내용을 읽은 적이 있습니다. 그것처럼 제 소설도 지친 청소년들에게 잠시의 웃음과 쉼을 줄 수 있다면, 그것으로 저는 족할 것 같습니다. 다친 마음을 어루만져주는 위로까지 건넬 수 있으면 정말로 더 바랄 게 없고요.

김선영 주로 어떤 책을 좋아하고 읽는지도 궁금하네요. 문학적 역량이나 지평을 넓히기 위해 어떠한 노력을 기울이는지도 알고 싶고요. 평소 책을 읽지 않거나 글을 쓰지 않을 때는 주로 어떻게 노는지도 알려줄 수 있나요?

유영민 많은 책을 읽기보다는 마음에 드는 책을 반복해서 읽는 편입니다. 좋은 작품은 몇 번을 되풀이해서 읽어도 새로운 의미망이 건져 올라오는 것 같습니다. 제 자신의 나이에 따라, 지적 수준에 따라서 말이지요. 제게 그런 작품은 오정희 선생님의 소설입니다. 선생님의 글은 어떤 것을 봐도 그 속에 인간의 탄생과 성장, 죽음이 함축적으로 모두 들어 있는 것 같습니다. 마치 완벽히 축조된 거대한 우주처럼. 그렇게 좋은 작품을 반복해서 읽는 일이 저에게 큰 문학적 수업이 된 것 같습니다. 그 과정 속에서 문장력이나 구성력 등 소설 창작에 필요한 기본적인 능력들을 자연스럽게 키운 것 같고요.

딱히 내세울 만한 취미나 여가 활동은 없는데…… 날씨가 좋은 날에는 이따금 자전거를 타기도 합니다. 집(광명) 근처에 있는 안양천에 자전거 도로가 잘 갖춰져 있거든요. 멀리 한강까지 가보는 일도 더러 있습니다.

김선영 다시 한 번 더 축하드리고요. 문학상이라는 큰 상으로 출발한 만큼 앞으로도 왕성한 활동 기대합니다. 끝으로 하고 싶은 말씀이 있다면요?

유영민 요즘 타로 카드에 조금 관심을 갖고 있습니다. 타로 카드에 대해 짧게 설명을 드리자면, 메이저 타로 카드는 총 22장으로 이루어져 있습니다. 0번은 광대가 그려진 카드인데, 이것은 여행자, 시작, 순수함, 어리석음 등을 뜻하지요. 광대 카드를 시작으로 마법사(창조, 발명), 여교황(신비, 비밀), 여왕(결실, 성공) 카드 등이 삶의 여정처럼 이어지게 됩니다. 그리고 맨 마지막인 21번에는 완성, 새로운 차원을 뜻하는 세계 카드가 자리하고 있습니다.

만약 제가 긴 기다림 끝에 뭔가 성취하여 지금 세계 카드 위에 서 있다면, 이제 곧 다시 맨 처음인 광대 카드로 돌아가게 될 것임을 알고 있습니다. 그리하여 지난 시간과 마찬가지로, 제 미래의 시간에는 탑, 악마, 별, 운명의 수레바퀴 같은 카드들이 펼쳐지게 될 것입니다. 그리고 언젠가 또다시 세계 카드에 다다르게 되겠지요. 이러한 과정이 의미를 가지는 이유는 단순히 반복되는 것이 아니라, 반복되며 조금씩 깊어지기 때문입니다. 이것을 다르게 말하면 '성장'이라고 할 수도 있을 것 같습니다. 앞으로 제가 쓰게 될 글이 제 자신과, 그리고 독자인 청소년들의 성장에 조금이라도 기여했으면 하는 바람을 가져봅니다.

오즈의 의류수거함

© 유영민, 2014

초판 1쇄 발행일 | 2014년 3월 11일
초판 26쇄 발행일 | 2024년 7월 1일

지은이 | 유영민
펴낸이 | 정은영

펴낸곳 | (주)자음과모음
출판등록 | 2001년 11월 28일 제2001-000259호
주   소 | 10881 경기도 파주시 회동길 325-20
전   화 | 편집부 (02)324-2347, 경영지원부 (02)325-6047
팩   스 | 편집부 (02)324-2348, 경영지원부 (02)2648-1311
이메일 | jamoteen@jamobook.com

ISBN 978-89-544-3058-6 (43810)